I0585724

Animal Tales from the Caribbean

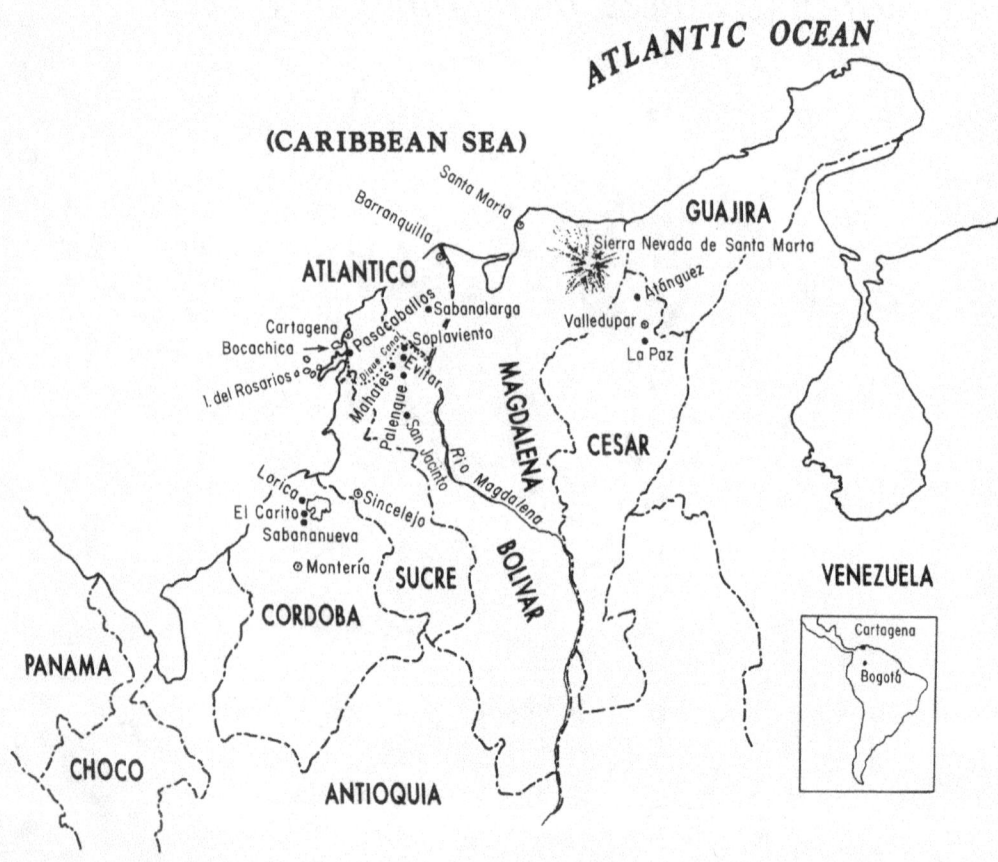

Map of Colombia's Caribbean region, showing the towns visited by List. Indiana University Archives. This map is also featured in List's *Music and Poetry in a Colombian Village: A Tri-Cultural Heritage* (IU Press, 1983).

Mapa de la región Caribe de Colombia y los pueblos visitados por List. Archivo de la Universidad de Indiana. Este mapa también aparece en *Music and Poetry in a Colombian Village: A Tri-Cultural Heritage* (IU Press, 1983).

Animal Tales from the Caribbean

GEORGE LIST

Edited by

JOHN HOLMES McDOWELL

and JUAN SEBASTIÁN ROJAS E.

With a Typological Analysis by HASAN M. EL-SHAMY

Special Publications of the FOLKLORE INSTITUTE, No. 9
INDIANA UNIVERSITY, BLOOMINGTON

INDIANA UNIVERSITY PRESS

SPECIAL PUBLICATIONS OF THE FOLKLORE INSTITUTE
John Holmes McDowell *Editor*

Advisory Board
Michael Dylan Foster
Gregory A. Schrempp
Ruth M. Stone

This book is a publication of

Indiana University Press
Office of Scholarly Publishing
Herman B Wells Library 350
1320 East 10th Street
Bloomington, Indiana 47405 USA

iupress.indiana.edu

© 2017 by Folklore Institute, Indiana University

All rights reserved
No part of this book may be reproduced or utilized in any form or by any means, electronic or mechanical, including photocopying and recording, or by any information storage and retrieval system, without permission in writing from the publisher. The Association of American University Presses' Resolution on Permissions constitutes the only exception to this prohibition. The paper used in this publication meets the minimum requirements of the American National Standard for Information Sciences—Permanence of Paper for Printed Library Materials, ANSI Z39.48-1992.

Manufactured in the United States of America

ISBN 978-0-253-02937-9 (cloth)
ISBN 978-0-253-03113-6 (paperback)
ISBN 978-0-253-03117-4 (ebook)

1 2 3 4 5 22 21 20 19 18 17

To the Costeños, a creative and resilient people;
and to the memory of George List in recognition of
his efforts to study the culture of the region

A los costeños, gente creativa y resiliente, y a la
memoria de George List en reconocimiento a sus
esfuerzos para estudiar la cultura de la región

CONTENTS

ACKNOWLEDGMENTS

We first acknowledge the *costeños*, the people of Colombia's northern coastal region, for their cultivation of these wonderful stories, and next, George List, for his dedication in documenting the tales and preparing them for publication. We extend our gratitude to Alan Burdette, director of the Archives of Traditional Music at Indiana University, for his assistance with the sound files and photos that accompany this book and his work in establishing the ATM website, where these resources can be found: http://atmuse .org. We also wish to thank Bradley D. Cook, curator of photographs at the Indiana University Archives, who helped us locate additional photographs from George List's fieldwork in Colombia.

We owe special thanks to Hasan El-Shamy, who prepared the included type-and-motif analysis of the tales, and who assisted with the initial conversion of List's typed manuscript into a digital document.

Our thanks go as well to the advisory board of the Special Publications of the Folklore Institute, Michael Foster, Gregory Schrempp, and Ruth Stone, for embracing this project, and to Javier F. Leon, for his review of an earlier draft of the manuscript; his comments were insightful and helpful. Also, we appreciate the permission of Manuela Del Mar Gómez Zapata to include in this volume stories told by her grandfather, Manuel Zapata Olivella.

Finally, we have enjoyed the support and encouragement of Gary Dunham, Janice Frisch, and Kate Schramm at the Indiana University Press.

John Holmes McDowell | Juan Sebastián Rojas E.

AGRADECIMIENTOS

En primer lugar queremos agradecer a los costeños, la gente de la región costera septentrional de Colombia, por su cultivo de estas historias maravillosas, y luego, a George List, por su dedicación al documentar estos cuentos y prepararlos para publicación. Queremos extender nuestra gratitud a Alan Burdette, Director de los Archivos de Música Tradicional de la Universidad de Indiana, por su apoyo con los archivos de audio y las fotos que acompañan este libro, al igual que por su trabajo al montar una página Web donde se pueden localizar estos recursos: http://www.atmuse.org. También queremos agradecer a Bradley D. Cook, Curador de Fotografía en los Archivos de la Universidad de Indiana, quien nos ayudó a localizar fotografías adicionales del trabajo de campo de George List en Colombia.

Debemos agradecimientos especiales a Hasan El-Shamy, quien preparó el análisis de tipos y motivos de los cuentos incluidos en este volumen, y quien ayudó con la conversión inicial del documento impreso a formato digital.

Nuestros agradecimientos van también para el comité asesor del Fondo de Publicaciones Especiales del Instituto de Folklore, Michael Foster, Gregory Schrempp y Ruth Stone, por adoptar este proyecto; también a Javier F. León, pues su lectura de una versión temprana del manuscrito contribuyó comentarios perspicaces y útiles. También agradecemos el permiso otorgado por Manuela Del Mar Gómez Zapata para incluir en este volumen historias narradas por su abuelo, Manuel Zapata Olivella.

Finalmente, damos gracias por el apoyo y la motivación a Gary Dunham, Janice Frisch y Kate Schramm de la Editorial de la Universidad de Indiana.

John Holmes McDowell | *Juan Sebastián Rojas E.*

Animal Tales from the Caribbean

Editors' Introductory Essay

Juan Sebastián Rojas E. and John Holmes McDowell

GEORGE LIST (1911–2008) was something of a renaissance man—composer, musician, scholar, writer, archivist, and teacher. During the course of a long and adventurous life, he received appreciation and respect for his endeavors in all of these fields. His work as a scholar of traditional music took him to the Southwest of the United States, to Ecuador, and to Colombia, where he conducted ethnographic fieldwork with rural *costeños*, as the chiefly African-descendent population residing along the Caribbean coast call themselves.[1] He also documented traditional songs in the state of Indiana, where he served as director of the Archives of Traditional Music at Indiana University in Bloomington from 1954 until his retirement in 1976. List is credited with helping to develop the Ethnomusicology Program at Indiana University and establishing the Archives of Traditional Music as a major holding of recorded sound.

List made four trips to the Colombian Caribbean coast to do fieldwork for what was the major research project of his career: the study of traditional music in peasant communities in Atlantic coastal Colombia.[2] There, he visited some fifteen towns and cities in search of musicians and storytellers who could contribute material for his research.[3] List focused mostly on the Bolívar Grande region, and there he concentrated his attention on a village called Evitar (part of Mahates municipality), where he found a great variety of musical expressions.[4] His fieldwork entailed making extensive audio recordings of performances, in natural settings and in arranged ones, and conducting interviews with the performers and others in the community.

1

He was of the school that placed emphasis on the transcription and analysis of musical sound, on music as text, and made good use of these materials to describe and analyze features of musical sound, art, and structure. Elements that became more central to ethnomusicological fieldwork in subsequent years, such as social relationships, symbolic interaction, and performance contexts (see Nettl 2005, 74–91; Cooley and Barz 2008), were not prominent in List's day, yet, as an alert field researcher, he was not inattentive to them.

Partially because of this approach to his research, List based himself at hotels in Cartagena, the biggest city close to his field sites, and made trips to the nearby towns and villages during the weekends. He never stayed overnight and, more often than not, he arranged for informants to come to his hotel in Cartagena. The aim of this research methodology was to make recordings in controlled acoustic environments, minimizing noise and interference, as he was after the cleanest musical samples. In addition to these technical considerations, List admitted that the extreme heat and the abundance of mosquitoes and other bugs made it impossible for him to tolerate longer time periods in the field (1983, xx). Therefore, most of the data he gathered regarding sociocultural context rely more on informants' testimonies than on direct participant observation. He traveled with two tape recorders—a Uher 4000 and an Ampex 600—and did achieve high-quality recordings.

The renowned Colombian sibling folklorists Delia and Manuel Zapata Olivella assisted List during the entire field research process. At the time, the Zapata Olivella siblings were considered the scholarly authorities on Afro-Colombian music and dance, a status they earned through their positions at universities, substantial amounts of field research, and respected publications. Moreover, Delia managed one of the most important Afro-Colombian folkloric dance companies to this day, the Conjunto Folklórico de Delia Zapata Olivella. In fact, some of List's informants were musicians from the Conjunto Folklórico who were still living in their hometowns. Some are, even to this day, prominent traditional artists with regional or national prestige.[5] Besides providing invaluable insights about people in the field, the Zapata Olivellas also served as field interpreters, translating and clarifying questions and answers between List and his interviewees. List had studied Spanish, but the rural Caribbean dialect of coastal Colombians was a real challenge. Manuel Zapata Olivella, writer, researcher, and storyteller, was also List's informant for the tales "Uncle Rabbit and Aunt Jaguar's Seven Children" and "The Man," which are included in this volume.

Although most of List's field materials[6] and publications about Colombia have to do with music, a closer look at his collection reveals another research interest: local Afro-Colombian funerary rituals and the aesthetic and expressive practices associated with them, which include storytelling, jokes, song games, board games, and prayer. These practices were systematically documented by List, yet he never published anything related to this material. However, during his years as emeritus professor of ethnomusicology at Indiana University, he received a Retired Faculty Research Grant from the Research and Graduate School at IU and created the present compilation of animal stories, which offers a glimpse into this rich panorama of the region's culture as it flourished in midcentury Colombia.

The present volume contains a selection of twenty-one of these animal tales, told in the semisacred space of the *patio* (backyard area) of houses, especially during the first and last nights of adults' funerary wakes in towns and villages of the Colombian Caribbean coast. The main function of the tales was to keep attendants entertained and awake until dawn, the moment in which the respective prayer cycles were conducted in accordance with ritual convention. Both the tales and the context in which the tales were told resonate with broader practices of Afro-Colombian and other African diaspora populations in Colombia and the Caribbean. The value of these stories is paramount, given that this custom has practically disappeared from this region; these stories, situated in their performance contexts, represent a highly ritualized corpus of oral knowledge that for centuries has been preserved and cultivated by African-descended populations in the Americas.

Afro-Caribbean Culture and History

The European slave trade to the Americas, starting in the early sixteenth century, forced millions of Africans to travel to the New World to perform agricultural and other labor, a workforce that helped consolidate the dominance of European empires in these overseas territories. Ports on the Caribbean and Brazilian coasts became the main New World arrival points in the slave trade, and the influence of African-descendent populations in these regions is stronger than in other parts of the Americas. Cartagena de Indias, on Colombia's Caribbean coast, was one of these ports, and much of the history of Afro-Colombian people has its origin there.

Cartagena, a colonial fortified city, became one of the main Spanish ports in South America and a point of access from the Caribbean Sea to the Andes by way of Río Madgalena (Museo Nacional 2008a; Ochoa Gautier 2014), and, hence, an entryway to the western flank of the continent in present-day Ecuador and Peru. In Cartagena, as in other Spanish settlements, the Catholic monarchic regime regulated society based on European ideas of racial hierarchy. The colonial system had clearly marked social positions for the ethnic-racial categories it defined: at the top, Spanish-born people, then Spanish people born in the Americas (*criollos*), then people of mixed race in designated combinations (for example, *mestizos, zambos,* and *mulatos*), with the indigenous and black populations (enslaved Africans and African-descendent people) at the bottom.

Africans and their descendants were traded as commodities, physically mistreated, deprived of almost any right or privilege, and subjected to systematic dehumanization and exploitation in order to guarantee their submission to the colonial system and its slave-based production system. Still, in spite of the marginalization of black people in colonial society, the Spanish authorities found it difficult to control slave populations, which were often at the edge of rebellion and never fully submitted to colonial control. These populations also managed to construct their own expressive culture; there are several accounts from the seventeenth and eighteenth centuries attesting to the persistence of forbidden cultural practices, such as street drumming and dancing (*bundes* or *fandangos*), despite the efforts of Catholic and royal authorities to ban them as dangerously "amoral" or "emancipatory" (Escobar 1985). Such practices are deeply rooted among mostly rural Afro-Colombians and persist into the present. Instead of insisting on total prohibition, Spanish rulers were compelled to allow these customs to exist in controlled frameworks.

The most important colonial institution established to control non-European populations and guarantee their productivity was the *cabildo*. The *cabildos de negros,* specifically, were a form of social organization that originated in Seville, Spain, where it was used to "shelter" members of African nations in the Iberian Peninsula (Friedemann 1993). Later, the same *cabildo* model was used extensively in Colombia with indigenous and Afro-Colombian populations. Due to a strategy of atomization and weakening of the colonized subjects' group solidarity, *cabildos de negros* in Colombia conjoined members of several African nations, mixing together people who spoke different languages and had different cultural practices.[7] The purpose was to diminish the risk of effective communication and emancipation, but, despite the cultural differences, these heterogeneous groups shared much, especially in relation to the traumatic experience of the diaspora. These affinities generated processes of empathy among Africans that turned *cabildos* into rich repositories of African-descendent traditions, generating hybrid cultural forms and constructing new expressions of Africanity (Friedemann 1990).

In contrast to the Spanish-imposed *cabildos*, other, more subversive, forms of African resistance and insubordination also characterized the colonial period on the Caribbean coast. In the early seventeenth century, a slave rebellion in the Cartagena region ended with the escape of several hundred slaves, who, under the leadership of Benkos Biojó, fled to the inhospitable jungles of the Montes de María lowlands and created several independent settlements of free blacks. These towns had their own independent government and, eventually, after a century of armed resistance against the colonial army, the Spanish empire recognized them as autonomous territories. These settlements were called *palenques*, and the strongest one was San Basilio de Palenque, the first free town in the Americas, which gained its independence by royal recognition in 1713 (Arrázola 1979). San Basilio de Palenque today remains an active and culturally vibrant town, where the local Palenquero language is spoken. In 2008, "the cultural space of Palenque de San Basilio" was added to UNESCO's list of intangible cultural heritage (UNESCO 2008). *Palenque* towns became a focal point of preservation and development of Afro-Colombian culture, including local forms of social organization, music, dance, spiritual practice, and other genres of expressive culture, such as tales, jokes, games, and riddles (Friedemann and Patiño 1983), precisely the materials gathered in this volume.

Thus, both *cabildos* and *palenques* contributed greatly to the construction of Afro-Colombian cultures. While there are only two *palenques* still inhabited in the Caribbean region—San Basilio de Palenque and San José de Uré—their influence on regional culture has been striking. Equally, *cabildos*, as spaces of hybridization where Spanish practices were imposed on people of diverse African cultures, stimulated a process of cultural negotiation resulting in complex patterns of syncretism and resistance. Diverse forms of expressive culture—notably music, dance, and poetry—emerged in these settings, shaping Afro-Colombian cultures to this day, as we will see in the traditions represented in List's collection of tales told at wakes.

Colombia is a Catholic country, and, despite its cultural and regional diversity, some 80 percent of its population declares itself to be Catholic (US Department of State 2012). However, regional and cultural differences in Catholic practices are displayed through local appropriations, constituting a rich landscape of popular religiosities. In rural Afro-Colombian communities, for example, the influence of African religions and spiritual views has grounded the way people carry out their religious practices. In *Velorios y Santos Vivos* (Wakes and Living Saints), an exhibit on Afro-Colombian funerary practices at the National Museum of Colombia in 2008, anthropologist Jaime Arocha argued that specific African religious ideologies arrived in Colombia with the first transatlantic shipments of slaves in the period from 1533 to 1580. This wave of human trafficking brought to Colombia from the Guinea River area in West Africa Brane, Zape, and Biafara people, whose religious systems were influenced by the African Muntu philosophy. This system of thought posits integration between the symbolic universes of human beings and the natural world, of the living and the dead, and of time and space (Museo Nacional 2008b). In this system, dying meant achieving a new status, that of an ancestor, which in some African religions is a spiritual being that accompanies the living and has influence over their lives and over the forces of nature. These ancestors make decisions and change their moods, just as if they were alive. The ancestor becomes a sacred intangible being, just like the saints, and sometimes comes down to earth to perform actions for the benefit, or punishment, of devotees (or descendants).

Many of these beliefs, which were considered unacceptable during colonial times due to their apparently irreconcilable stance in relation to Catholic beliefs, were actually incorporated in practice through the very framework of Catholic celebrations and rituals, such as patron saint celebrations, the *novena* (Nine Nights) funeral practices, and events tied to major religious festivals such as Christmas, Corpus Christi, and Easter. In this way, Afro-Colombian expressive cultural forms were, and still are, used to accompany and commemorate Catholic rituals. Traditional hand drumming and chanting are used for patron saint celebrations, for example, and traditional storytelling is used for funerary ceremonies to facilitate recently deceased ancestors to transition to the afterlife. In this hybrid sacred and secular context of funerary wakes, *rezanderas* (prayer women) also perform several kinds of vernacular prayers (*rezos*).

AFRO-COLOMBIAN FUNERARY WAKES

The human groups that settled on the Atlantic and Pacific coasts of Colombia, as well as in the lower valleys of the Magdalena and Cauca Rivers, are constituted by strong or predominant African phenotypes. The Spanish colonizers moved significant black slave populations to these regions to serve as workers for sugarcane plantations and gold mines. Even though centuries of regional historical development have produced regional cultural differences, Afro-Colombian populations still share some traits, among them funerary ritualism. Although this is a weakened practice, not as strong today as when List visited the country in the 1960s, it represents a steady pattern of black contribution and heritage in Colombia. We describe it here in the present tense to convey its persistence in memory and, to a significant degree, in current practice in the region.

Funerary wakes in the Colombian Caribbean region combine Catholic practice with popular belief. These practices define a liminal space where the soul of the deceased transitions from this world into its eternal rest. These rituals restore the sociocultural order and close the breach between the worlds of the living and the dead. Liberation of the soul from the body is the main cosmological purpose, and it happens smoothly and successfully when relatives and friends gather and stay awake all night, engaging in funerary ritual behavior that alternates between prayer and entertainment, with activities such as games, joke telling, and storytelling. These activities are conducted for nine nights, constituting a special period called *novena*, but the main wake nights remain the First Night and Last Night. *Novenas* are a traditional form of Catholic religious practice in Latin America and they are also popular during Christmas—a Nine Nights prayer cycle is conducted from the eve of December 17 through Christmas Eve.

In the 1960s, funerary wakes were a popular practice in the Bolívar Grande region. According to testimonies of funerary-lore masters, collected by List, as many as one hundred people would attend the first or last night of a *novena*. The practice of funerary wakes was strongly rooted in small rural communities and among urban groups with rural background in cities such as Cartagena. During the First Night, the house of the deceased is divided into three main spaces: the kitchen, the living room, and the *patio* or exterior, which also might include the front yard and the surroundings of the house. Each space has a specific function in the funerary ritual, and people move among these spaces for specific activities. For example, the prayers are conducted in the living room, in front of a specially constructed altar that is set behind a table that holds the body. Jokes, games, and tales are performed in the *patio*, the space for entertainment and more informal behavior. The kitchen is a place that is marked by the dominance of women and it is where they prepare food and other goods for the funeral attendants (Museo Nacional 2008b, 37–38).

At the wakes, the family of the deceased observes a ritual form of hospitality in order to encourage guests to stay all night. They supply a specific set of foods, drinks, and other comfort goods for the attendants. It is custom that the hosts cook food for the closest circle of friends and relatives. Hospitality is an important value in Caribbean culture, and wakes also function as significant offerings to the community, through which families can gain or sustain prestige and display capability. Large attendance at a wake also means that the soul will transition more easily to the afterlife. The hosts treat their guests to cigarettes, cigars, *tinto* (black coffee), *calentillo*,[8] or liquor (rum, *aguardiente*, or *ñeque*[9]). Depending on the local tradition, there might be specific moments or spaces for each of these courtesies during the night, though, in some contexts, depending on the family, liquor might be considered inappropriate and banned.

The funerary ritual starts when a person dies in the community. It is a common practice throughout Afro-Colombian territories to divide the work: women take care of the body and prepare the house, an altar, and grave goods, and men dig the grave and make the coffin (Museo Nacional

2008b, 31–36). Women embalm and dress the body, preparing it for the wake and burial. A table is prepared in a corner of the living room, where the altar is set with white cloth on the wall as a background curtain. A crucifix (or another symbol of Christ) and other ornaments, such as cloth or paper flowers, adorn the altar, which is crowned by a black butterfly ribbon at the top. The coffin is placed on top of the table dressed with a white tablecloth. The body is dressed in white clothes, religious garb, or the deceased's best attire. Funeral wreaths adorn the coffin and smaller flower arrangements adorn the altar. A glass of water is placed under the coffin for the dead to drink if feeling thirsty (Museo Nacional 2008b, 37).

When the setup is ready, friends, relatives, and acquaintances start visiting and the wake begins. The First Night has special importance because it features the *cuerpo presente*, the present body, though in some regions, the *novena* begins immediately after the burial. The normal program includes accompanying the relatives of the deceased in the living room until recitation of first *rezo*; then, most people move to the *patio*, cigarettes and coffee are provided, and recreational activities take place, such as playing games or telling traditional stories, in order to keep people active until the next *rezo*. This alternation of prayer and play is repeated all night until sunrise.

Prayers are conducted at least twice, and more often three times, during the night: at nine o'clock, at midnight, and close to dawn at around four o'clock in the morning. Each cycle of prayers is coordinated by the *rezanderas*, who are specialists in these matters. They are trained professionals who get paid for their participation in the wake. Their ritual performance is a key part of the ceremony and it constitutes the sacred aspect of it. The prayers channel human efforts in requesting God to be merciful with the departing soul. The praying session is structured around rosaries, which determine when specific prayers are spoken, or chanted, out loud. These prayers may change, depending on the time of the night, the religious significance of the day, or other features particular to each *rezandera*. Most of the prayers are in call-and-response form, and wake attendants usually know the responses to the *rezanderas'* solo parts. The most common prayers for these occasions are the *Padre Nuestro* (Our Father), *Ave María* (Hail Mary), *Credo* (The Creed), litanies, and a long prayer at the end of the rosary that is the special contribution of each *rezandera*.

When the praying is over, the entertainment continues. However, the kinds of entertainment that are appropriate depend on whether the deceased is a child (*angelito*; literally, "little angel") or an adult. In the local belief system, children up until around ten years old are considered *angelitos*, which means that they are innocent, have not sinned, and will go straight to heaven. Therefore, praying is not necessary at a child's wake (*velorio de angelito*), and these events last only one night, the First Night, which is when the body is present. The body of the child is adorned with lace, its eyes are kept open with little sticks, and flowers are put in the hands and mouth. These adornments have an aesthetic purpose and also work as protection, for even though the child's soul is safe from sin, witches still can come after it for evil purposes. Even though the wake of a child is a moment of mourning, the atmosphere is more festive because the passing is considered the birth of a new angel in heaven. People believe that these *angelitos* will protect members of their family and friends.

A series of children's games and songs are played in *velorios de angelito*, which are different from the ones performed at adults' wakes. One of the song games that List found among his consultants is widespread in Afro-Colombian territories (not just the Caribbean region) in funerary contexts: "El Florón." This game is popular in other Spanish-speaking nations, including Spain. However, it is hard to tell whether its origin is actually Spanish. One possible meaning of the word *florón* refers to an ornamental architectural design with the general shape of a flower. Here are the lyrics of the song, as interpreted by Marcelina Sánchez in Evitar and recorded by List (1965, tape OT 12150, item 5):

> *El florón está en la mano,*
> *Y en la mano está el florón.*
> *El florón está en la mano,*
> *Y en la mano está el florón.*
> *La patilla de sereno,*
> *Prima hermana del melón.*
> *Por aquí pasó, pasó, pasó.*
> *Por aquí pasó, pasó, pasó.*
>
> The *florón* is in the hand;
> And in the hand the *florón* is.

The *florón* is in the hand;
And in the hand the *florón* is.
The dew watermelon,
Is the melon's first cousin.
Over here it passed, it passed, it passed
Over here it passed, it passed, it passed.

In this game, people sit down, make a circle, and then start rhythmically passing each other a handkerchief underneath their knees while singing the "El Florón" song. When the song reaches the "por aquí pasó" part, a player standing in the middle of the circle will try to find out where the handkerchief is and will try to intercept it. In some parts of the Pacific coast of Colombia, the handkerchief is replaced with the deceased child's body, adorned with flowers and wrapped in a white sheet, which is passed rhythmically around the circle along with the song. Other games include "Al Gato y al Ratón" (Cats and mice), and "La Olla" (The pot), a sung ballgame played in a circle. Some of List's consultants state that games are played in the living room, while others assure him that they are performed in the backyard.

Adult wakes, as mentioned before, involve different games from the ones played at children wakes. In adult wakes, two kinds of games are played: board games (*juegos de mesa*) and enacted games. The first of these are classic games that were (and still are) popular in the Caribbean and other parts of Latin America and the world, such as dominos and diverse card games. The enacted games involve a performance in which actions are conducted according to specific rules. This type of game includes "Carga la Burra" (Carry the she-donkey), "El Besito Acomodado" (The well-placed little kiss), "La Barca" (The dingy), and "El Cocotiáo" (The coconuted one). These games are different from children's games because they involve a certain degree of physical aggression or sexualized behavior. In "El Besito Acomodado," for example, the person whose turn it is must guess which member of the circle is hiding a straw; if the guess is accurate, that player must pay a penalty by receiving a kiss from someone chosen by the other players. In "La Barca," people in a circle take turns tossing a shoe into the air. If it lands with the sole facing upward, then everybody has to laugh, but if it lands with the sole facing down, then everybody must stay quiet. The players, in a controlled-aggression context, will briefly whip whomever does not comply with the required action with their belts.[10]

List's fieldwork material, collected in the 1960s in the Colombian Caribbean region, evinces ambiguity about whether tales were told at children's wakes. In some towns he visited, they were; in others, they weren't. However, storytelling was definitely a key part of adult wakes. Storytellers interviewed by List make a distinction between *cuentos* (tales) and *chistes* or *cuentos de risa* (jokes). While tales are long stories with both comic and dramatic elements, jokes are short narrations with a comic punch line. In List's recordings, some narrations lie in between the two genres, sometimes making it hard to draw a clear-cut line between the *cuento* and the *chiste*. People in the region also classified jokes in at least two categories: *picantes* (spicy jokes with sexual innuendo or direct sexual content) and *simples* (all the others).[11]

Because of the festive, and sometimes offensive, nature of jokes and tales, as well as the loudness and uncontrollable laughter that are often involved in the performance of these speech forms, not everybody was comfortable with having jokes told at their relatives' funerals. Each family's notion of appropriateness influenced the decision whether jokes or other forms of storytelling should be performed. Because Colombia is still a devoutly Catholic country, the solemnity of Catholic funerary practices makes it inappropriate and disrespectful to mingle mourning and recreational activities. Some devout families, for example, mourn their relatives for an entire year, and during that period they dress in black and avoid music, parties, going out at night, and other activities that can be associated with joy and recreation. However, the African contribution to Colombian culture provides a different framework, one in which the dead interact with the world of the living as ancestors. Therefore, wakes are liminal spaces where entertainment is not inappropriate but rather a means of passing time, dealing with the extraordinary through joy and companionship.

Pedro Collazo and others, in interviews with List, comment on the blurry separation between vernacular funerary rituals and the Catholic liturgy. Many of these funerary practices can be considered animist because they entail active interaction with departed souls, the saints, and other supernatural agents. An example is the practice of setting a glass of water underneath the coffin during the entire wake so that the dead can drink if they were thirsty at the moment of their death. Even though priests knew about these practices, they did not always reject or try to ban them, and, as a consequence, these funerary traditions show interconnections between African-descendent cosmologies and Roman Catholic beliefs. In earlier times, many small towns and villages did not have a resident priest or church, as was the case in Evitar in the department of Bolívar, where List conducted much of his research. Therefore, religious authorities were not as present there as in other areas, and local customs had a space in which they could flourish.

Returning to the sequence of events in the wakes as they were previously conducted, on First Night, as sunrise approached, and after a long night of *sancocho*,[12] *ñeque*, tobacco, games, and a plenitude of stories, the last *rosario* would be intoned. Once people finished praying, after the *rezandera* performed her last solo prayer for First Night and completed the *rosario*, the hosts served coffee for the guests and they had breakfast and left, as their work routines for the day would have already started. This next day the body would be taken in procession to the cemetery for burial. The second to eighth nights of the *novena* were and are less important than the first and last nights, since friends and relatives cannot leave their work commitments unattended and stay awake every night with the family. However, *rosarios* are still prayed these nights, games are played, and tales and stories are told, although for a shorter period and with fewer guests at the home of the deceased.

Last Night was and remains very important, though, because friends and relatives who were not that close to the deceased or who live in other towns or regions usually attend this final ceremony. Rafael Prada, from Cartagena, confirmed for List that in the towns and cities of the region an average of more than one hundred people attend the Last Night of funerary wakes. During this final night a big ceremony, similar to that of First Night, is conducted, with abundant food, tobacco, coffee, liquor, three or more *rosarios*, tales, jokes, games, and riddles, all lasting, once again, until the sun rises the next day. At this moment, and after the last *rosario*, the final ceremonial good-bye is proclaimed. This last ritual marks the final passing of the soul from the realm of the living to the realm of the dead.

ANIMAL TALES IN THE COLOMBIAN CARIBBEAN REGION

The telling of traditional tales was a fundamental component of funerary ritualism in the Colombian Caribbean region. These stories were the main entertainment in the semisecular space of the funerary wake, enhancing social interaction and creating solidarity, as well as keeping people awake. The tales that List presents in this volume are animal tales featuring Uncle Tiger and Uncle Rabbit, with a few exceptions. These tales are not unique to Colombia, but rather are widespread across the Caribbean and in the south of the United States (Mason and Espinoza 1927; McBryde 1911); they are told, as well, in Venezuela and in other Latin American countries (Arraíz 1975).[13]

There is much discussion about the origins of this material. Afro-Colombian studies scholars tend to locate their origin in Africa: for example, Colombian anthropologist Nina S. de Friedemann (1993) argues that the rabbit tales originated with enslaved Africans from Congo and Angola, and Jaime Arocha (1999) attributes them to people with a Bantu cultural background brought to the New World in the period from 1580 to 1640. Their themes can involve violent, cruel, and immoral behavior, where trickster Uncle Rabbit plays harsh (and sometimes deadly) tricks on Uncle Tiger. Therefore, these stories are usually reserved for adults' wakes. People who specialize in these stories are invited by the host family to perform at the funerary ritual. The invitation could include only First Night or Last Night, or it could extend to the whole *novena* cycle. Other people intervene in storytelling sessions, too, and contribute with material that they know, but the main storyteller is the specialist who is in charge of the storytelling session.

These storytellers are not paid money for their performance during the wakes, unlike the *rezanderas*, who do receive cash for their work. The storytellers, though, would get all of their expenses covered for their participation: transportation, food, lodging, tobacco, alcohol, and other tokens of hospitality. This contrast between how the two forms of specialized work are rewarded may have to do with the comparative respectability of the activities. The officiating of prayers is considered highly respectable work, performed by pious *rezanderas* who profess knowledge and observance of

Catholic practices and morality. Storytellers, on the other hand, are associated with *parrandas*,[14] alcohol consumption, and the nightlife, and are not thought to abide by Catholic precepts of upright behavior. We find in the tapes recorded by List this anecdote: in 1965, Rafael Prada, responding to interviewer Manuel Zapata Olivella as to whether he would teach his children the art of storytelling, declares as follows: "No, no, no! Because then they will stay out all night. No way!" (List 1965).

Interviews conducted by List and his interpreter and guide Zapata Olivella suggest that these tales were also used as forms of entertainment in other contexts. For example, Prada, from Cartagena, remembers that he learned the tales from his grandfather, who used to tell them at home during the night, right before putting the children down to sleep (List 1965). Prada also remembers that the tales used to be told as a form of entertainment for adults during ordinary nights, as well as during *parrandas*. Prada recalls that the tales became strictly associated with the funerary context only during his adulthood, around the mid-twentieth century.

Some of these tales intertwine musical content with narrative, as in the case of "Mártara," as told by Gumercinda Campos. In this story, an enchanted young lady, who is turned into a chicken, organizes a singing contest to try to figure out which animal she should marry, and the only animal that can sing is Frog. The Caribbean region of Colombia is a very humid ecosystem, with lots of swamps, creeks, and rivers, and frogs abound and can become very loud at nights. Because of their chant, they are considered musical animals, just like some birds. In the tale, Frog is characterized as singing a specific melody to the word "tungalala." This term is recognized in regional folklore as the voice of frogs, and there are several songs that use it. Examples include "Tungalala" by the traditional Afro-Colombian band Son Palenque,[15] and "La Rana Balla" by 1980s *bullerengue* recording artist "La Niña" Emilia Herrera.[16] These examples of tales with songs are just a few of many that occur in this narrative tradition, marking it as a species of cante fable, the term folklorists use for spoken prose narratives containing episodes of embedded singing.

List states in his introduction to this collection that "oral tales lose much of their color and liveliness when transcribed." We present this collection of tales in printed transcription, but the real joy of these stories can only be experienced in the hearing of them, and for this purpose we refer the reader to the original Spanish sound files. Permanent links to these files can be found at the beginning of each chapter, and the entire collection is available at http://purl.dlib.indiana.edu/iudl/media/d56z904012 and also through the Archives of Traditional Music website: http://www.atmuse.org. The performers highlighted in this collection are consummate verbal artists in the medium of oral performance, able not only to convey the convoluted plots of their narratives but also to dramatize scenes as the story characters come into contact with one another. These are tales of face-to-face encounter that focus on voices that are typically engaged in motivated acts of persuasion. The storytellers display their virtuosity as they vividly render, through skillful modulation of intonation, pacing, and voice quality, the speech acts that lie at the heart of all these tales, namely, pleading, cajoling, wheedling, begging, and related tactics. The storytellers featured here are adept at representing these voices to us, so much so that we are reminded of the duplicity that is, for better or worse, ubiquitous in the social world we all inhabit.

These performances are enactments of the essential rites of sociability, and, reveling in the human voices assigned to mostly animal protagonists, they cast a cold eye on the ways humans treat their fellow humans. The artistry extends beyond an ability to capture the rhetorical posturing of characters to include the ability to imitate speech genres such as ritual lament, as in tale 11, or even, remarkably, to reproduce the rhythms and sonorities of the several musical instruments utilized in cultural performances such as *bullerengue*, as we see in tales 19 and 20, performed by Manuel Jerónimo Pérez Petro. Some of these stories were recorded with lively audiences on hand, and laughter and commentary can be heard punctuating the telling. But even when there is no indication of an audience beyond the researcher, the storytellers take delight in reproducing acoustic features of the narrated events (McDowell 1982). The stories presented here are peppered with onomatopoeic effects, as narrators create acoustic models of sounds in the events being narrated—for example, of objects crashing into one another, or of a story character taking off in a hurry. Add to this continuous onomatopoeic array the insistent voices of the characters in conversation and song and you get a sense of the rich sonic environments that are characteristic of these stories and that stand as a tribute to the artistry of the performers.

These forms of entertainment, as well as many others, were common in the towns and villages of the Caribbean coast before electricity was widely available. It is likely that the arrival of electricity in the region made them less appreciated, as recorded music and television came to take their place. These developments also impacted the consumption of traditional music of the region, which shifted over time from acoustic to primarily electrified modes with the arrival of sound systems, records, and radio (Rojas 2013). In this sense, both the stories and the music, formerly practiced in secular and sacred contexts, became less prevalent in secular settings as more modern forms of recreation replaced them, even as they retained their importance during sacred practices, at least for some additional decades.

We have been describing these funerary practices in the present tense, for the most part, but the truth is that they have largely disappeared in the shape and form that List witnessed in the region some fifty years ago. However, there are localities that have continued with this custom, such as the Afro-Colombian coastal town of Libertad, in the province of Sucre. Here, even though the practice of traditional funerary wakes was interrupted for about ten years (1997–2006) due to pressures from illegal paramilitary groups, the practice is strong again today. In this community, people regard funerary wakes as a very important vehicle for social gathering, integration, intensified sociability, and validation of communal ties. Community members have revitalized the practice as part of a collective reparation process to compensate victims of the armed conflict in Libertad. In this instance, the practice of traditional funerary wakes is a fundamental mechanism to deal with death in a collective and collaborative way, making this cultural practice a concrete effort to keep the community together and mend the social fabric. Juan Sebastián Rojas, coeditor of this volume and coauthor of this introduction, is currently doing research in Libertad, analyzing the role of music and other expressive arts in relation to postconflict reparation scenarios (Rojas 2016).

Just as List documented in other localities, in Libertad the funerary wake cycle lasts nine nights. Within this *novena*, the First and Last Nights are the most important ones, and many guests usually stay all night accompanying the mourning family. The Last Night is especially important because during the last prayer, at dawn, the *rezandera* tears the funerary altar down, enabling the deceased soul's departure from the house and into eternity. Most of the attendees at wakes remain outside the house, where chairs have been arranged for them. Throughout the night, women of the family distribute continuous rounds of black coffee and *calentillo* for the attendees. In Libertad, people outside the house get busy either talking in groups or sharing games, tales, and jokes. In this town, funerary wake games (*juegos de velorio*) are very important, consisting of a repertoire of traditional games, many of which include songs or other musical elements and are performed by both children and adults. As with the tales, these games are performed to keep people distracted and entertained throughout the night, as well as to accompany the family and keep the ritual order, alternating between *rezos* and entertainment.

Jokes and tales are also told during the wake nights in Libertad. However, while the material collected by List is a corpus of animal and other fictional tales, the storytellers in Libertad tell stories from real life, focusing on recent events, or they tell amusing anecdotes. These stories, like the ones List gathered, are embellished and transformed for dramatic effect, and, like many in List's collection, these are made to be funny, no matter the topic or the plot. It seems that some of these stories are scripted, and the names of people in them are taken from members of the community, creating a humorous context for the story as people relate the story events to individuals they know. This practice is common when telling jokes at these wakes, as the performer always uses the names of people in the audience for the characters of the jokes. It is hard to infer the exact context of storytelling sessions in the 1960s from List's work. In present-day Libertad, tales and jokes are told in circles outside the house during the wake nights. While most people sit, the narrator stands, embodying a performance persona ready to entertain his or her audience, even though contributions and interjections by the audience members are common and welcome.

In the funerary materials collected by List, Uncle Rabbit and Uncle Tiger stories predominate, though the wakes also featured stories in which the protagonists have human instead of animal forms, such as peasants but also witches and the devil. Performance of these stories has played a vital role in uniting people through oral narrative and joyful interaction, creating a frame for recreation and enhancing social relationships, as well as dealing with social tensions and extraordinary events, such as the passing of community members. However, as noted, the performance of these tales is very rare these days and is considered by many a thing of the past. These tales in their performance context are part of Colombia's Caribbean cultural memory and heritage, for they have been transmitted, reenacted, and reconstructed through the generations, preserving not only African culture and values but also poetic forms from the Spanish "Siglo de Oro," Spain's golden age of literature and the arts (Museo Nacional 2008b).

This oral repertoire is a significant feature of regional cultural history, and connects this region to the broader African diaspora. Friedemann and Arocha, Colombian anthropologists who have studied Afro-Colombia, refer to phenomena of this sort as "a trait of Africanity" (*una huella de africanía*) (Arocha 1999). In this perspective, African traits in the Americas cannot be studied as if cultural practices had survived unchanged for centuries. Colonial history shows that the African peoples brought to Colombia were mixed together to prevent the kind of social cohesion that might lead to rebellion, and also to degrade their cultural practices and move them toward acculturation. This was the preferred strategy for controlling the slave population, but the African character of Afro-Colombians did not entirely wash away in the process of acculturation. The African diaspora is marked by the adaptive capability of its peoples. Even though practices brought from Africa changed, and the African-origin population mixed with other groups in a process of miscegenation, African behaviors and symbolic systems, these scholars insist, have persisted in Afro-Colombian cultures.

According to this vision of the past, Spanish colonial rulers could not undo the persistence of African cultural elements, and, in spite of dispersion and atomization, enslaved blacks found ways to support one another. These patterns of social interaction eventually evolved into a set of regional Afro-Colombian cultures. The storytelling represented in this volume does not connect to a specific point of origin in Africa, in contrast to, for example, well-studied religious practices with origins in Yoruba traditions, such as Santería in Cuba and Candomblé in Brazil (Arocha 1999, 34). Afro-Colombian animal tales and their storytelling contexts evince some connection to West

Africa, but the richness of this material derives to great extent from the complex strategies that African slaves of diverse origins developed to survive and fashion sustainable lives in Colombian territory. Therefore, these stories are of fundamental importance for understanding Afro-Colombian culture and history.

Most of the storytellers who contributed pieces to this volume also performed other genres of verbal art or music, and were either from small towns or rural areas, though some of them were then living in the city. Gumercinda Campos de Pérez, who contributed tales 1–3 in this collection, was from the small town of Pasacaballos (Bolívar) and told jokes and riddles, sang *arrullos* (lullabies), and led wake games. Gabriel Álvarez Jiménez, who contributed tales 4–6, resided in Cartagena and was a professional performer of jokes and traditional tales who used to go from wake to wake working as an entertainer. From Montería (Córdoba), Zoila Eva Villalobos Castro, who contributed tales 12–16, was an expert traditional storyteller with a large repertoire of tales and jokes that she learned from her mother. Antonio Fernando Altamiranda Cantero, who contributed tale 17, and Manuel Jerónimo Pérez Petro, who contributed tales 18–21, were performers of jokes and tales from El Carito (Bolívar). These gentlemen also performed as *rezanderos* in wakes and other religious occasions.

From San Jacinto (Bolívar), Miguel Antonio Hernández, or "Toño Fernández," who contributed tale 6, was an iconic figure in Colombian Caribbean traditional music. While he is considered a major composer in the *gaita* and *cumbia* traditions with the group Los Gaiteros de San Jacinto, he was also a prodigious poet, singer, storyteller, and improviser. José Pimentel Martínez, who contributed tale 7, was the main drummer from Evitar (Bolívar), the town where List did so much of his research. Like any good entertainer, besides knowing how to play his instrument, José also had a repertoire of jokes and tales. Silverio Martínez Torres, who contributed tales 10 and 11, was a *tambolero* (drummer) as well, from the Bocachica *cabildo*. The renowned Colombian folklorist and writer Manuel Zapata Olivella, author of Colombian literary classics such as *Changó, el Gran Putas*, contributed two tales to this selection, tales 8 and 9, recorded in Cartagena.

The publication of this selection of traditional stories from Colombia's Caribbean coast provides unprecedented insight into the universe of Afro-

Colombian storytelling and, in particular, into the use of traditional tales in the ritual practices of these communities. This collection adds a novel perception, as well, of the field research of George List, a major figure in twentieth-century ethnomusicology. In these elegant, amusing, and instructive tales from Colombia's Caribbean coast, we present what we believe to be a valuable contribution to the fields of folklore studies and ethnomusicology, as well as to Latin American studies and African diaspora studies, even as we pay homage to a remarkable academic ancestor and enhance appreciation for his many contributions to the study of expressive culture.

WORKS CITED

Arocha, Jaime. 1999. *Ombligados de Ananse: hilos ancestrales y modernos en el Pacífico colombiano*. Bogotá: Universidad Nacional de Colombia.

Arraíz, Antonio. 1975. *Tío Tigre Y Tío Conejo*. Caracas: Monte Ávila Editores.

Arrázola, Roberto. 1979. *Palenque, Primer Pueblo Libre De América*. Cartagena, Colombia: Ediciones Hernández.

Cooley, Timothy, and Gregory Barz, eds. 2008. *Shadows in the Field: New Perspectives for Fieldwork in Ethnomusicology*. 2nd ed. Oxford: Oxford University Press.

Escobar, Luis Antonio. 1985. "La Música En Cartagena De Indias." Banco de la República. http://www.banrepcultural.org/blaavirtual/musica/muscar/prohibe.htm.

Friedemann, Nina S. de. 1990. "Cabildos Negros: Refugios de africanía en Colombia." *Caribbean Studies* 23 (1/2): 83–97.

———. 1993. *La Saga Del Negro: Presencia Africana En Colombia*. Bogotá: Universidad Javeriana.

Friedemann, Nina S. de, and Carlos Patiño Roselli. 1983. *Lengua y sociedad en el Palenque de San Basilio*. Bogotá: Instituto Caro y Cuervo.

List, George. 1965. Colombia, Departamento de Bolívar. Collection of his field recordings at the Archives of Traditional Music, Indiana University, Bloomington.

———. 1983. *Music and Poetry in a Colombian Village: A Tri-Cultural Heritage*. Bloomington: Indiana University Press.

Mason, J. Alden, and Aurelio M. Espinoza. 1927. "Porto Rican Folk-Lore; Folk-Tales." *Journal of American Folklore* 158 (40): 313–414.

McBryde, John McLaren. 1911. "Brer Rabbit in the Folk-Tales of the Negro and Other Races." *The Sewanee Review* 19: 185–206.

McDowell, John Holmes. 1982. "Beyond Iconicity: Ostension in Kamsá Mythic Narrative." *Journal of the Folklore Institute* 19: 119–39.

Museo Nacional de Colombia. 2008a. Catalog for the exhibit *Río Magdalena: Navegando por Una Nación*. Bogotá: Ministerio de Cultura.

Museo Nacional de Colombia. 2008b. Catalog for the exhibit *Velorios Y Santos Vivos*. Bogotá: Ministerio de Cultura.

Nettl, Bruno. 2005. *The Study of Ethnomusicology: 31 Issues and Concepts.* 2nd ed. Chicago: University of Illinois Press.

Ochoa Gautier, Ana María. 2014. *Aurality: Listening and Knowledge in Nineteenth-Century Colombia.* Durham, NC: Duke University Press.

Rojas, Juan Sebastián. 2013. "Street Parrandas or Fokloric Festivals: The Institutionalization of Bullerengue Music in the Colombian Urabá Region." MA thesis, Indiana University, Bloomington.

———. 2016. "Local Musics and Peacebuilding in Colombia: Collective Reparation and Post-conflict in an Afro-Caribbean Town." Paper presented at the 61st Society for Ethnomusicology Annual Conference. November 9, 2016, Washington DC.

UNESCO. 2008. Third Session of the Intergovernmental Committee for the Safeguarding of the Intangible Cultural Heritage. Istanbul, November 4–8. http://www.unesco.org /culture/ich/index.php?pg=00196.

United States Department of State. 2012. *Colombia 2012 International Religious Freedom Report.* http://www.state.gov/documents/organization/208678.pdf.

Notes

1. This term is to be used with caution, since it literally translates as "coastal person," and Colombia has coasts on both the Caribbean Sea and the Pacific Ocean. Therefore, using *costeño* indiscriminately can be a way of neglecting people native to the Colombian Pacific coast, a historically state-abandoned region until the recognition of its native peoples with the constitutional reform of 1991. At the time of List's research, though, the Pacific region was still "invisible," and the term *costeño* was freely used to refer to people from the Caribbean coast.

2. In the years 1964, 1965, 1968, and 1970.

3. In the department (state) of Bolívar, he visited Cartagena, Evitar, San Basilio de Palenque, Carmen de Bolívar, San Jacinto, Isla Grande, El Carito, Soplaviento, and Bocachica; other research sites include Cali and Buenaventura (Valle del Cauca), Sabanalarga (Atlántico), Atánquez (Magdalena), Montería (Córdoba), and the capital Bogotá.

4. The "Bolívar Grande region" refers to the former administrative territory of the province of Cartagena during colonial times, which was renamed "Bolívar" during the mid-nineteenth century. This territory included what today are the departments of Bolívar, Atlántico, Sucre, and Córdoba.

5. Such as percussionist, singer, and composer Catalino Parra from Soplaviento; *gaita* music legendary performer Miguel Antonio Hernández, "Toño Fernández," from San Jacinto; *gaita* music master Sixto Silgado, "Paíto," from Isla Grande; and renowned *caña de millo* (a reed instrument made out of the cane of a local variety of sorghum) players Erasmo and Roque Arrieta from Cartagena.

6. List's collection consists of 125 open-reel tapes. This collection of field recordings is available for public consultation at the Archives of Traditional Music at Indiana University, Bloomington, as well as at the Centro de Documentación Musical at the Biblioteca Nacional de Colombia in Bogotá.

7. During colonial times, this territory was called the Vice-Royalty of New Grenada, and it also included what now are Venezuela, Ecuador, and Panama.

8. *Calentillo* is an herbal beverage made from cooking a spice called *hierba-limón* and adding sugar, and sometimes ginger, to it. At the wakes, the hosting family serves both black coffee and

calentillo in small cups that are taken on trays to the guests in the different parts of the house or on the street (in front).

9. *Ñeque* is a homemade sugarcane-base distilled alcoholic beverage.

10. Interview with Jaime Mercado in 1965 (List 1965).

11. Interview with Pedro Collazo in Cartagena (List 1965).

12. *Sancocho* is a soup prepared extensively in many Caribbean regions, as well as in the Colombian interior. It is usually cooked in big pots and includes one or several kinds of meat, potatoes, green plantains, yucca, yam, corn, herbs, spices, and *guiso*, which is a sauce prepared with tomatoes, garlic, and onions.

13. List was well aware of the international character of these stories. Indeed, in his notes to the tales, he provides an initial analysis of their tale types and motifs, and, in addition, he asked his colleague, Professor Hasan El-Shamy, to provide a more complete analysis of the comparative materials, which is included in the middle of this volume, after the photo gallery.

14. *Parranda* is a Caribbean term for "party" or "celebration." It represents joy and celebration expressed through lively and loud music, dancing, consumption of food and alcohol, and staying in the celebration for as long as possible (sometimes for days).

15. Grupo Son Palenque, "Tungalala," YouTube video, posted July 4, 2010, http://www.youtube.com/watch?v=_nyfe-P2Y5c.

16. http://www.goear.com/listen/9282d76/la-rana-balla-la-nina-emilia.

George List's Introduction

THE INHABITANTS OF the Caribbean coastal region of Colombia, the *costeños*, are of mixed racial and cultural inheritance, sub-Saharan African, Amerindian, and Spanish Caucasian. They speak a Caribbean dialect of Spanish intermixed with numerous regionalisms. Tales are told on many occasions but most frequently during the *velorio* or wake in order to avoid falling asleep. The shorter tales are usually referred to as *chistes* (which also means "jokes"), and the longer tales usually as *cuentos*. Often the tales are told in a competitive spirit, one teller succeeding another and endeavoring to secure a greater response from the audience.

The following twenty-one tales were excerpted from a collection of seventy-five that I recorded in Colombia in 1964 and 1965. The entire collection is on deposit in the Indiana University Archives of Traditional Music.[1]

Oral tales lose much of their color and liveliness when transcribed. Facial expression, gesture, and inflection, for example, are very difficult to reproduce on paper. However, in the transcription of the Spanish I have indicated some aspects of the oral performance that seem susceptible to such reproduction. These are the elongation or absence of pauses, the elongation of phones, and the repetition of meaningful words or phrases.

1. The comma indicates a short pause, the period a slightly longer pause.
2. When there is no pause whatsoever between the last word of a sentence and the first word of the subsequent sentence, this is indicated by a slash [/].

3. A pause longer than that of a period occurring within the narrative is indicated by an ellipsis [...].

4. The elongation of a vowel or consonant past its normal length is indicated by underlining [a].

5. Repetition or modified repetition is emphasized by placing the meaningful word or phrase in italics.

It is hoped that these stratagems will give the reader a better sense of the actual performance event.

To assist the reader of Spanish not accustomed to the dialect, parts of words that have been omitted in speech are supplied here in parentheses. Regionalisms and other matters that seem to require explanation are discussed in notes following the Spanish versions of the tales.

In story telling the *costeño* makes much use of meaningless syllables. He or she uses individual syllables to indicate that an action has taken place and groups of syllables to reproduce animal cries and the playing of musical instruments. In the latter case meaningful words are often mingled with the meaningless syllables. This use of meaningless syllables is a common aspect of *costeño* tale performance.

The translations into English that follow the Spanish transcriptions are quite free.[2] For example, verbs in the present tense in Spanish have been translated as past tense in order to conform to the tradition of storytelling in English. In some cases English idioms have been offered that are not direct translations of the Spanish. The use of underlining and italics has a different meaning in the English translation than in the original Spanish. In the English, meaningless syllables are underlined. Since it is assumed that the reader knows Spanish, the meaningless syllables have been left in their Spanish form. No attempt has been made to transliterate them into English equivalents. Spanish words that are not translated are, as usual, placed in italics in the translations.

The references following the comments are to tale types found in Antti Aarne and Stith Thompson's *The Types of the Folktale* (Helsinki, 1973) and to the motifs found in Stith Thompson's *Motif-Index of Folk Literature* (Bloomington, 1955–58). The titles of tale types are italicized; those of motifs are not.

I am indebted to Manuel Zapata Olivella, Martin Correa, and Ana María Ochoa for assistance in translating regionalisms, and to Hasan El-Shamy for providing the references to tale types and tale motifs. At one time or another, the following graduate assistants, Carlos Fernández, Iván Márquez, Pablo Mahave, and Minerva Mercado, helped in the production of this manuscript. I am grateful to the Indiana University Research and Graduate School for a Retired Faculty Research Grant, which partially funded this project.

NOTES

1. *Editors' note:* Currently, a copy of that collection resides at the Musical Documentation Center at the National Library of Colombia in Bogota.

2. *Editors' note:* In this edition the English translations are presented in the first half of the book and the Spanish originals are presented in the second half of the book.

The Stories

Mártara

Told by Gumercinda Campos de Pérez

CARTAGENA, 13 NOVEMBER 1964
http://purl.dlib.indiana.edu/iudl/media/504r56p01v

THERE WAS A very proud young woman, but a young woman who had been transformed into a hen. She was, well, enchanted. It was a "live enchantment" (*encanto vivo*).[1] Then she said she would not marry unless there was a man who would sing a *gracia*[2] for her. And all the animals had to say a *gracia* for her so she could see how they did it. She would marry the one who said it the best.

Then Mártara, the hen, brought together all the animals including the dog, the cat, the goat, the donkey, and Joseph Toad. Then they came and held the meeting. They all came to her: the jaguar came to her, the lion came to her, all the wild beasts came to her and she hated all of them. She said, "No, no, no! Jesus! Jesus! You'll scare me and you'll eat me!"

Then one of them came to her and told her how he did it but she didn't like it. Another said it to her and again she didn't like it. Then the bull came. When the bull arrived he told her his *gracia*. She said, "No, no, no! You'll gore me with your horns." The bull went away.

Soon thereafter the goat came. She said to the goat, "Aha, Uncle Goat, and what do you say? Are you going to sing your *gracia* for me?" And he said, "Yes." Then she said, "Let me see if I like it."

"Ge-e-e-e-e, ge-e-e-e-e."

And she said, "Jesus! Jesus! You'll scare me and you'll eat me! No, Uncle Goat, you I will not marry."

Then the donkey came and she said to him, "Aha, Uncle Donkey, what are you going to sing for me?" And he said, "Ji ja ji ja ja ji ja."

She said, "Jesus! Jesus! You'll scare me and you'll eat me! Neither will I marry you!"

Then the toad came. When the toad arrived, she said to him, "Aha, Uncle Toad, what are you going to say to me? Are you going to marry me or not?" All the animals laughed at the toad because he was so tiny. He said, "No. Let me think about what I'm going to say." And he left.

Then the dog arrived. Uncle Toad moved away. And when the dog arrived he said to her, "Mártara, I'm going to marry you." And she said, "Perform your *gracia* for me." When he performed the *gracia*, "Jau, jau, jau," she said, "Jesus! Jesus! You'll scare me and you'll eat me!"

Then Uncle Toad returned and came close. By now he had studied what he was going to sing to the hen, who is Mártara. He said to her, "I'm the smallest of all the animals but, yes, I think I will be successful in winning the hen. I will, indeed, sing my *gracia*."

"Aha, Uncle Toad, come on, Uncle Toad, come on!" And she said, "Sing your *graciecita* to me, Toad."

He says: (sung)

> "Mártara Mártara Mártara
> recundacundara,
> Mártara Mártara Mártara
> recundacundara,
> tungalala tungalala tungalala,
> Mártara Mártara Mártara
> tara tara ta ta ta ji jay titititititi."

The toad charmed all the animals and at once they began to dance. Then Mártara said, "Hold up Uncle Toad's arm. He's the one I'm going to marry. We'll celebrate the wedding." Then all the people came and dressed Joseph Toad for the wedding.

Then they all laughed and brought in a pot in which to boil Uncle Toad. When they placed the pot on the fire and attempted to throw Uncle Toad into it he leapt away and kept them from burning him. When he jumped he immediately fell upon one of his opponents,[3] one of those who were against him. He squirted milk on him (*le echo un chirrete de leche*),[4] also blinding the others with his squirting.

So, at once they all became blind and Joseph Toad became the husband of the hen called Mártara.

NOTES

"Mártara." This tale is an excellent example of a folk narrator's use of the repetition or modified repetition of a phrase. Cf. T92.11.1, Rival suitors discomfit each other; cf. M149.3, Vow to kill more successful rival.

1. The term *encanto vivo*, "live enchantment," implies a condition in which the body of a human being is transformed into that of an animal but the individual thus transformed retains the attributes of a human.

2. *Gracia* refers to a positive action, which pleases the individual who witnesses or hears it. It may be, for example, the recitation of a poem, the performance of a dance, or the singing of a song. In this case an oral performance is obviously expected.

3. The speaker first uses the singular of the verb and then corrects herself and employs the plural form.

4. *Chirrete* is apparently a colloquial term for "squirt" or "spurt." The word is commonly spelled and pronounced *chisguete*. Some toads are known to secrete a poisonous liquid ("leche"). There is a folk belief that the toad can squirt or spray the poison, and should this secretion reach the eyes of the beholder, he or she is blinded.

2

The Little Goat

Told by Gumercinda Campos de Pérez,
from Pasacaballos, Cartagena

13 NOVEMBER 1964
http://purl.dlib.indiana.edu/iudl/media/t945742x4r

ONCE THERE WAS a poor boy. This boy had neither father nor mother and lived in a *ranchita*,[1] a little house, with his sister. They had built their own house and there they were.

Soldiers passed by the house and saw the girl. "What a lovely girl!" they would say.

The Major of these soldiers came by and fell in love with the young girl. When he saw her beautiful hair and in spite of her living in such a humble dwelling, he approached and asked her to give him a drink of water. She didn't want to open the door of the house since her brother had forbidden her doing so. Then she said that she would. He could receive the water through a little door in the wall.

The boy would feed his sister with turtle doves and anything he could find in the surrounding area, fruits and all that. That's what he would give her.

One day the brother left early and when he returned he couldn't find his sister. The army Major had taken her. When the boy arrived he began to weep. He searched here, he searched there, but he could find nothing, not a trace of her. So he began to walk toward the city.

And he went, and he went to the city and found the Major. As soon as the Major saw him he told him that his sister was in the city and that he had her in an apartment. Seeing that his sister was well taken care of, he was satisfied and went back to the place from which she had been brought.

When he arrived he found there a magician displaying his powers. Then the magician offered him a piece of meat and the boy ate it. And when he ate the meat he was no longer a human but had been transformed into a goat.

When he was transformed into a goat he didn't lose his memory and went off to the army, that is, to the army camp.

And he arrived weeping and wept more and more. And the goat would roll over and over on the ground and would put its front feet on the Major's chest.

Then the Major patted him, "And this goat, this animal, why does he come to caress me?" Having seen that the animal was so affectionate, he took the goat and tenderly placed it on his shoulder and took it home.

When they arrived to where the wife was, she who was the sister of the boy who had been turned into a goat, he said, "Look at this little goat that came to me. You should have seen how it embraced me and how it showed its fondness for me. Tend to it with care. Take good care of it."

And he began to give her advice on how to take care of the goat. The girl was also happy with the goat. They would buy hay and give it to the goat but it would not eat it. Instead, the little goat was at the table eating their food. She didn't scold him. She would tell her husband that this goat didn't eat hay but rather food from the table. He would set a place at the table and there the goat would eat.

Thus, those of his friends who came to visit got to know this exceptionally intelligent animal.

In the meantime, the housekeeper that she had, a coarse, *bozal*[2] Negress, took a dislike to the goat because it would eat the best morsels of food. So she took a stick to the goat. The girl told her not to mistreat the animal like that because if she did so they would put her in stocks.

The Negress refrained from beating the goat but bore ill will against the mistress of the house, the goat's sister. This woman would do everything with poor grace and as she saw how the Major adored the girl and the goat she said to her, "My mistress, do you know something? Since you've been living here you haven't gone to see the cistern. If you wish, I'll take you to see it. It's an enchanted cistern. Look, over there are divine things, roses and treasures with all kinds of gems, and all that."

"Yes?"

"Yes, that is a delightful thing that your master has."

"Well, let's go then."

When the girl bent over to look, the woman immediately pushed her and she fell into the cistern. The goat was watching and started to run. The woman covered the cistern and the girl disappeared.

And the goat went to the barracks to look for the Major. When it arrived it at once cried,

"Malena be,[3]
Malena be,
Malena be.
The Negress threw her in, be.
The Negress threw her in, be.
She's in the cistern!
She's in the cistern!
Malena,
Malena be.
The Negress threw her in, be.
The Negress threw her in, be."

The husband left at once and went directly to the cistern in search of Malena. He had someone uncover the cistern and there he found his wife. She was on the verge of death. He then said that the goat couldn't be an animal, it had to be a person.

Immediately after the girl was pulled out of the cistern the magician appeared. He took a glass of water and by pouring it over the goat transformed it into a person.

When the boy reappeared he immediately grabbed the Negress. He found two mules and he tied one of her legs to one mule and the second to the other. He gave the mules three lashes and they ran through the city and tore the Negress apart. And finally she died, torn into four parts by the mules. The Major brought the girl a doctor who immediately treated her and she didn't die. And the Major remained with her always.

There my story ends.

NOTES

"The Little Goat." It will be noticed that the Major did not marry Malena. Formal, legal marriage was the exception rather than the rule among the rural *costeños*. In the majority of the cases the couples entered into a de facto union without sanction of either religious or civil authorities. The retribution in the form of drawing and quartering is an interesting survivor. Both tales 1 and 2 can be considered cante fables since there is some singing, in particular of the name of the female protagonist. 450, *Little Brother and Little Sister.* [Brother transformed into deer (roe).] + K2252, Treacherous maidservant.

1. *Ranchita* is the diminutive of *rancho*, the term given to the common type of local rural dwelling. The walls are made of cane plastered with a mixture of mud and dung and the roof is covered with palm leaves. The *rancho* usually has two rooms. The *ranchita* probably had only one.

2. *Bozal* refers to an individual who cannot speak good Spanish. In order not to interfere with the flow of the narrative by inserting a full phrase, I have translated it as "coarse." *Editors' note:* The term "bozal" refers specifically to groups of black slaves who had recently arrived from Africa and had not yet adapted themselves culturally to the New World and its ways.

3. When the goat sings its message to the major, the "<u>be</u>" is interpreted as its bleating. Alternatively, the teller could be saying "ve," which could represent *ve* (see!).

3

Of Aunt Vixen with Uncle Jaguar

**Told by Gumercinda Campos de Pérez,
from Pasacaballos, Cartagena**

13 NOVEMBER 1964
http://purl.dlib.indiana.edu/iudl/media/217q67kr8w

THERE WAS A vixen who was the wife of Jaguar. It came about that she went off with Uncle Rabbit. And in this manner Aunt Vixen betrayed Jaguar. She went off at once with Uncle Rabbit.

Uncle Jaguar said, "No matter where Vixen goes she'll have to pay for this."

Rabbit would make fun of Jaguar. He said, "Well, Vixen, Uncle Jaguar is going to plant a field and we'll eat whatever he grows. I have to trick him in every way so that he sees that although he's big and I'm small, he can't eat me."

Vixen said, "Rabbit! Don't mess around with Uncle Jaguar. Don't you know that he hardly needs to open his mouth and you will disappear?"

Uncle Jaguar planted his field. The field produced corn and watermelon, which Rabbit didn't like. But when the field produced muskmelon, Uncle Rabbit said, "Now, I'll eat."

And off he goes and destroys Uncle Jaguar's fence. And he begins to pull up the watermelons. And Vixen also had her bundle of watermelons and muskmelons. And so we had the big feast of Vixen and Uncle Rabbit.

Of this Jaguar said, "I'll meet them at a crossroads and they'll have to pay, for I won't tolerate what Vixen and Uncle Rabbit have done."

And then it happened that Uncle Jaguar met Uncle Rabbit and immediately after Rabbit saw him he started to roll over and over on the ground.

He rolled there.

He rolled here.

He rolled there.

He rolled here.

He rolled over there.

He rolled here.

Uncle Jaguar said, "Hey, Rabbit, finally I have you in my trap and I'm going to catch you."

Rabbit said, "Oh, Uncle Jaguar! Don't grab me now. Oh, Uncle Jaguar! Wait a minute. I have a terrible stomach ache. Uncle Jaguar, oh, Uncle Jaguar, wait a second. Oh, Uncle Jaguar, look, leave me alone for a minute. Soon we'll face each other like men."

When Rabbit said, "Soon we'll face each other like men," Uncle Jaguar was distracted and looked up toward the sun. As he looked up at the sun Uncle Rabbit moved closer, farted three times, <u>pru</u>, <u>pru</u>, <u>pru</u>, and ran away, having fooled Uncle Jaguar.

And Jaguar said, "Rabbit fooled me again. How will I finally be able to catch him? He got away from me." As Jaguar left he said, "Where will I find him?"

Days went by, many days went by, and finally Jaguar decided to invite all the animals to a party. When he held the party all the animals came but Rabbit. So Jaguar said, "Well, given that Rabbit hasn't come yet I'm going to look for him."

Rabbit was hiding in the bushes. And when Uncle Jaguar left to look for him Rabbit came out of the bushes and started to dance and eat while the party was at its height. When they told him Uncle Jaguar was coming Rabbit said, "I'm leaving straight away for I'm not going to let Jaguar eat me."

When he came back he immediately asked, "Hasn't Rabbit been here?" They answered, "He came and went." And he said, "Where will I catch him? Give me a break! Wherever I find him I'll give him such a blow that it will kill him at once. It'll take only one blow. I'll hit him real hard before he gets a stomach ache."

Aunt Vixen came by and Uncle Jaguar said to himself, "If I don't get ahold of Rabbit I'll take Vixen instead."

When Uncle Jaguar left, Rabbit was coming with his battalion of friends to throw his own party on Jaguar's field. When Rabbit arrived with Aunt Vixen, she sang,

"Elelelelelelelelele
Rabbit, we are in the field of my husband."

Suddenly they said to her, "There comes Uncle Jaguar."
She cried, "Uncle Jaguar, *caray.*" Then he beat her. When she went under the barbed wire her dress caught so she left the shreds there. And Rabbit stole everything in Jaguar's field and Jaguar couldn't eat him.
That's all.

NOTES

"Uncle Jaguar's Wife." Rabbit is the trickster in almost all of *costeño* animal tales as he is in parts of West Africa. Jaguar is the usual fall guy. Rabbit's wife is commonly Vixen, the female fox. Since corn or maize (*maíz*) is a major crop in the area, it figures frequently in the tales. No similar tale types or motifs were found.

The Excursion of Rabbit

Told by Gabriel Álvarez Jiménez

CARTAGENA, 6 MARCH 1965

http://purl.dlib.indiana.edu/iudl/media/692t151g56

IT ONCE HAPPENED that Rabbit and Goat went for an excursion, walking through the mountains. They walked here, they walked there, and the falling night found them deep in the mountains.

And Rabbit said to the goat, "Look Goat, I believe that around here in these mountains there are many jaguars, many fierce animals. So we have to take care of ourselves, so let's climb a tree to sleep in."

They jumped high into a tall tree and arranged themselves to sleep.

Now as it happened, every night under that particular tree there slept a very old jaguar who could hardly walk since he was so old. When Rabbit awoke in the morning and was going to descend the tree, he said, "*Caramba*, Goat, we're in deep trouble. Down there is a jaguar who seems to be waiting for us."

"Man, Rabbit!" the goat said to him. "What am I going to do now? What are we going to do?"

He said, "Don't worry. Do you remember that farther ahead we found that dead jaguar and chopped off his head? Well then, don't you worry. We'll get out of this predicament in some way."

Then Rabbit noticed that about eight other younger jaguars had come to visit the grandfather. "What's up, grandad? How are you?"

"Oh my son, here I am, not being able to walk with this rheumatism, this old age."

"*Caramba*!" said Rabbit, "Things are pretty bad. Now there are eight more jaguars."

"This is very bad. They're going to tear us to pieces."

"However, let's do something. Look Goat, bring out the head of the biggest jaguar that I killed yesterday and right away we'll make a *sancocho*."[1]

At once the jaguars took notice and said, "What! Up there they are making a *sancocho* of jaguar? This is bad."

Goat went over, put in his hand, took out the head of the jaguar, and said, "This one, Rabbit?"

And he answered, "Not that one, the other, the biggest."

He put the head back in and took the same one out again and asked him, "This other one?"

"No, man! The other, the biggest one."

When he was about to put his hand in the bag again, Goat slipped and fell down from the tree like a bullet. And Goat cried, "<u>Be-e-e</u>."

And Rabbit said, "Don't start looking around but take whichever you find at hand."

Notes

"The Excursion of Rabbit." This *chiste* has some relationship with a joke since it ends with a punch line. 126 (formerly 126*), *The Sheep Chases the Wolf*. (Predator overawed: made to believe he will be eaten.)

1. *Sancocho* is a common term for "stew." In the Caribbean coastal region of Colombia it refers to a particular type of stew that contains meat, fowl, and fish.

The Pig Who Made Much Fun of the Donkey

Told by Gabriel Álvarez Jiménez

CARTAGENA, 6 MARCH 1965

http://purl.dlib.indiana.edu/iudl/media/386019t23k

THERE WAS ONCE a woman who made bollos[1] and every day at four or five in the morning she would say to her young son, "Give this bit of corn, of corn water to the pig."[2] They had a pig and a donkey.

And as it happened the pig was always poking fun at the donkey, saying to him, "Hey friend Donkey,[3] a bit of corn water for me who is laying down here getting fat."

In the morning she would say, "Give these pieces of sugar cane to the pig."

The pig would say, "Listen, friend of the stable, sugar cane for me."

At noon she would say, "Throw this yucca to the pig."

The pig would say to the donkey, "Look here, friend, here I am living it up, eating yucca and getting fat. On the other hand, in your case it is not until seven in the evening that you are thrown a little bundle of grass so that you won't die, and you with boxes weighing half a ton always on your back. You are in bad shape, my friend."

The donkey would say, "What am I to do, Pig, if this is my fate. This is my destiny. I must accept it."

Every day at daybreak there was corn water for the pig. And the pig would say, "Listen, friend, it is the corn water, my friend, that has a lot to do with the way I feel. But what can we do?"

43

And then, the pig was very fat and Christmas came. And the owner of the donkey said, "Until today I have been giving corn water to the pig. Tomorrow I'll give him a hard blow."

At once the donkey lifted up his ears and said, "*Jepa*! *Caramba*! Ha, ha, ha. You see? That's what you've been looking forward to. That's why they were fattening you with corn water, to kill you."

At daybreak the donkey heard: <u>Pa</u>! <u>Ui-i</u>! "Now you can have your corn water."

At daybreak the wife again said, "Take a little corn water to the pig."

The child (*pelado*)[4] returned and said, "Momma, the pig is not here."

"Oh! I didn't remember that your father had killed it. Then give it to the donkey."

At once the donkey said, "To whom? Not to me, I've got a cold."

NOTES

"The Pig Who Made Much Fun of the Donkey." This *chiste* also has a punch line. It is traditional to eat pork on Christmas, as it is traditional in the United States to eat turkey on Thanksgiving. Cf. J212.1, Ass envies horse in fine trappings. Horse killed in battle; ass content.

1. *Bollos* are small cakes made of ground corn that are wrapped in leaves. The corn is ground and then boiled in water before the cakes are formed. The *bollos* may be boiled or baked. They can also be made of yucca or plantain. They are often filled with meat or vegetables.

2. *Agua de maíz* or "corn water" is the water in which the corn has been boiled.

3. Here the teller says, "Oye compa(dre) Puerco." This is an error since the reference is obviously to the *burro* and not the *puerco*. This has been corrected in the English translation.

4. *Pelado*, which means "short hair," is a slang term commonly applied to kids in Colombia. It can be applied to a child of any age, including those in their teens.

6

A Humorous Tale of Rabbit

Told by Antonio Fernández, from San Jacinto

CARTAGENA, 8 MARCH 1965
http://purl.dlib.indiana.edu/iudl/media/692t151g6h

I'M GOING TO tell you a tale about Rabbit. Rabbits always have a bad reputation. And this one was appointed mayor.

Mrs. Alligator was about to give birth. So she went to the beach and laid a few eggs. And one day Rabbit, while strolling down the beach, found the alligator's eggs. Pau pau. He ate them. And Mrs. Alligator came along just as he finished them. She rushed at him and Rabbit jumped into the water. And Mrs. Alligator dove in after him and tried to catch him.

Rabbit was already far away but he saw Mr. Alligator coming from the opposite direction. And Mrs. Alligator called to her husband, "Catch Rabbit! He ate the eggs!"

And Alligator asked Rabbit, "What is she saying?"

"That you should dive under because a man is coming with new harpoons."

So Mr. Alligator dove deep in the water instead of catching Rabbit, who had given him the wrong message. Mrs. Alligator again cried, "Husband, Rabbit ate the eggs! Catch him!" And again the husband asked, "Rabbit, what is it that my wife is saying?"

And he replied, "Go down deeper. There is a man coming with new harpoons. He will kill you."

Because of this Mr. Alligator went even deeper. Finally, he lost track of Rabbit and came upon his wife. And she said, "How is it that you let this fellow go, the one who went to my nest and ate all the eggs? Now we will have no children. Rabbit ate them."

"Man! What? If I had known that I would have killed him. Man! I had him so close."

"But I was screaming at you."

"He was telling me to dive down because a man was approaching with a new harpoon to kill me. That fellow tricked me (*me metió un pelo*).[1] One of these days I'll come across him and he'll pay."

As it happened, the summer was very hot and water was scarce. Rabbit, who was the mayor, had to go to the river to drink. He didn't want to get close to the river for he was trying to keep away from Alligator because of the harm he had done him.

One day he went to the river to drink and Alligator slipped quietly into the water without letting Rabbit see him. <u>Pau</u>! Alligator grabbed him by the hand. And told him, "<u>Epa</u>! Rabbit, now you're going to pay for everything (*las verdes y las maduras*)[2] you've done to me. Do you hear me? You ate all the eggs and now I have no children. I'm going to kill you."

Rabbit said, "Alligator, you're a very stupid guy."

"Why?"

"Because instead of grabbing my arm what you grabbed was my staff (*bastón*)."[3]

Then Alligator let go the hand and grabbed the staff instead. After telling this lie Rabbit jerked away and was gone.

And so Rabbit tricked Alligator, in every way he tricked him. That's a tale of rabbit.

Notes

"A Humorous Tale of Rabbit." Alligator, a fierce beast like Jaguar, is also commonly a fall guy for the tricks of Rabbit. 5, *Biting the Foot.* (Deception: escape by claiming the captor is seizing root.)

1. *Pelo* (hair) is apparently a slang term for "lie."

Editors' note: The narrator is probably referring to the Colombian expression "to grab someone by the hair" (tomar a alguien del pelo), *which means, "to mock someone."*

2. *Las verdes y las maduras* (the green ones and the ripe ones) is an idiom meaning "all things."

3. In this case *bastón* refers to the official staff of the mayor.

When Jaguar Wanted to Fight with Rabbit

Told by José Pimentel Martínez

CARTAGENA, 11 MARCH 1965
Original audio file unavailable.

As it happened, Rabbit was going to fight with Uncle Jaguar because Jaguar wanted to eat him. Being a real man Rabbit followed him out to fight. Rabbit told him that Jaguar wanted to fight with Rabbit only because he was very small. But if he were able to grow larger he could compete with Jaguar. Nevertheless, he was going to have a go at it.

Then Rabbit invited the Wasp, he invited Uncle Donkey, he invited Uncle Horse and the Bull. He invited all of them to fight with the jaguar.

When all the animals had gathered together, Rabbit took all the wasp's nests and put them into a calabash. Then Rabbit went to Jaguar and said, "Well, Uncle Jaguar, we are going to meet now."

The wasp's nests were broken open and they attacked Uncle Jaguar as did the donkey and the horse. The wasps stung Uncle Jaguar's eyes. *Carajo*, it was quite a scene. Uncle Jaguar ran away, he could not compete with Rabbit.

Notes

"When Jaguar Wanted to Fight with Rabbit." In this tale Rabbit tricks Jaguar by having other animals act for him. The narrator moves into another tale without stopping. I considered that one too poor to include. 49, *The Bear and the Honey*. The fox leads the bear to a wasp's nest.

The Man

Told by Manuel Zapata Olivella

CARTAGENA, 11 MARCH 1965
http://purl.dlib.indiana.edu/iudl/media/q97781xj4s

ONE DAY UNCLE Jaguar was about to die, that old jaguar was dying. And all the animals were worried, "Man, our king is dying. And what's terrible is that he hasn't called any of his sons to see who will be named king. With his having so many sons, what will happen if he dies and they all begin to fight with each other?"

And that was the talk among the animals, all worried about Uncle Jaguar's approaching death. Then the old jaguar called his eldest son into his cave. And he said, "Well, you shall inherit my kingdom. In it you can command, you can do as you please and all the animals will obey you. You will be the highest authority. But of one thing I will warn you: When you see, right? that somebody has entered your kingdom and starts to make a fire, and you can see smoke rising, and he builds a house, that is the Man. That is the Man that has come. And although you are the king of the entire kingdom, when that happens I advise you to run away. You should not confront him."

And his son the jaguar, who was already grown up, said, "How is it possible that you tell me this, Papa? You will name me king of this kingdom and make me a slave of this fellow? Why must I be subjected to this person? Tell me something: Is that Man more powerful than I am?"

"No, he's not more powerful than you! He's a being much weaker than you."

48

"Well, then, why must I subject myself?"

"Man! Because that is a person much more cruel than you. In cruelty there is no animal that can compete with him. That is why you must run away from him."

And Uncle Jaguar died and his eldest son was very worried. A day went by, then two, then three, then four, then five, then six, then seven, then eight. And all the animals worried because the eldest son was very sad. He wouldn't roar, wouldn't go out hunting, and felt like dying.

Until finally they saw him come out. And he said, "I'm going to go see the Man. If he kills me, he will kill me! But being a second-rate king, worrying about the smoke rising up. That is a damn nuisance I won't tolerate, I will go and confront him."

And he walked, and he walked, and he kept walking. And on the road he met a cow that was weeping, "<u>Be, be</u>!"

And he asked, "Why are you crying?"

"Man! King, you don't know what's happening to me."

"What's happening?"

"The Man. He comes every day, milks me, takes all the milk from my udder, and leaves nothing for my calf. Look how skinny he looks."

"Don't worry about it, Aunt Cow. Now I'll go and confront the Man and all your troubles will be over."

"But how is it possible that you should stand up to the Man? Don't say that, my King! That fellow will kill you. Oh, he will certainly kill you! It is better that you remain here in peace."

He said, "No, I can't live in peace knowing that Man is not only a danger to me but causes harm to you. I will, then, seek out the Man."

And he walked, and he walked, and he kept walking, until he found a corral and in it there was Uncle Horse whinnying, "<u>Uijijijiji . . . uijijijiji</u>!"

Uncle Jaguar came close, "What's the matter Uncle Horse?"

"Look at me, I'm the most miserable being in this world. Can't you see this corral here?"

"Yes."

"Well, here I live enclosed. And when they take me out they put a chair upon me that scratches my back, and you can see how it is. And not content with that he puts a nail in my mouth so that I won't move my tongue. And as if that weren't enough, then he climbs onto me. And that fellow feels heavier every day. And not satisfied with the weight, he puts on iron spurs and hurts my belly. See how it is with me!"

"Huy, and who is that," he said, "that takes away your freedom, that puts iron spines in your mouth, that wounds your belly, and that sits on you?"

"Oh man, it's the Man!"

"The Man! Well, then don't worry about it any more. I will meet the Man now and I'll make a big meal of him. So that from this moment you are free."

"Don't say that, Uncle Jaguar! You are going to confront the Man? No! It's better that you go back, it's better that you go back. Don't you know how cruel that fellow is?"

"No, I don't believe there is anybody that can best me in anything. I will go there." And he left.

And he walked, and he walked, and he kept walking, and far away he saw a column of smoke rising from a house. "That is where the Man must be and that's where I'll go."

He walked and he walked until he approached the yard. As soon as he approached it Uncle Dog began to bark, "Jau, jau, jau, ju, ju, ju, ju!"

And Uncle Jaguar came close, "Well, what's the matter, Uncle Dog? It seems like you don't recognize me."

Uncle Dog said, "Huy, I have to bark. If I don't bark and tell the Man you're approaching, the Man that's got me here with this rope around my neck will beat me to death."

"Aha! Then, instead of being glad that I come to kill the Man, you're warning him?"

"Yes, because you're not going to kill him!"

"How is it that I'm not going to kill him?"

"No, how are you going to kill him? The Man? You? No! Jau, jau, jau, jau!"

"Well, bark as much as you want but I'm going to kill that master of yours. And then I'll come to release you, even if you don't believe it."

"Man, Uncle Jaguar, my king, it is better that you go back. But if you insist in approaching the Man's house, and so that the Man won't beat me to death, I must continue to warn him because that's what he's got me here for. Jau, jau, jau, jau!"

Uncle Jaguar approached the house, went around it a couple of times and looked everywhere. He then peeked in the window and roared, "Here I am! Let's have the Man come out and measure himself against me if he's so brave! If he's so cruel let him come outside. I'm waiting here!"

He roared two, three times, nothing, nobody came out. And Uncle Jaguar said, "*Carajo*! I'm not going back. After having told the whole world that I was coming here to kill this fellow, to go back leaving him here? No *carajo*! I'll go in the house and see what's going on."

<u>Pun</u>, he went into the house. Once he was in the house he sniffed everywhere, no one was there so he roared again, "Let's see the Man, *carajo*! Here is the Jaguar who's going to kill him!"

Nothing, no one came out. So he cried again, "Let's see the Man, *carajo*, here is the Jaguar who's going kill you!"

All of a sudden from a corner, right? a very skinny woman came out, she had been beaten and had a black eye and her clothes were all dirty. And Uncle Jaguar said, "You are the Man?" His father had told him that he was very weak.

And the Woman said, "No, I am not the Man. I am the Man's woman."

"Ah, you're the Man's woman. And who has been the shameless person who beat you up like that? And how you've been beaten! They left you with your eye like that and your clothes ripped, and the Man never tried to defend you?"

She said, "Ha, you don't know of my troubles!"

"What is your trouble?"

"It is my husband who's got me this way."

He said, "What? Your husband? The Man is capable of beating his woman like this? Shit! Now I'm really getting out of here. If the Man could do all this to his woman, what couldn't he do to me?"

And he ran out of there as fast as he could, *carajo*, and went back to the hills.

NOTES

"The Man." The implication seems to be that among animals it is only man who would beat his mate. A being who is so perverse is indeed dangerous. The jaguar accosts several animals in turn and discusses their plight with them but there is no repetition of phrases as in the first tale. 157, *Learning to Fear Men.* +J1172.3.2, Animals render unjust decisions against man since man has always been unjust to them.

9

Uncle Rabbit and Aunt Jaguar's Seven Children

Told by Manuel Zapata Olivella

CARTAGENA, 11 MARCH 1965
http://purl.dlib.indiana.edu/iudl/media/960197zq4n

ONE DAY AUNT JAGUAR, right? was complaining that she had seven children and because she had to take care of them she didn't have any time for her other duties. She wasn't able to do her wash, she wasn't able to go shopping, her rice would burn, the coconut milk would boil over, and she always had many problems, right?

And she would complain, "Ay, how unfortunate I am with these seven children, I can't tend them the way I'd like. I'd rather be exclusively dedicated to them, but I can't."

And that happened every day. Rabbit would hear Aunt Jaguar. Until one day Rabbit approached Aunt Jaguar, "Aunt, why do you complain so much? I hear you sighing."

"Huy, Rabbit! If you only knew. Here I have these seven children that I must be tending and bathing, and giving them milk, and I'm not able to do anything else, truly. I don't know what to do."

And he said, "Well, Aunt Jaguar, if that is the problem, I'll take care of your children for you."

"Man, Rabbit, how good you are! You will take care of my children, despite the fact that my husband has so often chased you?"

"Don't think about that, Aunt Jaguar. Your husband has been chasing me, but that is because he has the wrong impression of me. I have always tried to be his friend, just like now I also want to be your friend."

"Then you'll take my children and look after them, right, Rabbit?"

"Yes, I'll take them to my house and look after them there."

And that's how it went. Aunt Jaguar gave Rabbit the seven children and Rabbit took them home. As soon as he got to his house, he took one of them and <u>pun</u>, <u>pun</u>, <u>pun</u>, killed one of them. Then he stretched the skin to dry.

The next day, right? he took the six children to nurse with their mother. And she looked at them, "Man, Rabbit! How good my children look, but there is one missing, Rabbit! What have you done with my child?"

"No, my friend, you know how troublesome children are. I couldn't bring them all at once, but I have the other one at home. Nurse these and I'll bring you the other one later."

Then Aunt Jaguar, right? nursed the six children that had been brought to her, and she let him take them away. Once he had done that, Uncle Rabbit took one of Aunt Jaguar's children and brought it back to her, right?

He gave the child to her to nurse, and Aunt Jaguar said, "*Caray*, this guy has put on so much weight, he's already full, it seems like he just had nursed."

And he said, "Yes Aunt, it seems like he had just nursed, but that's because over there I always feed him very well with sugar water, with yucca water. And I never miss bringing him some mice or an armadillo that I might get. That's why you now see him so fat."

"Very well, Rabbit, I thank you very much. Your concern for my children is what's making them so healthy." And he took home the one that had nursed twice.

The following day, right? he went and <u>pun</u>! killed another of Aunt Jaguar's children, no? He ate it and put the skin out to dry.

Once he had eaten it and dried it, right? he brought the five cubs for Aunt Jaguar to nurse. He gave them to her to nurse and Aunt Jaguar said, "*Caray*! How good my children look. Rabbit, I am very grateful. But why do you only bring five? Where are the other ones, Rabbit?"

"Oh, Aunt, don't you worry! I have them over there. What happens is that since I bring them every day, and they are gaining so much weight, I could no longer bring six but just the five that I brought you. But go ahead and nurse these five. Afterward I will bring you the other two."

"Ok, Rabbit, fine." She gave him the five kids. He took them home, right? And then he brought back two of the ones that had already nursed. "*Caray*! But these kids sure look full! It seems like they just nursed."

"Yes, Aunt, that's because I take such good care of them."

They nursed, and he took them away again. The following day, right? Rabbit was only able to bring four because he had eaten another cub.

When they arrived at Aunt Jaguar's, Aunt Jaguar examined them. "Man, how handsome they look! You only brought me three, Rabbit, where are the others?"

"I have them at home. But, hmm, look how much these kids have grown. I bathe them, I look after them, I pamper them. I could only bring these three. Let these nurse and later I'll bring the others."

That's how it was, he took three back, right? And then he came back again, right? And he brought three. And Aunt Jaguar said, "Well, you've only brought three, and my other kid?"

"Ay, what do you want? You want me to bring them all at once? I've already told you that they're very heavy. I've just brought you three and I'll be right back with the other one, right? The other ones are over there being troublesome, right? Go ahead and nurse these and I'll later bring the other one."

And that's how it was, every day he would bring one less cub, the one that he had eaten. So that finally, right? the last one he had left, right? he had to bring seven times. He would bring the cub, wouldn't let it nurse very long, would take it home and then bring it back again. But when he had eaten them all he had none left to bring.

That day Aunt Jaguar was, you know, scratching her head. The sun was already very high. Must have been around eleven and Rabbit still hadn't brought the kids to Aunt Jaguar.

Then Aunt Jaguar was worried, "*Caray*! What's the matter with Rabbit? It must be that he is washing my kids. It must be that he's tending them very well, that time has gone by and he hasn't realized it. I'll wait for him a little longer."

But then at noon the sun was high up in the sky, right over, right overhead. Everybody was standing on their own shadow and he still didn't arrive.

And Aunt Jaguar said, "I'm going to see my kids. I don't know what's the matter with Rabbit! Poor Rabbit! Maybe all the worries of tending my children have made him sick. He must be so sick that he hasn't been able to bring them to me today. I'm going to see what's the matter!" And she left.

She hadn't arrived at the house yet and she was already calling him, "Hello, Uncle Rabbit! I've come to see my children. What's happening? I've been waiting for you all morning and you haven't shown up."

No one answered so she went into the house, right? "Rabbit! Where are you? Where do you have my kids? *Carajo!*" Aunt Jaguar was surprised that she didn't see them. "Man, this Rabbit is so good! He has taken them to the river to bathe them and that is probably why he didn't bring them today. I'll take the road to the river to see if I find Uncle Rabbit there bathing my kids."

As soon as she came out to the house's backyard she found the skins of her seven cubs. And she became very angry and screamed, "Ay, my children! Rabbit has eaten my children!" She screamed so loudly, *carajo*, that Uncle Jaguar heard it and came to her. And Uncle Jaguar asked, "What happened to you?"

"Look what Rabbit has done! He has eaten my children!"

And Uncle Jaguar said, "*Carajo*, I'm going to give you a beating. That happened to you because you complained about not being able to tend your children. And you had to find Rabbit, who you know has never been on good terms with me because he's such a scoundrel!"

And that is the end of my tale.

NOTES

"Uncle Rabbit and Aunt Jaguar's Seven Children." In a previous tale Rabbit had eaten eggs. Here anthropomorphism turns him into a carnivore. Jaguar's reaction to the loss of his children is markedly differently from that of Alligator in a previous tale. 37, *Fox as Nursemaid for Bear.* Search for nursemaid. [Eats up the young.] +56C,' *The Jackal as Schoolmaster.* [Eats pupils, and deceives parents by showing the same child over and over.]

10

Uncle Rabbit and Uncle Alligator

Told by Silverio Martínez Torres

BOCACHICA, 12 MARCH 1965
http://purl.dlib.indiana.edu/iudl/media/c08h441s67

THERE WAS A PARTY in heaven. All the winged animals had to go. Rabbit wanted to go but had no wings. And the rabbit said to the vulture, "Look, Vulture, since you're going to heaven anyway, over there in my house I'll leave you a package on the table. I'll leave the package on the table. If I'm not there just take it and carry it to heaven. It is a letter that I'm sending there." Then Rabbit got into the package.

"OK." The vulture went there and cried, "Rabbit, Rabbit, Rabbit!" But Rabbit was not there. Vulture took the package and flew off to heaven.

When the vulture arrived in heaven he smelled a dead animal. He left the package on the road and went to eat it. While he ate, the rabbit ra ra ra got out of the package.

They were already in the *bullerengue*.

Ripapinpinc-pinc-pinc, riuapinpínc
tipí-tipití-tipi
panán ricapinínc.

Those were the drums playing.

The rabbit got there and so did the vulture. And they asked Rabbit, "Where is Vulture?" And he said, "This vulture is such a pig, man! I left him

56

over there eating this decomposed cow. As soon as he's here I'll tell him myself. We will tell him."

The party lasted for three days. On the third day everybody was thinking of returning. And the rabbit was right behind the vulture. If the rabbit didn't return he would be killed. So every time the vulture was about to fly he would hang onto his leg, would hang onto his leg.

Then finally the vulture flew off and Rabbit hung onto a leg. Very quickly he took off upward, and Rabbit stuck to the leg. Then he turned downward and Rabbit still stuck to the leg.

Rabbit lost his grip and fell, <u>pan</u>! on the back of an alligator. And the alligator said, "Man, Rabbit, you came just when I wanted you!"

And the rabbit said, "Man, Alligator! You think I'm so dumb that I'd fall on your back so you can eat me? No, no, no, no. I came to tell you that over there on the bank there are some fat pigs."

He said, "Let's go, hang on, brother!" He hung on and the alligator swam off like crazy. When they touched land Rabbit said, "Wait here, wait here, don't go away."

As the rabbit went inland he met a man with a rifle, a hunter. He aimed at the rabbit, who pleaded, "Wait a minute, don't kill me. I came here to tell you that there is an alligator on the bank watching your fat pigs with intent to eat them."

And then the man with the rifle went and shot the alligator.

NOTES

"Uncle Rabbit and Uncle Alligator." This is a tale in which Rabbit, typically, tricks other animals. The *bullerengue* that they have in heaven is a typical folk dance of the region. The term can also be used to refer to a *fiesta*. Cf. 225A, *Tortoise Lets Self Be Carried by Eagle*. Dropped and eaten. + 122, *The Wolf Loses His Prey*. Escape by false plea.

11

The Rabbit Who Wanted to Be the Largest Animal in the World

Told by Silverio Martínez Torres

BOCACHICA, 12 MARCH 1965

http://purl.dlib.indiana.edu/iudl/media/940791tf4x

RABBIT WANTED TO be the largest animal in the world, did you hear that? So he went to Jesus Christ and said to him, "I see the elephant and its mate are large, the donkey and its mate large, and also the bull and the cow. But look at me. Man! What the people have done to me! I do not enjoy being like this."

And Christ asked, "Rabbit, do you want to be large?"

"Yes, that is why I came here, that's the reason for my appointment."

He said, "Well, let's do something about it. Bring me the tear of a jaguar, the eye tooth of an alligator, the tusk of an elephant, the fiercest wasp in the world, and the fiercest snake. Bring them here and you'll see how I make you larger."

And then he said, "Yes she fits, yes she fits!"[1]

"No she doesn't!"

"Look, *carajo*, say again that she doesn't fit! Friend, don't tell me she doesn't fit. Don't stretch my patience. Yes she fits! Let's bet twenty pesos!"

Then the snake, who had been listening to the pretended conversation, said, "Friend, what's happening?"

"Oh Aunt Snake, he is telling me that you don't fit into it."

"That I don't fit into it? How come? What are you saying?"

"He said that you don't fit into the bag. <u>Eje</u>! Tell me that again and you will see how I kick you!"

"Come here and you will see." Aunt Snake began to get into the bag. It was really the cleverest snake in the world, the one that crawls half standing up, the cobra!

He said, "How come! I am telling you the truth." <u>Run run run</u> the cobra got into the bag. <u>Pra</u>, that's how he caught the snake. Then he said, "You are going to God."

The next day he found a nest of *vaquero* wasps,[2] the fiercest kind and the most dangerous. "Yes, they fit!"

"No, they don't fit, they don't fit!"

"They fit! See, see, I, I will shoot you because of this! Don't tell me they don't fit. Damn you! How much do you want to bet? Twenty pesos? Let's bet twenty pesos."

The rabbit was really alone. The wasp said, "Ah, what is happening, Rabbit?"

He said, "Aunt, he is telling me that you don't fit in. I don't shoot him because I don't want to get blood on me, man!"

"Let's see, Rabbit." <u>Ran ran ran</u> they all got into the bag. When the last one got into the bag, it went to God.

Then he went to find Jaguar and Jaguar's tears. When Rabbit met Jaguar, he said, "Oh God! Oh my God! Oh my God, as much as I love my Uncle! Oh!"

"What are you crying about?"

He said, "Oh God, Jaguar! Don't ask me, I don't know how, the news, oh my God she died quickly! Your mother died, Uncle!"

He said, "Oh my God! It's all right." Then the jaguar began to weep. Bringing the calabash, the rabbit said, "The tears of such a good man should not be wasted." <u>Pa</u> it goes to God.

The elephant is very fond of honey. When an elephant came by, the Rabbit said to him, "Look, Uncle Elephant, I have never before asked a favor of you. But finally I have met you. I am an important and well-liked man. I will not deceive you. Let my mother die a thousand times, before I deceive you, Uncle!"

"What's going on, Rabbit?"

"Look, Uncle, what happens is that when one asks a favor from important people they think it is a lie."

"But tell me, tell me! My heart beats because you want something good for me."

Rabbit said, "Oh, Uncle! That's very good. I assure you that in the La Moria Swamp[3] there is a spiral shell about three hundred feet wide. There are many flies because there is much honey. Oh Uncle, if you see it! See, Uncle, I am going to tell you something, it yields about three hundred cans of honey. I only want five, the rest is for you."

"Ok, man, take me there! Get up on me!" The rabbit pa pa pa got on the elephant."

When they arrived there, there were soldiers about and the elephant was afraid of them. The rabbit said, "Bury your tusk in the shell, Uncle Elephant."

"Look, look, there it is." The elephant was very strong. He pierced the shell cra with his tusk. The rabbit said, "Push it all the way in, all the way!" And the elephant pushed his tusk all the way, and said, "Uncle, I assure you, you are my friend—look how many soldiers there are! Oh my God!"

They all got into a truck, soldiers and elephant, leaving his tusk behind. The rabbit went to the shell and, pan, he pulled out the tusk, chan. It goes to God.

And then he went to the river bank where there was an alligator. He brought with him a pitcher of rum. He put the pitcher down,

Prin, ripatim pan kitim pití,
Rrrum pin pi tan pi di,
Rrrum pripi, ripa timpín,
Ripa, the alligator was a drummer, ripatinpín pín, tapá pa pa paá.[4]

The alligator said, "Wife, get my nankeen trousers[5] ready. I am going to see Rabbit." She said, "Oh, *carajo*! You know how tricky Rabbit is." He said, "If you tell me again that Rabbit is a bad person I will slap your face! *Carajo*, you keep telling me that he is a scoundrel. You know that Rabbit is my nephew. And he likes me a lot. And I also like him. You will see. Just get my trousers ready. Someone told you! *Carajo*, women are so useless, *carajo*. You know it's true!"

"I am ironing, dear." She ironed the trousers.

When he arrived at the shore, the rabbit began to play the drums again,

Trrruu sorro mandí to ro,
Sorro mandí to ro, paticutí
Cuticutí cutí ba bi cun
Trrruu pitapimpín.

When the alligator arrived, Rabbit said, "I was waiting for you, my dear. Come here. Drink." And then he pa poured a glass a quarter full. "Bah, drink the rum."

The alligator drank his rum, "Bah, je je je je." He smiled widely and showed his teeth.

"What are you waiting for?"

And then the alligator took the drum,

Prípata, prípata prin, prípata prin,
Prin pata, pin pin pin ripatipín,
Pin guin pin guin, pin guin, ripatin pin,
Ripata pin, ripatin pin.

The rabbit said, "No, that's not the way to play it, Uncle. Drink a little more."

Then the alligator said, "Bah another one, but, je je je." He smiled widely at that. They became drunk and uttered much nonsense.

They began to play again. Rabbit said, "Look Uncle, this is my last bottle. Drink it all while I bring more." The alligator drank it all ba ba ba ba and then he began to laugh. Then the rabbit hit him with a heavy stick, ba chocum, and he grabbed it, and chac.

When he arrived where his wife was, he said, "Oh my wife, my dear! Oh! I don't know what happened to me! It seems like I need a bandage. Oh! Oh my God!" She said, "I told you. I told you. You have lost your eye tooth. Now you have lost it."

Then the eye tooth went to God. The rabbit said, "God, I am bringing you the items you asked me for." God said, "Ok, one moment, please."

God took a freshly planed board three-quarters of an inch thick and tied the rabbit's legs to it. Then he tied his ears to another board of the same kind, and then pulled, pulled, pulled, pulled, pulled, pulled, pulled, until he had very long, stake-like ears.

Notes

"The Rabbit Who Wanted to Be the Largest Animal in the World." This is a common type of tale in which a reward is offered for the accomplishment of several difficult tasks. In many such tales magic is involved, but here all is accomplished by trickery. But it would seem that God is a greater trickster than Rabbit. This tale is a good example of the use of meaningless syllables to denote an action taken. A2325.1, Why rabbit has long ears. [Cf. tale 20.]

1. The narrator begins to describe Rabbit's actions without further exposition. It would seem that he expects the audience to know the tale.

2. Cowboy or cattle-herding wasps.

3. Moria is the name of a local river god of aboriginal origin.

4. *Editors' note:* The rhythm sung by Silverio Martínez Torres in this passage seems to be the *bullerengue* rhythm. Martínez was the drummer of the Bocachica town (Bolívar), besides being a storyteller.

5. Nankeen was a cotton fabric originally imported from China.

The Cunning of Rabbit

Told by Zoila Eva Villalobos Castro

MONTERÍA, 19 MARCH 1965
http://purl.dlib.indiana.edu/iudl/media/q67j72qb80

RABBIT CAUSED A LOT of damage in a cornfield. He liked corn very much but he also liked to drink rum a lot. He was a tippler.

Every morning there was some damage in the man's field. The man said, "What should I do?" He set traps. He used one kind of trap and then another but he didn't catch Rabbit. Catching Rabbit was very difficult because he was very crafty.

Then the man thought, "Now I'm going to make a wax woman, made from black wax." He bought a rack for bottles, a table, two liters of rum, a little glass, and a funnel. He made a little canteen at the entrance of the field.

When Rabbit came to eat the corn he saw the table and said, "Hey, what is this bar and this black woman doing here? Serve me a drink!" But the woman didn't serve him since she was made of wax.

He said, "Well, if you don't serve me I'll serve myself." He took the bottle and rum he served himself. Then he <u>pran</u> drank the rum and said, "Well, serve me another one." The woman kept quiet. He served himself again.

After he had drunk about five or six glasses of rum the rabbit was drunk. He said, "Well, lady, you don't speak, you don't say anything. I drank all this rum and you have not asked for payment. What are you thinking? I'll kick you."

He kicked her <u>pra</u>, but got stuck in the wax. "Aren't you going to let me go? Let me go!"

The woman kept quiet because she was made of wax. Then he kicked her with his other foot and it also got stuck. Then he punched her and <u>bum</u> his hand got stuck, and he punched her again and the other hand also got stuck. So, Rabbit was caught. Then he said, "Well, now what? Are you going to keep me here?"

Very soon thereafter the man came and said, "Eh Rabbit, this is the way I wanted to catch you." The man put Rabbit in a bag and he started for home. He said, "Well, I'm going to make a good stew of you as soon as I arrive home. I will eat you in a stew with a lot of coconut." He left with Rabbit in the bag.

On the way home he had to relieve himself. He put <u>pam</u> the bag at the border of the road and got into the bushes, dropped his pants and began to relieve himself.

Meanwhile, a vixen passed by and saw Rabbit inside the bag. But this vixen wasn't Rabbit's wife; she was no relation. She said, "Eh Uncle Rabbit, what are you doing inside that bag?"

He said, "Now this man has the idea that I should go to his home to eat chicken. I don't eat chicken, I'm not a vixen. And he wants me to eat chicken at his home, but I don't want chicken."

The vixen said, "Oh, I wish it were me." The vixen was very interested. She said, "Oh, I would be very happy to go if it were me." He said, "Then untie the bag and I will get out and you will get in."

Then the vixen <u>ra ra</u> untied the bag. The Rabbit <u>ran</u> got out of the bag, and the vixen <u>pan</u> got into it. When the man came from the bushes he didn't notice what had happened. He took the bag, put it under his arm, and left.

After he had walked a short distance he heard a voice coming from the bag, "Are the hens very fat?"

"What?"

"I asked, are the hens very fat?"

He turned and looked, and said, "Where is Rabbit?"

She said, "He told me that he didn't want to eat chicken and that you had some chickens there, that you are going to stuff me with chickens. He cannot eat chicken, so I told him I would go."

He said, "Well, I'm going to give you the chickens. Man, this rabbit how well he tricked this vixen, but you are going to be punished." When he arrived at his house he lit a fire in the patio. He threw the vixen to the dogs and they tore her to bits. That was the chicken the man gave her.

NOTES

"The Cunning of Rabbit." This is an elaboration of a common and extremely widespread tale known in simpler form as "Conejo y la Muñeca de Cera" and in English as "Brer Rabbit and the Tar Baby." Since Vixen is commonly portrayed as Rabbit's wife, the narrator found it necessary to indicate that this vixen was not. 175, *The Tarbaby and the Rabbit.* + K842, Dupe persuaded to take prisoner's place in a sack: killed. The bag is to be thrown into the sea. The trickster keeps shouting that he does not want to go to heaven (or marry the princess); the dupe gladly substitutes for him. (This motif is typically associated with Types 1525A, 1535, and 1737.)

13

The Saddling of Jaguar

Told by Zoila Eva Villalobos Castro

MONTERÍA, 19 MARCH 1965
http://purl.dlib.indiana.edu/iudl/media/k32237jv00

RABBIT WENT TO a *lata* plant[1] whose fruit is a little green *corozo*.[2] These *corozos* become purple but he took them green. He looked for a big rock and a little rock. He sat on the big one and began to break the *corozos*, and to eat them. He broke and ate the fruit inside the *corozo*, the seed.

Meanwhile Jaguar came and said, "Eh, Rabbit, this is the place where I wanted to catch you."

Rabbit said, "Oh, Uncle, look. I am breaking these *corozos*. Taste them, and you will see what fine flavor they have."

He broke one and the *corozo* certainly had a white seed inside that when it is green is very tasty, just like he said. Then he <u>pan</u> broke one and gave it to Jaguar. He <u>pam pam</u> ate it.

He said, "Your *corozos* are very tasty, Rabbit." Then Rabbit said, "Right, and yours should be even more tasty because they are bigger. Let's break one of them."

The jaguar came closer and put his *corozos* on the big rock and then <u>chen</u>, "Ouuou," he cried out loudly, and Rabbit ran away. With that roar the jaguar left weeping because his *corozos* had been lacerated.

He went to his wife. "Man, Rabbit is very small but he has done me great harm. Rabbit has broken my *corozos*."

"Man, but how is that?" Aunt Jaguar said. He said, "But wherever he goes I will catch him and eat him up. That day will come."

Some days passed during which the jaguar recovered. Rabbit went to the slaughterhouse at the site where the cows had been killed and began to turn over and over on the floor guigú guigú guigú guigú until he was all covered with blood. Then he laid down in the center of the road.

After a while the jaguar came and said, "Eh, Rabbit, this is the place where I wanted to catch you, you trickster, you. I'm going to eat you." Rabbit said, "Oh, Uncle, what part of me would you eat? Don't you feel disgusted? Look how I am covered with ulcers. Look, they are all over me. There isn't a spot without an ulcer. Don't I disgust you? You should feel compassion for me."

"Man, Rabbit, it is true you are sick. What happened to you?"

"Oh, Uncle, I have not been well since the day I tricked you. God punished me. Look how I am, covered with ulcers."

"Man, Rabbit!" Then Rabbit said to Jaguar, "Take me, Uncle, take me, take me to your house. When I get well you can eat me because I have acted wickedly toward you."

He said, "But how will I carry you?" Rabbit said, "Riding on your back." Rabbit already had hidden in the bushes a saddle (*gurupa*),[3] a bridle, a crupper. He had all that ready.

He said, "Well, get on then." He got down on all fours. Then Rabbit took up the saddle, the bridle, and was ready to put them on Jaguar. He said, "Man, what the hell is that?"

"Oh, Uncle, I'm going to put this little piece of leather here so I won't stain you with my ulcers."

"Well, put it on me then." He came up to him, ran, and placed the saddle on him. When he was about to fasten the saddle upon him, Jaguar asked, "Man, what is that thing you are passing around my belly?"

Rabbit said, "Look, Uncle, if I don't do this the saddle will turn and I will fall down."

He said, "Well, put it on me then." Rabbit fastened the saddle on him. When he was going to lift Jaguar's tail to put the crupper on him, Jaguar asked, "Man, what is that thing you are putting there, man?"

"Look, Uncle, I put this on you because if I don't the saddle will be slack and I will fall off."

"Put it on me then." <u>Pa</u> Rabbit put it on Jaguar.

He took the bridle and he was about to put the bit in Jaguar's mouth, that piece of copper, when Jaguar asked, "Man, what is that piece of copper that you are putting in my mouth?"

He said, "Look, Uncle, the purpose of this is to distract you as you walk, to keep you from been bored by sucking on that piece of metal." So he <u>pan</u> put the bit in his mouth.

Then he <u>pan</u> put on a pair of spurs. "Man, what are those things you just put on?" Rabbit said, "Look, Uncle, I put these on so my heels do not touch your belly." And the pair of spurs was very sharp.

Then Rabbit <u>chon</u> got up on him. And when he had mounted Jaguar he put the spurs to him and Jaguar began to run and run and Rabbit began to hit him with a whip. <u>Pra pra</u> as they went he kept hitting him with the whip.

As he was hit with the whip Jaguar ran and ran and ran and ran. And when he was almost dead, when he could no longer run, Jaguar roared <u>mmm</u> <u>mmm</u>. And Rabbit kept hitting him and putting the spurs to his belly so the poor Jaguar couldn't do anything.

He really gave it to the poor jaguar (*le dio una monda*),[4] leaving him almost dead. When Rabbit saw that Jaguar's legs would no longer carry him, he <u>changolo</u> ran away, leaving him hollow-backed.

The poor jaguar rose and went to his home, still saddled. When his wife saw him coming, she exclaimed, "Oh, what happened to you?"

Jaguar said, "Well, Rabbit tricked me again. Look, he saddled me and wanted to kill me. He wanted to kill me. He made me run, he beat me. He had some pointed rods on his feet and when he pricked me with his heels he made me fly almost two kilometers. He is crazy. It happened to me because I felt pity for him but I will not feel pity for him anymore."

Then his wife removed the saddle. But even so Jaguar remained between life and death for more than three months because of the saddling.

NOTES

"The Saddling of Jaguar." Here, again, is one of the earthy touches in Costeño tales. In tale 3 Rabbit flatulates in Jaguar's face; in tale 12 the man relieves himself at the side of the road; and here Jaguar's testicles are cracked. 4, *Carrying the Sham-Sick Trickster*. (Fox feigns illness and rides on dupe's back.)

1. *Editors' note:* The *lata* plant (*Bactris guineensis*) is a kind of palm tree that produces a fruit locally called "corozo."

2. The *lata* plant yields *corozos*, small, coconut-like fruits. There is a hard seed in the center and the remainder is filled with coconut-like flesh.

3. In this case *gurupa* refers to the crupper or strap, which is fastened to the saddle and runs under the horse's tail.

4. *Editors' note:* In the Caribbean region of Colombia, *monda* is a synonym for "a beating."

When Rabbit Lost

Told by Zoila Eva Villalobos Castro

MONTERÍA, 19 MARCH 1965
http://purl.dlib.indiana.edu/iudl/media/p19326n331

NOW I WILL refer you to the story in which Conejo loses. It's the only one in which Conejo loses, because in all the stories he comes out on top, with Jaguar, with Lion, with all of them he comes out on top, but with the cock, that was the only story in which he lost.

Rabbit noticed that the cock kept his head under his wing while sleeping. He arrived one night and began to look and look at him, moving around the roost upon which the cock slept without seeing any head.

The next morning the rabbit said to the cock, "Oh Uncle, where do you keep your head at night so I can't see it?"

He answered, "Je, I cut it off. I ask a hen to take a knife and cut it off and keep it somewhere. I remain without my head. At five o'clock in the morning she takes the head and washes it in the river. She leaves it in the pinkest of conditions, that is why I always have a red head."

Rabbit said, "I'm going to do the same thing. That's why you are always pretty, with your red comb. I have noticed that you are always pretty and it is because she cleans it very well."

When he arrived home he said to the vixen, "Well, Vixen, here is a knife." That was in the afternoon. "Take my head and cut it off."

"Oh, what is it my dear husband? Have you gone crazy? How can I cut off your head?"

"No no no no no, cut off my head. Cut it off, cut it off."

Oh, and she wept because she didn't want to cut off her dear husband's head. "No, no, and after you cut it go to the river and wash it so you return it to me as pink as that of Uncle Cock."

He put his head on a rock and she, without wanting to, took the handle and <u>chen</u> chopped it off. His body jumped to one side, his head to another.

She grasped his head by the ears and took it to the river. There she began to wash it. She washed all the blood from the wound of the neck. When she returned she brought the head with its eyes clear and fixed and she found the rabbit's body stiff and fallen on the floor. Then she began to join the head and the body. But the rabbit remained dead. This is the only tale in which Rabbit lost.

Notes

"When Rabbit Lost." As the title indicates, this is the only tale told in which another animal gets the best of Rabbit. Cf. K856, Fatal game: dying and reviving. +J2401, Fatal imitation.

15

Uncle Rabbit's Field

Told by Zoila Eva Villalobos Castro

MONTERÍA, 19 MARCH 1965
http://purl.dlib.indiana.edu/iudl/media/n20395xb30

UNCLE RABBIT MARRIED Aunt Vixen. After a month of marriage Aunt Vixen said to him, "Oh, Rabbit, all I do is to carry here what little hens that I can rob, chickens, and you do nothing."

"No, little Vixen, I'm going to plant my field of corn. I have not done it yet because I don't have seeds."

"Well, I will go to my father. My father is an old fox." He was a very old fox, but he always had enough corn that he sometimes gathered in the fields.

She went and brought a batch of corn on the cob. That night, they began to remove the grain from the ears, putting it in water to get it ready to plant in the morning.

They cut the grain from the ears and ate some, cut and ate. But there was enough left, about two quarts. They took it and put it in water.

Aunt Vixen woke up very early in the morning, at about four o'clock. She began to boil the vegetables along with a stewing chicken that she stole from someone's yard. She stewed it and made a good meal for him, which she wrapped in leaves (*sarapa*).[1]

"Give me plenty, Vixen, because this is the day I'm going to work." He went to his field to work, to plant corn. He saw a man planting a crop of corn. He took a little cup, dug a hole in the ground with it, and placed some corn in it. He buried the cup and corn together. Then he laid himself down and went to sleep, full of corn.

He woke up in the afternoon, at about six o'clock. He went into the water and took a bath, cleaning himself very well. Then he got out. He had brought his machete hanging from his shoulder but now he dragged it along the ground.

"Oh, Vixen, I'm nearly dead! But I have planted two hectares (*cabuyas*) of corn."[2]

"Oh my husband! What a worker my husband is. Yes, this year we will make good *bollos*, to eat with the stew chicken, the little hens."

Another day came. Very early, she made his lunch. He went to the field. "The man is working," she said. "My husband is working." '

When he was in the field, she began to sing. They had names, you know. She was called Josefa Aspeleto, and he was called Jesús Poro.

Thus, she sang,

"A lalalalalala la la la
I am Josefa Aspeleto, Jesús Poro's wife,
ay lalalala
I am Josefa Aspeleto, Jesús Poro's wife."

That was her song. Like there was nothing else but herself and her husband.

The days passed and the days passed. When the ears of corn were ripe, ready to make *bollos*, he said, "Well, Vixen, prepare the mill and the large bowl because we are going to make a good quantity of *bollos*. The corn is ready. There is a lot of it, a famous amount of very big ears."

She said, "Well, when do we do it?"

"We can go tomorrow, tomorrow Sunday." He calculated that the owner would not be going to his field because it was Sunday. He would stay home and wouldn't watch the corn. "That is the day that I'm going to eat corn."

They woke up very early at five o'clock in the morning. She put her large bowl on her head. She also carried the mill and her big spoon for beating the dough. They departed. He was walking unburdened because he never carried anything. She had to carry all that on her head. Aunt Vixen with her burden, a lot of things upon her head.

They arrived. "Oh! Is this the field? What a pretty field my dear husband has!"

And at once she began to sing,

"Lalay lalalá la la la
I am Josefa Aspeleto, Jesús Poro's wife.
I'm where I belong, working with my husband."

"Woman," Rabbit said, "Vixen, stop that screaming. Stop that screaming, Vixen. Be quiet while you gather the corn."

"But, isn't this yours? This crop is yours. This is the sweat of your brow. This is the work of my husband." And she continued,

"La lalala lala la la
I am Josefa Aspeleto, Jesús Poro's wife.
I'm where I belong, working with my husband."

Rabbit said to himself, "Great, this Vixen, what a commotion she makes. The dogs can hear her, and that man lives near here."

Suddenly he heard, "Jau jau. Jau jau, jau jau." He said, "Look, listen." But this was said to himself, he didn't say anything to her. The dogs were coming and he, pan, began to run far from there, from the field. Then he found a hiding place in the bushes and left her behind.

And she kept milling her corn. But she was milling and eating, milling and eating and singing, milling and singing.

Suddenly the owner of the corn field arrived with his four large dogs and began, juy, to yell, "Ay! *Carajo*, look, jue jue."

And they caught Vixen in the red skirt that she wore to make *bollos*, because she went very elegant. They tore her skirt and abused her badly. One of her hands was damaged. In the end, it was a miracle that she survived.

They left her fallen in the road, almost dead. In his hiding place Rabbit nearly died of laughter, thinking, "Jum, I wonder what happened to Vixen. Maybe the dogs killed her."

In the afternoon she recovered her senses, got up and began to limp along on three paws with her torn skirt. At the same time, the Rabbit got out of his hiding place and began to walk before her. At some point on the road he lay down and waited for her.

"Ju ju ju."

"Rabbit, ah, Rabbit."

"What, what happened to you? I thought the dogs had killed you." She said, "No, they wanted to kill me but they left me there thinking I was dead. But how do you feel?"

"Ayyy yy uu, I'm cold because of the fever, I'm cold because I have a fever and my legs won't carry me home. Carry me."

"Well, get onto me, then, get onto me." He got onto her and hung on to her neck. And the vixen began to walk, even though she didn't have the strength to carry her own legs, but she had to carry him.

Then he said,

"Polo llano polo llano
the sick carry the well
Polo llano polo llano
the sick carry the well."

"Yes, what are you saying, Rabbit?" He said, "Nothing, Vixen, I'm just raving, I'm raving because of the fever." But he didn't have any fever, he was very well. The dogs didn't hurt him because he had left.

She arrived at the house and threw him on the bed. Then she fixed him something to drink, even though she was bruised and beaten. He said, "From now on I will never plant again. This is the end. We will never have another crop. It is better to keep stealing little hens. It is over."

The end.

NOTES

"Uncle Rabbit's Field." This tale could also be considered a cante fable. Notice the use of a hand mill to grind the corn, a contrivance that was in common use among the rural Costeños. 9, *The Unjust Partner*. [Does no work, cheats.]

1. A *sarapa* is a meal wrapped in the leaves of the aquatic plant *bijao*.

2. *Cabuya* is a measurement used by the country people approximately equal to a hectare.

Rabbit and Vixen's Saloon

Told by Zoila Eva Villalobos Castro

MONTERÍA, 21 MARCH 1965
http://purl.dlib.indiana.edu/iudl/media/x02138kk8q

ONCE VIXEN SAID to Rabbit, "Rabbit, let's sell rum here because people always pass by here going to the field and they will always gather and buy a drink, man, and we can earn some money."

"Eh, Vixen, let's do it."

"Let's go buy it."

At that time the price of a half bottle of rum was twenty-five cents. Rabbit bought a liter of rum, which cost seventy-five cents. He placed a rack for bottles, a table, and a glass. They sat there both waiting for the customers. The vixen and the rabbit were at the end of the table.

A man passed by, "Eh, are you selling rum? Serve me a drink." Rabbit stood up and, <u>rum</u>, served a drink to the man. The man, <u>gran</u>, drank his liquor. He, <u>pan</u>, paid the five cents that the drink cost and left. Then Rabbit said to Vixen, "Ah, Vixen, serve me a drink."

Vixen ran immediately and served the drink. Then Rabbit, <u>pa</u>, drank it, <u>pan</u>, and paid the five cents to Vixen. He paid with the same money the man paid him. The vixen took the nickel and kept looking at his face. Then she said, "Ah, Rabbit, serve me a drink." She, <u>pan</u>, gave him the five cents. Then Rabbit, <u>ran</u>, served her drink and the vixen, <u>cran</u>, drank it.

When Rabbit had drunk another drink he was hot and his ears were standing straight up. Vixen said, "Rabbit, pour me a drink. Now it's almost gone." And she, <u>pam</u>, threw the nickel toward him. The rabbit took it immediately, <u>ruam</u>, and poured the drink. "Here's one for you, then!"

Now they were very happy. "Give me the drink, old man." <u>Pam</u>, she drank it. And Rabbit said, "Pour me a drink." Then, <u>pran</u>, she poured his drink and then, <u>pam</u>, he drank it. Finally, between the two of them they had drunk all of the rum for five cents.

NOTES

"Rabbit and Vixen's Saloon." In Colombia rum is the common coastal drink, rather than the *aguardiente* of the highlands. Due to inflation the price of a drink would have been much higher at the time the tale was told. Cf. K233.4, Man orders a bottle of beer, then returns it and takes a loaf of bread instead. He refuses to pay for the bread because he has returned the beer undrunk. He refuses to pay for the beer because he has not drunk it.

The Man Who Gathered Honey

Told by Antonio Fernando Altamiranda Cantero

EL CARITO, 21 MARCH 1965
http://purl.dlib.indiana.edu/iudl/media/m117624d6b

THIS TALE IS about a man who gathered the honey of bees, a country man. Well, there was a man whose occupation was the collecting of honey in the wild. He had been a long time in that occupation. Once he found a very large quantity of honey so he couldn't collect it in one day.

In order to avoid delay, the next day he slept overnight in the forest. Since he remained in the forest to sleep he made a campfire.

When it was almost ten, Rabbit appeared. He said, "Oeh, Uncle. Man, Uncle, what are you doing here?" The man said, "Man, I have a job to do near here."

Rabbit said, "Man, Uncle, look, at this time I am beginning to feel a little cold. I am going to stay here with you." "Man, as you wish, Rabbit." Well, Rabbit stayed and lay down to rest.

After a while Aunt Vixen came. She said, "Eh Uncle Rabbit." "Oeh Aunt Vixen." "Uncle Rabbit, what are you doing here?"

He said, "I am keeping the man company because I found him here alone." She said, "Man, I am beginning to feel cold. I'm going to stay with you here also." Rabbit said, "Feel free, Aunt."

Well, after a while Bear came. He said, "Eh, Aunt Vixen." She said, "Eh, Uncle Bear. What are you doing here?" He said, "Just passing by. Man, I'm beginning to feel cold. I'm going to stay here with you." She said, "Come and join us."

After a while Uncle Jaguar came. He said, "Eh, Uncle Bear." "Man, Uncle Jaguar. Man, what are you doing here?" "Just walking. Man I'm beginning to feel cold. I'm going to stay here with you." "Feel free." Uncle Jaguar went to sleep.

Finally they all went to sleep. The man didn't like it when he saw the jaguar lying there. He was afraid. "*Caramba*, these folks are going to eat me."

They were all asleep. In the middle of the night one by one they began to wake up. "<u>Ah,</u> I'm hungry," said Vixen. And Uncle Rabbit, Uncle Bear, and Uncle Jaguar all got up hungry.

Then Aunt Vixen said, "Man, look how hungry we are and just this afternoon I passed a chicken coop. Well, the chickens could hardly move because they were so fat."

Uncle Bear said, "That's nothing. I passed by a grove of plantains where the flies buzzed very loudly."

Uncle Jaguar said, "Man, that's nothing. I passed by a group of calves. They are still nursing so they are very good (*novillos de ubre*)."[1]

Then Uncle Rabbit said, "No, man, I cannot tell much. But I passed by a meadow, and what a bunch of delicious plants!"

Uncle Jaguar said, "Well, let's do something."

"<u>Ujum</u>?"

"Aunt Vixen can bring two chickens. Uncle Bear can go for two bunches (*gajos*)[2] of plantains. And Uncle Rabbit can go for some greens, and I will go for some calves."

Well, well, well, everyone left. The man remained alone.

After about an hour and a half Aunt Vixen returned with the hens. She threw them down. After that Uncle Bear came with the plantains. Then came Uncle Jaguar with the calves. All this they put there. Rabbit threw down his plants.

Immediately the animals began to take pieces of meat and put them in the fire, to put plantains in the fire, and to eat. They invited the man, "Come on, friend, come on."

He said, "No, man, I don't want any."

They continued their meal. And the man stayed there, inside his shelter. When they had finished their meal the only thing left was a piece of meat from the calves, they had cleaned up the rest of it.

Then the man said, "Look how they ate all that food in the middle of the night. When they wake up that little piece left will not be enough and then they will eat me. Now I have to do something."

Well, they all lay down again, full of food, and slept. When they were sound asleep the man thought, "*Caramba*, I have to do something to these animals." Then he went to the fire, took out his penknife, and put the blade in the fire. When it was very hot he thrust it into Aunt Vixen.

Vixen stumbled away, sometimes falling to the ground and then getting up, almost dead. She got into the hollow of a large fallen tree. And she began to weep.

He already had a pot full of water on the fire. When the water was boiling he poured it over Uncle Bear. He also walked away, leaving parts of his skin all over the place, and, chuculún, got into the same hollow where Vixen was.

Then he went after Uncle Jaguar. He took the axe with which he worked, and he struck Jaguar with the blunt end. Jaguar stumbled away, falling to the ground and getting up. He reached to the hollow and, chuculún, got in.

Uncle Rabbit was the last one. The man took him by a leg and threw him into the fire. Rabbit went away, half cooked, and went to lay down in the same hollow.

After the man had done all that he gathered his things and the piece of meat that was left, making a bundle. At the same time he was making the bundle, the animals were resting in the hollow.

In the midst of her weeping Aunt Vixen said, "Man! Did you see how far that man could go?"

"Well, what happened to that man? What did he do to you?"

She said, "Don't ask, that man has a murderous fever. That man has a very high fever. Because that man, well, he jabbed his finger into me and it burned my guts. I am almost dead."

And Uncle Bear said, "That's nothing. It is true that man has a very high fever. Because he splashed me with a gush of urine that completely covered me. It made my skin fall off. I have lost a mile of skin."

Uncle Rabbit said, "That's not right. That man was very hungry because even with all the food there he had the nerve to grasp me by a leg and throw me into the fire, to roast me, to eat me!"

Uncle Jaguar said, "No, no, no, no, say nothing more. That's the best way to tell it. God will not send to this world a stronger man than that one. That man struck me a blow and I don't know if it is the end of the world or if I am alive or dead. I don't know how I am. That man strikes hard."

While they were talking to each other there in the hollow the man finished gathering his things. He gathered his shelter, his axe, and everything and went home. But then that man abandoned his work at that time because of the misfortune which befell him. So he stopped doing his job and stayed at home in peace.

NOTES

"The Man Who Gathered Honey." The humor in this tale is found in the concepts the animals have concerning what the man has done to them. All is done through his own physical powers as though he were an animal. No similar tale types or motifs were found.

1. The literal translation of *novillos de ubre* is "calves of udder."

2. A *gajo* is a segment of a hanging bunch of plantains. I have translated it as "bunch."

18

The Quarrel between Cock and Vixen

Told by Manuel Jerónimo Pérez Petro

EL CARITO, 21 MARCH 1965
http://purl.dlib.indiana.edu/iudl/media/c18d473w9r

WELL, IT HAPPENED that Cock and Hen lived together. But then one day they had a fight and Cock said that he was leaving the house. Cock went out. And he went up onto a mountain.[1]

He spent all day in the mountains. In the evening he wanted to return home, but he did not know the way to the house. Then he had to stay on the mountain.

He thought that being on the mountain he should not remain on the ground because Vixen could eat him. That is the way it was. Then he climbed up a tree.

The cock was accustomed to sing in the dark before daybreak so he began to sing just before dawn came, thinking he was in his home. And there was Cock singing in the dawn: "<u>Cocorocó</u>."

Well, Vixen heard him. She said, "Listen, there is a cock nearby. I am going to eat this moron tonight." She went there. She arrived where Cock was. Cock was up there singing, "<u>Cocorocó</u>."

But since he was up there Vixen could not catch him. She said, "Now I am going to hide here in between the roots of this tree[2] and in the morning when he comes down I will catch him." <u>Pran</u>, the vixen got in between the roots of the tree to wait to catch Cock when he came down.

As it was Cock's custom at home to come down when it was still dark, he began to go down, moving downward from branch to branch. But suddenly he remembered he was not at home but in the mountains. He said, "No, I better not go down like this. I'm going to wait until it is light. I'm not at home."

He was waiting for the daylight. When it began to get light he looked downward and saw Vixen. Cock said, "Eh, Vixen. What are you doing there?" Vixen said, "Man, Cock, you cannot imagine."

He said, "I can't imagine what?" She said, "I have been listening to you since you sang in the dark before daybreak and wanted to meet you."

He said, "And for what?"

She said, "To give you the news. We have very good news."

He said, "News, how come? About what?"

She said, "Well, you know that you don't like me and I don't like you. Dog doesn't get along with me. Cat doesn't get along with Mouse. Hen doesn't get along with Cockroach. And now we have to make peace, all of us."

He said, "Ah, and why is that?"

She said, "Because here it is." And Vixen took a paper out of her bosom. She said, "Look here, it is signed. You can see what it says here.

Vixen should not bother Cock any more. Dog should not bother Vixen any more. Cat should not bother Mouse any more. Hen should not bother Cockroach any more.

Here it is, this is signed. This has been signed by the President. This is a decree."

Cock said, "Well, Vixen . . ."

She said, "Well, aren't you looking, then? Signed by the President, there. It is a decree."

At the same time that Vixen was talking to Cock, a man, who had a field nearby, came to the mountain and brought a dog with him. As Vixen argued with Cock, Dog found her scent and began to trace her. He traced her, traced her, traced her, and suddenly rising up a slope came upon her among the roots of the tree. And he gets ready to fight.

And Vixen said, "He is going to catch me." She began to run very fast along the mountain and Dog ran behind her, <u>pan pan pan pan pan pan pan pan pan pan pan pan</u>.

And the owner of the dog went after them, "<u>Uaio!</u>"

And Vixen ahead and Dog behind and <u>pan pan pan pan</u>. Cock was still up in the tree. He was afraid to come down. And Vixen ran along the mountain ahead and Dog behind <u>pan pan pan pan</u> and the owner yelled, "<u>Uipiro</u>!"[3]

Then Vixen went all the way around the mountain and returned back and passed under the tree where Cock was. When Vixen passed under the tree, Cock saw that Dog was about to catch her. Then Cock said from up there, he said to Vixen, "But read the decree to him."

And the dog behind, <u>pan pan pan pan pan pan pan pan</u>, and the owner yelled to the dog and Cock said, "But read the decree to him." How could she read the decree to him? And should Vixen read the decree to Dog, would Dog stop?

Well, in the end Vixen escaped from Dog. Cock got down and went looking for his house. So he went home. But Vixen remained angry with Cock. She said, "I am going to eat that cock. Mmm, wait and you will see how I eat him. Tomorrow night I will go to the house. There I will eat him because he will get down in the dark."

Now she went there. The next night Vixen got into the house where Cock slept, to the place below where he perched. She went inside when it was still dark. There Cock used to come down when it was still dark.

Then Cock <u>pan</u> jumped down and Vixen <u>pau</u> caught him. Cock said, "What, what?" Vixen said, "<u>Epa</u>! You are lost now, now you are going to pay."

Then Cock said, "Listen, Vixen. Are you going to eat me? Man, you are going to do a great thing eating me. Look at the framework there. All those hens are my women. I have more than fifty women there. <u>Ay</u>, and where there are fifty women for one man, can you imagine how fat I could be? I am very skinny. Are you going to eat me? Look at all those fat women I have there. There is one called Chastisement. Lard comes out of her. If you would like, let me go, and then I will go up and then throw her to you."

Vixen said, "Cock!" He said, "I am telling the truth. If you let me go I will throw you Chastisement so you can enjoy her lard. She is very fat."

She said, "Well, I am going to let you go so you can throw her to me." And Vixen let Cock go.

Cock, <u>ra</u>, flew to the framework. And he didn't throw anyone down. And Vixen remained down there waiting. She waited, waited, and when she realized that Cock was not going to throw her anything, she began to call Chastisement, the hen. Vixen said, "Oh, Chastisement, Chastisement."

Cock said, "Chastisement, <u>jum</u>, Chastisement is what I got so I never again jump down in the dark."

NOTES

"The Quarrel between Cock and Vixen." Here we have Cock as the trickster rather than Rabbit. 62, *Peace among the Animals—the Fox and the Cock.* [Dogs have not heard of new law]. + 122D, *"Let Me Catch You Better Game."*

1. Here List has translated *montaña* as mountain, though it would be better rendered as "hill" or "bush."

2. The roots of many tropical trees rise high out of the ground.

3. List brings forward here the exclamatory sound, but the Spanish original could translate to something like, "Go dog, go!"

19

The Marriage of Monkey and Frog

Told by Manuel Jerónimo Pérez Petro

EL CARITO, 21 MARCH 1965
http://purl.dlib.indiana.edu/iudl/media/k12831dn70

WELL, MONKEY FELL in love with Frog and they were to be married. Then he began to give out the invitations but he said there were three guys he would not invite because it was not good for their marriage. But Frog was more than willing to invite them. But Monkey didn't want to. They were Rabbit, Pig, and Cricket.

He began to give out all the invitations except to those three persons. The night of the *velada* (soirée) Toad was a musician as well as Thrush and Parrot. Toad was the drummer.

Rabbit was far away but when he was on his way home to sleep he heard the drum and he recognized by the drumbeat that the drummer was Toad. Rabbit perked up his ears and tried to tell from where the sound of the drum was coming but he couldn't. Then he remembered, he suddenly remembered that the *velada* of Monkey was that night. And he said, "*Caramba*! If I could find one of my friends, I would go there right now. I'll go over to my friend Pig and see if he'll come with me."

He went out and when he arrived at Pig's house he knocked on the door. "Pig! Pig!"

"Yes?"

And he said, "Friend, are you awake?"

"Yes, because of that drum I haven't been able to sleep and if I had known where it was I would have gone there already."

"No, man! The thing is that tonight is the *velada* of Monkey, let's go!"

"Ok, let's go there." Pig got up and got ready and they left. "Let's go over to Cricket's to see if he wants to come too."

They went over to Cricket's and called him. "Cricket! Cricket!"

"Yes?"

"Are you awake?"

"Of course my friend, because of that drum I haven't been able to sleep and I don't know where it is. If I knew where it was I would have gone there."

"Well, the thing is that tonight is the *velada* of Monkey. We are going there. Come on, let's go!"

"Ok, I'm ready. Let's go."

All there of them left, those that Monkey didn't want to invite. On the way they had to pass in front of where Tortoise lived. Tortoise had a little tavern.

Rabbit said, "Well friend, let's buy ourselves some rum."

"Let's."

They called to the Tortoise, "Man, bring us some bottles of rum." They bought a dozen bottles of rum, four bottles each, and left.

When Rabbit, Cricket, and Pig arrived only Toad, Parrot, and Thrush were there. They were the musicians. Toad was beating the drum softly. Toad was playing the drum. He would take the drum and beat it:

plum,
plum,
plum plum plum plum,
plum plum plum plum plum plum plum plum
plum plum
wide breast and narrow behind,
wide breast and narrow behind,
wide breast and narrow behind.

That was the way Toad played.

Rabbit came and said, "Well, friend Toad, so you are the one that's here."

"Yes, it's me."

"Don't you have anything to drink here?"

"No, not a chance. There's nothing here." Thrush and Parrot, who were the musicians, were asleep because they had nothing to drink. Rabbit came up to them and said, "Well, here's rum, have some."

Toad, who hadn't had any, opened his mouth and drank. And then Thrush woke up. Rabbit said to him, "Here, have a drink." They began to drink, all of them. "Look, Toad, go back to your drumming."

Toad took up the drum again:

plum plum plum plum plum plum,
wide breast and narrow behind,
wide breast and narrow behind,
wide breast and narrow behind,
wide breast and narrow behind.

Then Rabbit said, "Let's all have a drink." Pan! And they all had a drink, Pig dancing with Beaver (*guartinaja*)[1] and Cricket with Butterfly. So, they had their drink and then Rabbit said, "Good, friend Thrush, aren't you one of the musicians? Aren't you a flutist?"

"Sure."

"Well if so, then, why don't you play?"

"Ok, let's play." Thrush was tipsy from the drink as were Toad and Parrot. Parrot was now glassy-eyed, nearly drunk. Then Thrush said, "Alright, Toad, beat the drum and I'll follow you."

Toad takes the drum again:

plm plm plm plm plm
plm, plm plm plm, plm,
pilip pilip pilip pilip
pilm pm pm pm pm pm pm,
wide breast and narrow behind,
wide breast and narrow behind,
wide breast and narrow behind.

And then Thrush took up the *pito*,[2] he took up the *pito*:

tui
tui tui tui tui tui to

tui to tui to tui to tui tui to,
tui tui to tui tui tui tui to tui tui to,
e tue to ti tui to e tue to tui.

And Frog:

Wide breast and narrow behind,
wide breast and narrow behind,
wide breast and narrow behind,
wide breast and narrow behind.

And, and, and Thrush:

tui to,
e tui to,
e tui to tue tui to,
e tui to tue tui to.

"Let's all have a drink." Pan! They stopped playing.

It happened that the priest was asleep, the one who was to marry Monkey and Frog in the morning. She was the vixen, Coco, and the altar boy was Ardito, squirrel. They were both asleep. Well, they had their drink. Cricket was dancing with Butterfly and Pig with Beaver. Then, Parrot, glassy-eyed, was spitting out hunks of phlegm, now almost drunk.

Then Rabbit said, "Well friend Parrot, you're the only one left. You have to play, too."

"Of course!"

"Well, now that you are going to play, now that you're playing, I'm taking the drum, because I also know how to play it." Rabbit took the drum and Parrot the *pito*. But it happened that Parrot's *pito* was *cumbia*. It was sideways (*atravesada*).[3] Rabbit took the drum and said, "Ok."

Rabbit took the drum:

pn, pn, pn pn pn pn pn pn pn pn,
pl-l-lm pl-l-lm pl-l-lm ptm pl-m, plm plm, plm, plm,
pl-l-lm plm pam pm tan tin tan tin tan tin tan tin tan tin tan tin tan tin tan tin tan
if you leave I'll see you,
if you leave I'll see you,
if you leave I'll see you,

if you leave I'll see you,
if you leave I'll see you
and with my toe I'll kick you (*con la punta te punteo*),[4]
if you leave I'll see you
and with my toe I'll kick you,
if you leave I'll see you
and with my toe I'll kick you,
if you leave I'll see you.

Parrot took up the sideways *cumbia*. And Parrot played:

tue te te te te te te te te
te te te te te te te te te te
te te te te te te te
te te te te te te te te
te te te te te.

And Rabbit:

If you leave I'll see you,
if you leave I'll see you,
if you leave I'll see you,
if you leave I'll see you,
if you leave I'll see you
and with my toe I'll kick you,
if you leave I'll see you
and with my toe I'll kick you,
if you leave I'll see you
and with my toe I'll kick you,
if you leave I'll see you.

Pan! they stopped playing. "Ok, let's have another drink."
"Let's."
"Yes, let's."
And so they drank. Rabbit said, "Well Thrush, come back and let's have you play the *pito*. It seems to me that our friend Parrot is already quite drunk."

Rabbit picked up the drum again and Thrush the *pito*. Cricket was dancing. But while he was dancing it was he who played the *guaches*.[5] And Rabbit picked up the drum again:

plm plm plm plm plm
plm plm plm plm plm plm plm plm,
y tan tin tan tin tan tin tan plm plm plm plm plm
if you leave I'll see you,
if you leave I'll see you,
if you leave I'll see you,
if you leave I'll see you,
if you leave I'll see you
and with my toe I'll kick you,
if you leave I'll see you
and with my toe I'll kick you,
if you leave I'll see you
and with my toe I'll kick you.

And Thrush played again:

tui ti tui tui tui tui tue tui tue tui tue to
tue tui to tue tui to tue tui to,
e tui to cu tui to,
e tui to tui tui to,
e tue tue tue tui to,
e tue tu tue e tue to,
e tue to.

And Cricket was dancing and at the same time making the sound of *guaches*:

chsh, chsh,
chsh chsh chsh chsh chsh
cht cht cht cht cht cht cht cht cht ch rt ch rt
cht cht cht cht cht cht cht cht cht cht cht cht cht cht cht cht.

At this point the priest woke up and listened. When Monkey heard these people at the *velada*, those he didn't want to invite, he said, "There goes my marriage."

The priest who was the vixen, Coco, woke up and listened. And the vixen, Coco, called the altar boy, named Ardito, and said, "Altar boy!"

"What's the matter, Father?"

"Get up. We are leaving immediately."

"Aha, but why, Father?"

"No, no, no, I told you to get up, we are leaving."

And so it happened that the people got up, the priest left with the altar boy, and the marriage of Monkey came to naught.

NOTES

"The Marriage of Monkey and Frog." The teller of this tale is a virtuoso in the imitation of the sounds of musical instruments. The printed tale can give little evidence of his skill in the use of rhythm and pitch. No similar tale types or motifs where found.

1. The *guartinaja* is a member of the beaver family.

2. The term *pito* (whistle) is applied to any woodwind instrument, and its player is known as a *pitero*. The folk dance music of the region is accompanied by either of two woodwind instruments, the *gaita*, which is a vertically held duct flute, and the *caña de millo*, which is a clarinet held horizontally. Both instruments are used in accompanying the *cumbia* and other folk dances of the region.

3. In using the term *atravesada* (sideways), the teller is referring to the *caña de millo* (or *pito atravasao*), which forms part of an ensemble, which is known as a *conjunto de cumbia*. For further details, see George List, "The Cumbia Complex," in *Music and Poetry in a Colombian Village: A Tri-cultural Heritage* (Bloomington: Indiana University Press, 1983), 83–84.

4. *Con la punta te punteo* has been translated as "with my toe I'll kick you." The general meaning is "if I see you leaving I'll help you on your way." However, it is subject to several interpretations. It can refer to a type of sex play in which the male organ touches the female body in many places but does not enter an orifice. In this case the so-called priest is a female—an example of folk humor. If she interpreted the phrase in its latter meaning this would tend to hasten her departure.

Editors' note: It is not clear if the term has the sexual content List proposes in the context of this tale. *Punta* refers to any kind of tip or point, piercing or not, and *puntear* would literally mean "to poke."

5. *Guaches* are tubular rattles made of cane or metal and filled with seeds or pebbles. In the northern part of the Caribbean costal region they are known as *guachos*.

20

Uncle Rabbit's Ears

Told by Manuel Jerónimo Pérez Petro

EL CARITO, 21 MARCH 1965
http://purl.dlib.indiana.edu/iudl/media/k02c28bm8s

WELL, IT HAPPENED that Rabbit went to God and said to him, "Well, my Lord."

"What do you want to say, Rabbit?"

He said, "It seems to me that someone like me, with such genius, with such courage, it seems to me that my body is too small for my genius. Therefore, I wish you would give me a little more body."

God said, "Well, Rabbit, that could be done for you but you will have to work a lot."

He said, "No no, that doesn't matter. You know that I am capable of doing anything necessary. What is needed?"

He said, "Well, you need to bring me Aunt Snake, Aunt Wasp, the feather of Uncle Vulture, the toenail of Uncle Elephant, the tears of Aunt Jaguar, and the eye tooth of Uncle Alligator."

He said, "Ah, that's the least of it. Uuuu you know that for me there is nothing impossible."

"Very well, then bring me all that."

Well, the Rabbit got up and began to think about how he could accomplish all that. He thought and one day he took a small flask. He met Aunt Wasp. He said, "Ah, Aunt Wasp."

She said, "What's up, Rabbit?"

He said, "I dare you to get into this small flask the same way I put my finger into it. Look look look, look look." And he put his finger inside the flask.

The wasp said, "Uso, Rabbit: I would do it more quickly if it were smeared with honey. You are crazy, saying that I will not get into that flask, man!"

The wasp got into the flask and then Rabbit chas closed its opening. The Wasp was caught. He said, "Well, one is done."

He went out and met Aunt Snake. He had a calabash made from *totumo*.[1] He said, "Ah, Aunt Snake."

She said, "What's up, Rabbit?"

He said, "I was hoping to meet you."

She said, "Ah, and for what?"

He said, "Look, I bet you can't get into this calabash the way I put my finger into it. Look look." He inserted his finger into the calabash.

"Uso, Rabbit." She said, "I wish there was a frog inside."

He said, "Maybe there is, because the calabash has been on the floor." Then Snake uuu got into the calabash and when she turned her head around to get out the entrance was closed.

He already had two: Aunt Wasp and Aunt Snake. He said, "How can I get Uncle Vulture's feather?"

Then he went and lay on a barren spot near where the strong ones bathe.[2] And he laid down and pretended to be dead. After a short while Uncle Vulture came flying and uuu chas fell upon him.

At the same time a skunk that saw Rabbit laying down for some sort of mischief said, "He's alive."

Vulture flew back and said, "That's a lie, you liar, he is dead." Vulture returned above him. The skunk said, "He's alive."

"That's a lie, you liar, he is dead." He flew back.

Finally he approached him and then Rabbit pao grasped his leg. Vulture raised Rabbit and began to kick him and to peck him with his beak. Rabbit said, "If you peck me I'll kill you!"

Then ra he pulled out a feather. He said, "Go away now. The thing I wanted was the feather."

Vulture left. And he had three. He still lacked Uncle Elephant's nail, Aunt Jaguar's tears, and Uncle Alligator's tooth.

Then he began to think how he could get Aunt Jaguar's tears. He knew that Uncle Jaguar was at a dance, at a *fiesta*. He went where Aunt Jaguar was. "Good morning, Aunt Jaguar."

"Good morning, Rabbit."

He said, "Aunt, hasn't the hammock come as yet?"[3]

She said, "What hammock, Rabbit?"

He said, "Ah, you don't know yet."

She said, "No, Rabbit, about what?"

He said, "Ah, I thought you already knew. Don't you know that Uncle Jaguar was killed last night at the *fiesta*?"

"Rabbit!"

"Yes, yes, Aunt, they killed him. I thought you knew." And Aunt Jaguar began to weep, "<u>Ay</u>, Rabbit, don't tell me that. Look Rabbit."

"No, Aunt, it is true, positively, he was killed. I thought you knew."

"No, man, Rabbit, I didn't know." And Aunt continued weeping, "Rabbit!" Then Rabbit ran and took a little flask and <u>pa pa pa pa</u> held it out to catch the tears.

When he had caught the tears, Rabbit said, "Well, Aunt, I don't know whether or not anything happened to Uncle Jaguar. I just wanted to catch your tears."

She said, "How come? What are you telling me?" And saying that, Aunt Jaguar tried to catch Rabbit. She ran here, she ran there, she ran here, but she couldn't catch him and Rabbit escaped.

He still lacked two: Uncle Elephant's nail and Uncle Alligator's tooth.

There was a road through which Uncle Elephant used to pass. Rabbit took an axe and went to one of those very hard mountain trees, called *po(l)villo*. When he thought Elephant was coming he took the axe and began to hit the tree, <u>chec chec chec</u>, with the handle of the axe. When he thought Elephant was near he took the axe and <u>pan</u> threw it away.

Elephant arrived and said, "Good morning, Rabbit."

"Good morning, Uncle Elephant."

"What are you doing here?"

Rabbit said, "Nothing, I am doing nothing here, look."

"That's not true. Look how you scratched that tree with your nails."

"I dare you to scratch it like I did."

"<u>Ah</u>, man, Rabbit."

Rabbit said, "Well, you can see that the tree is scratched and I have scratched it with my nails. I dare you to scratch it like that."

"Man, Rabbit, let's see." And Elephant <u>ra ra ra ra ra ra ra ta</u> broke his nail. He said, "Man, Rabbit, my nail broke off. My nail broke off."

He said, "Man, Uncle Elephant. Man, please give me that nail, Uncle, so I can take it with me."

"Take it, man."

Now the only thing he lacked was Uncle Alligator's tooth, the most difficult part. Then he began to think, "What can I do to trick Alligator?"

He thought and thought and thought but no idea came as to how he could do it. Finally he said, "The only thing to do is to hold a *fiesta*. A *fiesta* with drums, dancing accompanied by singing, a chorus of women, and all that."

Then he brought Aunt Heron, the singer. He brought Tortoise, who is a drummer. He brought Monkey. Well, there was the *fiesta* and the people were happy. He looked around and saw all the animals there. All the animals were coming except Alligator. Alligator didn't appear, the one that Rabbit wanted.

Nothing, he didn't appear. The Rabbit took the drum (*bombo*),[4] "Come come, Uncle Alligator. Come come, Uncle Alligator. Come come, Uncle Alligator."[5] Then Uncle Alligator arrived, very well dressed.

Then Rabbit says to him, "Man, Uncle Alligator, man! What were you doing, man? A man like you is much needed at a *fiesta* like this one. Man, I have been waiting for you for quite a while, so you could keep people in line in my *fiesta*. You are a man who is much respected."

"No, man, I was delayed, Rabbit." Rabbit said, "Well, bring some *chicha*[6] for Uncle Alligator."

And they brought a bowl with *chicha* to Alligator. Alligator put his head inside the bowl to drink the *chicha*. When he was drinking the *chicha* Rabbit came to him with a pestle <u>pan</u> he hit him in the head. Alligator stood up <u>prin pan prin prin prin pan</u> and said, "Man, if they had hit me in the spine of the tail like they did in my head, they would have killed me."[7]

He <u>pachán</u> dived into the stream. Then Rabbit went along the shore and began to bluster, "Man, who hit Uncle Alligator? Ay, I wish I knew who hit Uncle Alligator, so he could behave with me like a man. Do you think I make a *fiesta* for you to come and fight? I have to be respected. I am small but I am a lot of man," Rabbit boasted.

Alligator went away to rest from the blow. Then Rabbit began again, "Come come, Uncle Alligator. Come come, Uncle Alligator. Come come, Uncle Alligator."

After a while Alligator returned. As he arrived, Rabbit asked him, "Man, Uncle Alligator, who hit you?"

He said, "No, man, I don't know. At the time I felt the blow I didn't see who hit me."

He said, "Well, I wish I knew who hit you. Come out and we'll see if they hit you again. Bring *chicha* to Alligator again."

They brought the bowl of *chicha* again. Rabbit gave it to him. Alligator <u>pru</u> was quiet. That's how it was. <u>Ta</u> Rabbit hit him in the tooth, breaking it.

He said, "Well, I am ready. I have everything the Lord charged me to get."

But at that time, Rabbit is the drummer. He will play the drums. Tortoise and Monkey, and Heron is the singer. But it turns out Monkey and Tortoise don't get along.

First Monkey does the drumming. And Monkey:[8]

<u>prulum prum prum prum prum,</u>
<u>prulum prulum prulum prum prum</u>
<u>prulum prum chicun chicun cun cun cun cun cun</u>
chest together and spotted hands
chest together and spotted hands
and chest together and spotted hands
chest together and spotted hands
chest together and spotted hands
chest together and spotted hands
<u>prum prum prulum</u>
chest together and spotted hands
chest together and spotted hands
chest together and spotted hands.

Tortoise runs and he takes the drum from Monkey. "Come here drum, man, I can play the drums too." And he seized the drum from Monkey's hands. And so Tortoise grabs the drum:

<u>eprum prum prum prum prum prum prum,</u>
<u>prum prum prum prum,</u>

<u>prum prum prum prum,</u>
<u>prum pram prum</u>
eh green belly, <u>estinzá-stinzá</u>
eh green belly, <u>estinzá-stinzá</u>
eh green belly, <u>estinzá-stinzá</u>
eh Martín grooving and his head is bare
eh Martín grooving and his head is bare
eh Martín grooving and his head is bare
eh Martín grooving and his head is bare.

Heron, who was a singer, Heron begins to sing:

"I wish I had a deep pool
So I could go to our place
So you could hand me a hatchet
For the strings of my little bundle."

And Monkey:

and chest together and spotted hands
chest together and spotted hands
chest together and spotted hands
chest together and spotted hands
and spotted hands, and spotted hands.

With this they got into a fight. Fighting, fighting, fighting. And Monkey is walking with Tortoise . . . Monkey arrived there, and Tortoise struck a blow on Monkey and he got him there right by his nose, an uppercut like that, and he peeled bare, like they say, one half of his head. And then Monkey got up and raised his leg at Tortoise, he caught him in the chest and <u>puum</u>, he made his chest collapse inward. And that's why Monkey has a bare face and Tortoise has a sunken chest. It was because of that fight.

So now Rabbit has all of his ingredients that the Lord assigned for him. He says, "Okay, I'd better go see how he will fix me."

Rabbit went to the Lord. He said, "Well, my Lord, here is what you charged me to get."

God said, "Is that true? Is everything here?"

"Everything."

Then the Lord took all that and put it in one place. Then he bathed Rabbit with the water of all the things he had brought. Then he stepped on Rabbit's feet and took his ears, pulling them upward. He said, "Well, stay in the shadow."

Rabbit stood in a shadow and his ears grew. He said, "Man, I think I'm still too short."

God said, "Come and see, then." He went and God stretched him upward. Rabbit's ears grew even more. God said, "Go again and stand in the shadow."

He began to play with the shadow and saw his own shadow was very large. It was the shadow of his ears. He said, "Well, now I am a man."

NOTES

"Uncle Rabbit's Ears." This tale is a variant of tale 11 but is told with somewhat more skill. A2325.1, Why rabbit has long ears. [Cf. tale 11.]

1. The *totumo* tree has a large fruit. Its dried rind is used as a calabash or bowl.

2. The reference is obscure.

3. *Editors' note:* It is still the custom in rural areas of Colombia's Caribbean coast to carry the sick and the dead in a hammock in zones where there are no vehicles or highways.

4. The *bombo* is a two-headed drum played with two sticks.

5. "Come" is a translation of the Spanish term *ven*, which imitates the sound of the *bombo*, while also meaning "come."

6. *Chicha* is a fermented drink usually made from yucca.

Editors' note: While the most common kind of *chicha* in Latin America is from corn, in the Caribbean region *chicha* can be made from many other ingredients.

7. There is a local belief that in large animals, life resides in a particular place in the spinal column. This is based on the fact that the animal can be paralyzed by attacking the first vertebra of its tail.

8. The translation is tentative here, as it seems the characters in this scene may be talking, or singing, nonsense.

21

When the Sun Baptized the Bat's Son

Told by Manuel Jerónimo Pérez Petro

EL CARITO, 21 MARCH 1965
http://purl.dlib.indiana.edu/iudl/media/h63s85bh67

WELL, IT HAPPENED that Bat looked for Sun to baptize one of his sons. The sun baptized him. Because Sun baptized Bat's child, now they became *compadres*.[1]

Then the sun's godchild got sick. He became gravely ill. His condition worsened and they took him to a doctor, nothing. They took him to another doctor, nothing. Then because Bat wanted to, he stopped looking for a doctor. In the end, the son died.

It was about three-thirty or four in the afternoon when he saw that his son was dead. Then Bat ran here, ran there, ran here, ran there, ordering the construction of the coffin for his son.

And realizing that the sun is the godfather of his dead son he went quickly to him. When he arrives where the sun was, he said, "*Compadre.*"

And the sun said, "*Compadre.*"

He said, "I need a favor from you."

The sun said, "What about, *compadre*?"

And the sun kept moving forward. Talking to him but still moving forward.

He said, "Well, *compadre*, the favor that I need from you is that, you know, that the one who died was your godson."

He said, "Yes sir, he was my godson." And the sun kept moving forward. "But what is the favor?"

"Well, the favor I need from you is that you restrain yourself, *compadre*, for a moment, for me to order the making of the little coffin during the day, not at night."

The sun said, "Well, *compadre*, I am very sorry. He is my godson and you are my *compadre* but you will not get that from me. I can't do it. Even if I wanted to I can't do it."

"Look, *compadre*, it is late. Why don't you restrain yourself? Consider that he is your godson and I am your *compadre* and I don't want that job to be done at night but during daylight so they do it right."

He said, "*Compadre*, I can't." And the sun kept going. The sun kept going. And because the bat wanted his way, he struggled here with the sun, he struggled there with the sun.

"*Compadre*, I can't! Look, I want to but I can't. You know that I don't govern myself. Someone else governs me, I don't govern myself. That is why I can't."

Well, then the bat was shocked. He said, "Well, *compadre*, since you are not doing me the favor I asked you for, I am just going to say this: as long as you are Sol Solano and I am Murciélago José you are neither going to see my face nor I am going to see yours."

That is why the bat flies looking downward and does not get along with the sun.

NOTES

"When the Sun Baptized the Bat." This is the type of tale that explains a natural phenomenon. It would be called a *chiste* but is definitely not a joke. A2491.1, Why bat flies by night. (See A2275.5.3.)

1. A *compadre* is a godfather. He and the man for whose child he is godfather stand in relation of *compadres*. It is traditional that the godfather assists his *compadre* or his family when they are in difficulties.

Gallery 1. Panoramic view of the village of Evitar. 1965. Photo: George List. Indiana University Archives of Traditional Music.

Vista panorámica del pueblo de Evitar. 1965. Foto: George List. Archivos de Música Tradicional de la Universidad de Indiana.

Gallery 2. The village of Evitar during Saint John's Day celebration. 1965. Photo: George List. Indiana University Archives of Traditional Music.

El pueblo de Evitar durante las fiestas del Día de San Juan. 1965. Foto: George List. Archivos de Música Tradicional de la Universidad de Indiana.

Gallery 3. Zoila Eva Villalobos Castro, narrator of tales 12 to 16. Montería, 1965. Photo: George List. Indiana University Archives of Traditional Music.

Zoila Eva Villalobos Castro, narradora de los Cuentos 12 a 16. Montería, 1965. Foto: George List. Archivos de Música Tradicional de la Universidad de Indiana.

Gallery 4. The traditional music group Los Gaiteros de San Jacinto in 1965. To the far left, "Toño Fernández," who narrated tale 6 in this volume. To the far right, José Lara, who also narrated tales for List's research. Photo: George List. Indiana University Archives of Traditional Music.

El grupo de música tradicional Los Gaiteros de San Jacinto en 1965. A la izquierda, "Toño Fernández", quien narró el Cuento 6 en este volumen. A la derecha, José Lara, quien también narró cuentos para la investgación de List. Foto: George List. Archivos de Música Tradicional de la Universidad de Indiana.

Gallery 5. Bullerengue group. Evitar, 1964. Playing the *tambor mayor* is Manuel Pimentel, who also narrated tales for List. Photo: George List. Indiana University Archives of Traditional Music.

Grupo de bullerengue, Evitar 1964. Quien toca el tambor mayor es Manuel Pimentel, narrador de cuentos para List. Foto: George List. Archivos de Música Tradicional de la Universidad de Indiana.

Gallery 6. Drummer and storyteller Silverio Martínez Torres, who narrated tales 10 and 11 in this volume. Bocachica, 1965. Photo: George List. Indiana University Archives of Traditional Music.

Tambolero y cuentero Silverio Martínez Torres, quien narró los Cuentos 10 y 11 de este volumen. Bocachica. Foto: George List. Archivos de Música Tradicional de la Universidad de Indiana.

Gallery 7. Drummer and storyteller José Pimentel Martínez, from Evitar. Narrator of tale 7. Photo: George List. Indiana University Archives of Traditional Music.

Tambolero y cuentero José Pimentel Martínez, de Evitar. Narrador del Cuento 7. Foto: George List. Archivos de Música Tradicional de la Universidad de Indiana.

Gallery 8. Playing dominos at María Caicedo's funerary wake. The altar is in the background. Libertad, 2015. Photo: Juan Sebastián Rojas.

Dominó y altar en el velorio fúnebre de María Caicedo. Libertad, 2015. Foto: Juan Sebastián Rojas.

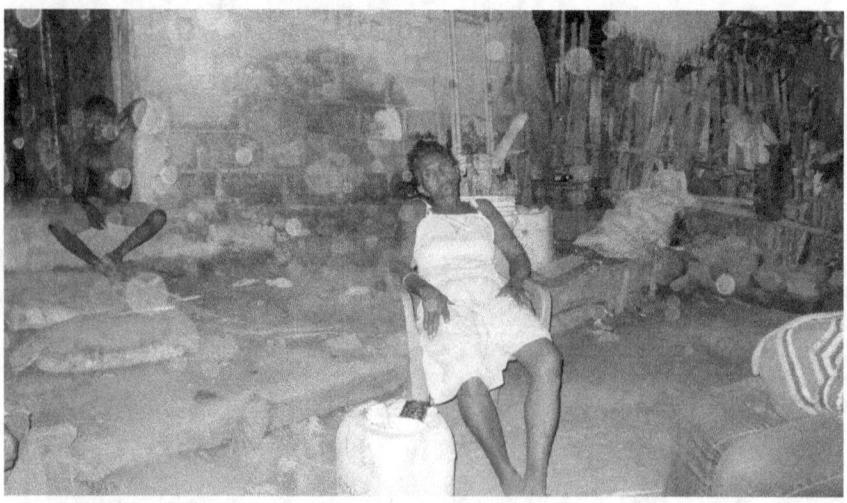

Gallery 9. Isabel Martínez, leader of funerary wake games and *bullerengue* singer. Libertad, 2015. Photo: Juan Sebastián Rojas.

Isabel Martínez, líder de juegos de velorio y cantaora de bullerengue. Libertad, 2015. Foto: Juan Sebastián Rojas.

Gallery 10. Children playing "La Marucha" at María Caicedo's funerary wake. Libertad, 2015. Photo: Juan Sebastián Rojas.

Niños jugando La Marucha en el velorio de María Caicedo. Libertad, 2015. Foto: Juan Sebastián Rojas.

Gallery 11. Last prayer at the Last Night of María Caicedo's funerary wake. Libertad, 2015. Photo: Juan Sebastián Rojas.

Último rezo durante la Última Noche del velorio de María Caicedo. Libertad, 2015. Foto: Juan Sebastián Rojas.

Typology and Cultural Analysis

Hasan M. El-Shamy

In March 2006 my senior colleague and friend Professor George List asked me to generate a typological analysis of his manuscript: *Cuentos Costeños*. It was a privilege and an honor to be assigned this task.

I have annotated the tales, classifying them both by tale type and by the oral motifs they exhibit. In addition, I offer references to other published tale texts from the Iberian Peninsula, North and West Africa, and Latin America that are cognate in either tale-type or motif.

Introduction to Annotations

In his introduction to this collection, George List observes, "The inhabitants of the Caribbean coastal region of Colombia, the Costeños, are of mixed racial and cultural inheritance, sub-Saharan African, Amerindian, and Spanish Caucasian. They speak a Caribbean dialect of Spanish intermixed with numerous regionalisms." Thus, the cross-cultural connections between the traditional narratives of the Costeños, on the one hand, and the surrounding social groups, on the other, rest presumably in three major areas:

A. The Iberian Peninsula, the home of Spanish and Portuguese languages and traditions
B. North Africa (or the Maghreb), where cultural exchanges with the inhabitants of the Iberian Peninsula have been taking place for millennia
C. Sub-Saharan Africa, especially West African traditions

Consequently, the typological patterns of distribution presented in this chapter of the book will be in the following sequence:

1. Identification of the tale in terms of established indexes of tale type and motif
2. The presence of the tale type in the Iberian Peninsula (and occasionally in neighboring European regions)
3. The presence of the tale type in North Africa (Maghreb)
3a. Other renditions of the tale in the Americas
4. The tale's counterparts in sub-Saharan Africa

SIGNS AND ABBREVIATIONS

Aarne-Thompson: Aarne, Antti, and Stith Thompson. *The Types of the Folktale: A Classification and Bibliography.* Translated and enlarged by Stith Thompson. Folklore Fellows Communications No. 184. Helsinki, 1961/1964.

Arewa: Arewa, Erastus Ojo. *A Classification of Folktales of the Northern East African Cattle Area by Types.* New York, 1980.

AT: Aarne-Thompson. Also abbreviated as AT and AaTh.

ATU: Uther, Hans-Jörg. *The Types of International Folktales: A Classification and Bibliography.* Folklore Fellows Communications No. 284. Helsinki, 2004. [An updating of the Aarne-Thompson index.] (See *DOTTI.*)

DOTTI: El-Shamy, Hasan. *Types of the Folktale in the Arab World: A Demographically Oriented Approach.* Bloomington, 2004.

Haring: Haring, Lee. *Malagasy Tale Index.* Folklore Fellows Communications No. 231. Helsinki, 1982.

Klipple: Klipple, May Augusta. *African Folktales with Foreign Analogues.* New York, 1992.

Lambrecht: Lambrecht, Winifred. "A Tale-Type Index for Central Africa." PhD diss., University of California at Berkeley, 1967.

Motif-Index: Thompson, Stith. *Motif-Index of Folk Literature.* 6 vols. Bloomington, 1955–58. First published 1932–36.

GMC: El-Shamy, Hasan. *Folk Traditions of the Arab World: A Guide to Motif Classification.* 2 vols. Bloomington, 1995.

Thompson: See Aarne-Thompson.

Uther: See ATU.

§: The section sign indicates a new tale type or motif developed by El-Shamy. This sign replaces the asterisk currently in use. In computer-generated and computer-managed files, the asterisk is dysfunctional.

In accordance with the bibliographic style adopted in *DOTTI,* the citing of North African and other Middle Eastern references is in abbreviated form, with the name of the ethnic group or location given in italics. For example,

"Laoust, *Chenoua*" stands for Laoust, Emile, *Étude sur le dialecte berbèr du Chenoua* (Paris, 1912); "Rivière, *Djurdjura*" stands for Rivière, Joseph, *Recueil de contes populaires de la Kabylie du Djurdjura* (Paris, 1882); and "Stumme, *Tázerwalt*" stands for Stumme, Hans, *Märchen der Schlu von Tázerwalt* (Leipzig, 1895). Literature in the Arabic language, cited in full in *DOTTI*, is kept to a minimum in the present work.

Note: For clarity, tale types (which are, in typological annotations, not placed within quotation marks) that include sentences separated by a period and unitalicized segment(s) are placed within quotation marks. (For example, 69**, *"Escape by Asking a Last Kiss*. Uses the opportunity to attack adversary.") Meanwhile, all motifs are placed within quotation marks.

Types and Motifs

1. Mártara

This tale belongs to Tale Type AT 2023, *Little Ant Finds a Penny, Buys New Clothes with it, and Sits in Her Doorway*. It may also be compared to El-Shamy 2028B§, *She-Mouse Seeks a Husband*.

Structurally, the story is a formula tale; it belongs to Motifs Z31, "Chains involving a wedding," and Z32.3 (which replicates the tale type description). Meanwhile, its introductory episode, where it is stated that the heroine is a proud young woman transformed into a hen, is comparable to the new Motif N703§, "Animal encountered proves to be an enchanted (bewitched, transformed) person," recurrent in North African and other Middle Eastern narratives (see *DOTTI*). The tale also incorporates numerous motifs known cross-culturally; these include H310, "Suitor tests"; B280, "Animal weddings"; B280.1§, "Courtship, marriage, and married life among animals"; B284.1, "Wedding of frog"; B128.2.1.2§, "Animal uses own secretion as weapon"; P553.1.2.1§, "Victim overcome by fumigation (odor, broken wind, smoke, gas)" (cf. K783, "Capture by blinding"); B284.2, "Wedding of toad"; and B604.5, "Marriage to frog."

There is also a mention of Motif T205.1§, "Wife-beating," and motifs comparable to H503.1, "Song duel. Contest in singing," and B284.1.1, "Wedding of frog and mouse" (in the present text, the wedding is to a "hen").

The tale type is well known in Europe and North Africa. Numerous renditions from the Iberian Peninsula are available—Spanish: Espinosa, *Cuentos populares de Castilla y León*, nos. 473–82; Camarena Laucirica, *Cuentos tradicionales de León*, no. 298; González Sanz, *Catálogo tipológico de cuentos folklóricos aragoneses*; Catalan: Oriol and Pujol, *Índex tipològic de la rondalla catalana*; and Portuguese: Oliveira, *Contos tradicicionais do Algrave*, vol. 1, no. 69.

In North Africa, several texts of AT 2030 are available in print; these include Algerian: Basset, *Nouveaux contes berbères*, 50–51, no. 88; Scelles-Millie, *Souf*, pt. V, 279–75, no. 2; Moroccan: Laoust, *Chenoua*, 155–56, no. 4; and Tunisian: Houri-Pasotti, *Ghazala*, 173–77, no. 83. (For details, see *DOTTI*.)

AT 2030 is also recurrent in Spanish and Portuguese traditions in the Americas—Spanish American: Robe, *Index of Mexican Folktales*; Hansen, *The Types of the Folktale in Cuba, Puerto Rico*, no. *2023; Peñalosa, *El cuento popular maya: Hacia un índice*; Carvalho-Neto, *Cuentos folklóricos de Ecuador*, no. 14; Alcoforado and Albán, *Contos populares brasileiros: Bahia*, no. 91; and Pino Saavedra, *Cuentos folklóricos de Chile*, vol. 3, no. 224.

Tale Type AT 2023 seems not to be recurrent in sub-Saharan Africa. Uther cites two references to "South African" texts of unspecified ethnic identity.

2. The Little Goat

This fantasy tale, a *Zaubermärchen*, belongs to Tale Type AT 450, *Little Brother and Little Sister*. The introductory episode is based on the new Motif P254.0.1§, "Household composed of only brother and sister(s). They live alone in palace (house, cave, etc.)." In North African traditions this motif is typically associated with Tale Type AT 315, *The Faithless Sister*, in which a treacherous sister conspires with a paramour against her brother. However, in the present text this theme is abandoned and the plot coheres around the brother-sister affection characteristic of AT 450. For occurrences of Tale Type AT 315, in Spanish American lore, see Robe, *Index of Mexican Folktales*; Camarena Laucirica and Chevalier, *Catálogo tipológico del cuento folklórico español*, vol. 2; and Hansen, *The Types of the Folktale in Cuba, Puerto Rico*. For occurrences in Mayan lore, see Peñalosa, *El cuento popular maya: Hacia un índice*; and Flowers, "A Classification of the Folktales of the West Indies."

The core of the present story, AT 450, shares with its North African counterparts the following main motifs: F555, "Remarkable hair"; D134.1, "Transformation: man to he-goat"; K2261.0.1§, "Treacherous black woman (negress)"; K762.1§, "Stranger asks woman for water (drink): abducts her"; K832.1.1, "Victim persuaded to look into well or pond: pushed in"; P253.2.1, "Brother faithful to persecuted sister"; P254.0.2§, "Sister helps brother(s)"; D766.1.1, "Disenchantment by water and command"; T133.7.1§, "Bride (sister) joined by her brother at home of her groom (husband)"; Q416, "Punishment: drawing asunder by horses"; Q416.2, "Punishment: dragging to death by a horse."

Also, the text contains themes comparable to the following North African motifs: P253.0.1.5§, "Woman as sister, wife, and mother"; P253.2, "Sister faithful to transformed brother"; R159§, "Sister disenchants bewitched (transformed) brother(s)."

Tale Type 450 is known but seems to be infrequently encountered in the Iberian Peninsula, with a few texts cited in indexes—Spanish: Camarena Laucirica and Chevalier, *Catálogo tipológico del cuento folklórico español*, vol. 2; and González Sanz, *Catálogo tipólogico de cuentos folklóricos aragoneses*; Catalan: Oriol and Pujol, *Índex tipològic de la rondalla catalana*; Portuguese: Oliveira, *Contos tradicicionais do Algrave*, vol. 1, no. 282.

In North African traditions, AT 450 appears frequently, independently and in combination with other tale types revolving around brother-sister relationships (for example, 313E*, *Girl Flees from Brother Who Wants to Marry Her*; 511, "*One-Eye, Two-Eyes, Three-Eyes*. [Stepsister and her brother spy on heroine]"; 511A, "*The Little Red Ox*. [Cow helps orphans (brother and sister)]"; and so on). A score of texts is available from Tunisia, Algeria, and Morocco. *DOTTI* cites twelve occurrences of the tale; these include Libyan: El-Shamy, *Tales Arab Women Tell*, 293–99, no. 38; Tunisian: Baqlûî, *Tûnis*, 105–10, Fr. trans. 134 [no. 22]; Cohen, *Tunis*, 85–89; Algerian: Amrouche, *Le grain*, 55–62, no. 6; Belamri, *Douleur*, 15–28 [no. 1]; Frobenius, *Kabylen*, vol. 3, 137–43, no. 36; Lacoste, *Kabylie*, 246–54, no. 27; and Moroccan: Galley and Sinaceur, *Marocains*, 15–17, Fr. trans. 85, no. 3; Koudia, *Moroccan*, 27–32, no. 5; Laoust, *Chenoua*, 173–78, no. 13; Shâkir, *Maghribî*, vol. 2, 130 [no. 24]; Stumme, *Tázerwalt*, 71–73, no. 1

The tale seems to be known but not widely spread in Spanish American lore. Mexican: Robe, *Index of Mexican Folktales*; Hansen, *The Types of the Folktale in Cuba, Puerto Rico*; Camarena Laucirica and Chevalier, *Catálogo tipológico del cuento folklórico español*, vol. 2; and Flowers, "A Classification of the Folktales of the West Indies."

The present Costeño text from Colombia shares with a North African Arab counterpart from Libya the significant theme of the brother staying, unwed, with his sister and her husband after their marriage (Motif T133.7.1§); see "Brother Deer," in El-Shamy, *Tales Arab Women Tell*, no. 38, esp. p. 299. For detailed treatment of this critical theme and its conformity to the psychological phenomenon termed "The Brother Sister Syndrome," see El-Shamy, *Beyond Oedipus*.

Available records indicate that AT 450 is not well known in sub-Saharan Africa; only two occurrence were reported from Western Africa—Hausa: Klipple, 163–64; and Ghanaian: Schott, *Bulsa Sunsuelima: Folktales of the Bulsain Northern Ghana*, vol. 1, 134 ff.

The theme of "Treacherous black woman (negress)" (new Motif K2261.0.1§) suggests contamination from Tale Type AT 451, "*The Maiden Who Seeks Her Brothers.* [Brothers transformed into ravens; the sister marries the king and becomes speechless.]" For references to AT 451 in Spanish American traditions, see Mexican: Robe, *Index of Mexican Folktales*; Dominican, Puerto Rican: Hansen, *The Types of the Folktale in Cuba, Puerto Rico*; Guatemalan, Argentine: Camarena Laucirica and Chevalier, *Catálogo tipológico del cuento folklórico español*, vol. 2; and West Indies: Flowers, "A Classification of the Folktales of the West Indies."

3. Of Aunt Vixen with Uncle Jaguar

This story belongs to the general Tale Type AT 122Z, *Other Tricks to Escape from Captor*, a subdivision of AT 122, "*The Wolf Loses His Prey.* Escape by false plea" (ATU: 122Z, *Other Tricks to Escape Being Eaten*).

The narrative incorporates the following motifs: J1117.5§, "Rabbit (hare) as trickster"; B778.1§, "Thieving animal"; B778.1.3§, "Rabbit (hare) as thief"; K523, "Escape by shamming illness"; T230, "Faithlessness in marriage";

F559.9.1§, "Extraordinary broken wind"; P553.1.2.1§, "Victim overcome by fumigation (odor, broken wind, smoke, gas)"; F559.9.1.5§, "Broken wind (fart) used as social device (weapon)."

In his updating of the Aarne-Thompson *The Types of the Folktale*, Uther incorporated other tale types under AT 122Z, "(these include AT Types 69**, *"Escape by Asking a Last Kiss.* Uses the opportunity to attack adversary"; and 87B*, *"Why Squirrel Is Gay [i.e., Happy].* The wolf catches the squirrel and asks him why he is always so gay. [etc.])." Various tales about other tricks by animals to escape being eaten by the wolf (fox, and so on) may be classified under this general tale type as "miscellaneous".

Tale Type 122Z seems to have very limited distribution in the Old World. Aarne-Thompson's index reports it only from India. Uther cites the tale type from the Iberian Peninsula—Spanish: Camarena Laucirica and Chevalier, *Catálogo tipológico del cuento folklórico español*, vol. 1, nos. 69**, 122R, 168B; and Portuguese: Oliveira, *Contos tradicicionais do Algrave*, vol. 2, no. 92; and Vasconcellos, Soromenho, and Soromenho, *Contos Populares e Lendas*, vol. 1, nos. 40–44, 46.

In North Africa, only one text of this general tale type has been found— Tunisian: Houri-Pasotti, *Ghazala*, 172–73, no. 82 (see *DOTTI*).

Tale Type 122Z does not seem to be recurrent in sub-Saharan Africa. An East African rendition is cited in *DOTTI*, while Lambrecht's index cites a number of occurrences from Central African: nos. 660, 660A, 2260.

Beside our main text from Colombia, no further renditions from other regions of the Americas have so far been reported. This absence may be due to the lack of specificity in what constitutes the narrative plot for AT 122Z.

4. The Excursion of Rabbit

The theme of this narrative belongs to Tale Type AT 125, *"The Wolf Flees from the Wolf-Head.* [Predator overawed by frightening talk]." As is the case with international tale types in South American folk narratives, the jaguar usually replaces the tiger, lion, wolf, or a similar feline predator that typically recurs in Africa, the Middle East, and other regions of the Old World (see tale no. 8 later in this chapter).

The story is based on Motif K1715, "Weak animal (man) makes large animal (ogre) believe that he has eaten many of the large one's companions." It also contains themes comparable to Motifs J1117.5§, "Rabbit (hare) as trickster," and L0476, "Jackal singing about his deeds falls down from tree and is eaten by alligator" (here, by Jaguar), as conclusion.

AT 125 occurs, though infrequently, in the Iberian Peninsula: Camarena Laucirica and Chevalier, *Catálogo tipológico del cuento folklórico español*, vol. 1; Spanish and Basque: González Sanz, *Catálogo tipólogico de cuentos folklóricos aragonese*; and Oriol and Pujol, *Índex tipològic de la rondalla catalana*.

The narrative is also recurrent in North Africa, where it appears in combination with materials pertaining to other tale types: see *DOTTI*, where published Tunisian, Algerian, and Moroccan Berber texts are presented (these are, respectively, Jason, *Israel*, 176, no. 58; Delheure, *Ouargla*, 338–43 [no. 56]; and Laoust, *Maroc*, 29–30, 2, no. 27).

Uther gives a number of Spanish American references for Tale Type AT 125. Mexico, Guatemala: Robe, *Index of Mexican Folktales*; Hansen, *The Types of the Folktale in Cuba, Puerto Rico*; Peñalosa, *El cuento popular maya: Hacia un índice*; Chertudi, *Cuentos folklóricos de Argentina*, vol. 1, no. 28; and Flowers, "A Classification of the Folktales of the West Indies."

A number of occurrences from sub-Saharan Africa are cited in tale indexes: see Klipple, 71, 390, under J2415; and Arewa, no. 387. For Tanzanian ones, see *DOTTI*. Also, Uther refers to a Namibian text from South Africa (Schmidt, *Catalog der Khoisan-Volkserählungen des südlichen Afrikas*, vol. 2, no. 438).

5. *The Pig Who Made Much Fun of the Donkey*

This seemingly moralistic story is a variation on an Aesopian fable designated as Tale Type AT 214*, "*Ass Envies Horse in Fine Trappings. Horse killed in battle; ass content.*" (See Jacobs, *The Fables of Aesop*, 220, no. 78.)

In our present text the pampered animal that meets the drastic end (slaughter) is a pig; in this respect, this Costeños text shares with its North Africa/Middle Eastern counterparts the feature where a common household festivity functions as the context for the tale's plot, and the fact that the pampered animal is killed to be eaten by owners (Motif L454§; see later in this paragraph). Thus, the story contains variations on the following motifs constituting AT 214* with its military setting: J212.1, "Ass envies horse in fine trappings. Horse killed in battle; ass content"; L452.2, "Ass jealous of horse until he sees him wounded"; W195, "Envy"; and a motif comparable to L454§, "War-horse jealous of bull, but he sees bull slaughtered at peace time."

Available data indicate that AT 214* is not well known in the oral traditions of the Iberian Peninsula. Uther cites only one source—Spanish: Goldberg, *Motif-Index of Spanish Folk Narrative*, where the story is given under J212.1, L452.2; also, a comparable Catalan story is cited in Oriol and Pujol, *Índex tipològic de la rondalla catalana*.

Similarly, Tale Type 214* is seldom encountered in the oral traditions of North Africa. A comparable theme appears only once in a Moroccan Berber collection (Destaing, *Cheluhs*, 128–30, Fr. résumé p. 167, no. 50; see *DOTTI*). Additionally, no sub-Saharan African renditions have so far been reported.

The text at hand is concluded with a detail that seems superfluous and out of context; namely, the donkey's declaration, "I have got a cold." This element suggests "contamination" from Tale Type AT 51A, "*Fox Refuses to Be Mediator*. Lion decides to abandon lioness because of her bad odor. Ass, hog, and fox as judges. Ass says she has bad odor: lioness slaps him. Hog says she has not: lion slaps him. Fox says he has a bad cold and cannot smell" (Motif J811.2).

As is the case with Tale Type AT 214*, Tale Type AT 51A is rarely reported from oral traditions. Aarne-Thompson cites only two occurrences from the Iberian Peninsula ("Spanish: Boggs (52*) 1; Catalan: Amades No. 313"). Uther lists additional occurrences—Spanish: Camarena Laucirica and Chevalier, *Catálogo tipológico del cuento folklórico español*, vol. 1; Goldberg, *Motif-Index of Spanish Folk Narrative*, no. J811.2.1; and Catalan: Oriol and Pujol, *Índex tipològic de la rondalla catalana*.

In North Africa, the tale has been encountered only once (see *DOTTI*, where a Tunisian text is given in Houri-Pasotti, *Ghazala*, 75–76, no. 29). No sub-Saharan African renditions of AT 51A have so far been reported.

AT 51 does not seem to be well known in South American narrative traditions. Only one occurrence is reported from Panama in Robe, *Index of Mexican Folktales*.

Thus, it may be concluded that the present Costeños text is likely to have been learned recently from a printed literary source.

6. A Humorous Tale of Rabbit

This narrative belongs to Tale Type AT 5, "*Biting the Foot.* [Deception: escape by claiming that captor is seizing root (or the like)]." Its key motifs include K543, "Biting the foot. [Escape by pretending not to be caught: claiming captor has seized a root]"; and the new Motifs J1117.5§, "Rabbit (hare) as trickster," and B778.1.3§, "Rabbit (hare) as thief." The story also incorporates themes comparable to Motifs K2108§, "Attempting to dissuade by slander: claiming that desired item (person) is defective"; Z95.0.1§, "Double-meaning: word or phrase that denotes more than one meaning"; U248.0.2§, "'It' taken to mean what listener has in mind"; and K362, "Theft by presenting false order to guardian" (here, the false message is used for escaping)."

Available indexes indicate that Tale Type AT 5 is not well known in the Iberian Peninsula; only one Spanish Basque and one Catalan occurrence are given in Uther's index: Camarena Laucirica and Chevalier, *Catálogo tipológico del cuento folklórico español*, vol. 1; and Oriol and Pujol, *Índex tipològic de la rondalla catalana*.

In North Africa, AT 5 usually appears as a concluding episode in trickster tales, especially among Berber groups. Typically, these tales are of composite nature (that is, linking serially several independent tales). *DOTTI* lists three Algerian renditions and another from Morocco, where AT 5 occurs in that secondary role (Amrouche, *Le grain*, 203–7, no. 20; Frobenius, *Kabylen*, vol. 3, 7–11, no. 2; Reesink, *Maghrébin*, 32–33 [no. 1C.4]; and Laoust, *Maroc*, 11–12, no. 12G). Here, the main character is a hedgehog (Motif J1117.4§, "Hedgehog (porcupine) as trickster").

In the Americas, the tale seems to be more widely spread. African American: Baer, *Sources and Analogues of the Uncle Remus Tales*, 39f., 154. Mexican: cf. Robe, *Index of Mexican Folktales*, no. 92*B. Dominican, Puerto Rican: Hansen, *The Types of the Folktale in Cuba, Puerto Rico*.

References to other occurrences in South America are also available. Brazil: Alcoforado and Albán, *Contos populares brasileiros: Bahia*, no. 1. Chile: Hansen, *The Types of the Folktale in Cuba, Puerto Rico.* Argentina: Hansen, *The Types of the Folktale in Cuba, Puerto Rico*; and Chertudi, *Cuentos folklóricos de Argentina*, vol. 1, nos. 1, 2, vol. 2, nos. 2, 3, 9. Besides our main

Costeños tale here, another South American Indian text is given in Hissink/ Hahn, *Die Tacuna: 1, Erzählungsguts*, no. 339.

The tale is well known in Africa. Several occurrences are reported—East African: Arewa, no. 2251, nos. 1–4; Klipple, 7; Central African: Lambrecht, nos. 1250, 2251, 5. (See *DOTTI.*) Uther cites additional occurrences among the Khoisan in Namibia and South Africa.

7. When Jaguar Wanted to Fight with Rabbit

This tale belongs to Tale Type AT 49, "*The Bear and the Honey.* A fox promises to take a bear (hyena) to a beehive. Instead he takes him to a wasps' nest. The bear bites into it and is badly stung." Although animals are the protagonists, action in the story is comparable to AT 1785C, *The Sexton's Wasp-Nest.*

The narrative is based on Motif K1023, "Getting honey from the wasp-nest. The dupe is stung." It also includes themes comparable to Motifs H1554.4§, "Test of curiosity: wasps (hornets, bees) in jug. Curious person stung"; and X411.3, "Sexton arranges wasp-nest so that parson sits on it. Wasps chase him."

Available indexes do not include any references to our tale (AT 49) in the Iberian Peninsula. Similarly, the narrative seems to be also absent in North African folk narrative traditions.

However, the theme is recurrent in the Americas. Aarne-Thompson's index cites texts from North American Indians: Skinner, *JAFL* 26 (1913): 75 (Menomini); Hansen, *The Types of the Folktale in Cuba, Puerto Rico*, "(Argentina 51**A) 2, (Peru) 1"; and Rael, *Cuentos españoles de Colorado y de Nuevo Méjico*, nos. 373, 376, 381.

The tale is also well known in Spanish American traditions: see Robe, *Index of Mexican Folktales*; South American Indian: Hissink and Hahn, *Die Tacuna: 1, Erzählungsguts*, nos. 121, 338; Peñalosa, *El cuento popular maya: Hacia un índice*; Hansen, *The Types of the Folktale in Cuba, Puerto Rico* (Peru); and Chertudi, *Cuentos folklóricos de Argentina*, vol. 1, no. 18.

Surprisingly, AT 49 has not been frequently encountered in sub-Saharan Africa and seems to be unknown in Western Africa. Uther cites a few references for the tale; these include one Kamba text and another from Namibian: Schmidt, *Catalog der Khoisan-Volkserählungen des südlichen Afrikas*, vol. 2, no. 426; and South African: Schmidt, *Catalog der Khoisan-Volkserählungen des südlichen Afrikas*, vol. 2, no. 426.

Meanwhile AT 1785C seems to be absent in North Africa and the Middle East (see *DOTTI*), but it is present in the Iberian Peninsula. Uther cites two occurrences of the tale type—Spanish: González Sanz, *Catálogo tipológico de cuentos folklóricos aragonese*; and Flemish: Meyer, *Le Conte populaire flamand*.

In the Americas, Tale Type AT 1785C appears, though infrequently: Aarne-Thompson reports a single occurrence of the tale type: "West Indies (Negro). 1." Uther adds Spanish American: *Texas Folklore Society Publications* 13 (1937): 103; Puerto Rican: Hansen, *The Types of the Folktale in Cuba, Puerto Rico*; and West Indies: cf. Flowers, "A Classification of the Folktales of the West Indies."

8. The Man

This tale belongs to Tale Type AT 157, "*Learning to Fear Men*. [Painful lesson for powerful predator (lion, tiger, etc.).]" It is also contains elements from AT 157A, "*The Lion Searches for Man*. A young lion, warned by parents to shun man, asks other large animals if they are man. He meets a man and is scornful of him, but man tricks him into entering a cage and leaves him to starve."

The narrative incorporates the following motifs: B240.13, "Tiger as king of animals" (new Motif B240.13.1§, "Jaguar as king of animals" is suggested); J17, "Animal learns through experience to fear man"; J17.0.1§, "Animal's advice: 'Beware of man'"; W256.9.1.1.1§, "Stereotyping: Adamites are treacherous (cruel, etc.)"; T205§, "The abusive spouse"; U304.5§, "Perceiving morality-immorality, propriety-impropriety"; U239.2§, "Frequent commission of a sin reduces its negative impact." It also a theme comparable to new Motif U304.5.3§, "One who is capable of committing treachery (an immorality) for 'your sake' is capable of the same for another's."

The tale includes themes typically associated with AT 155, "*The Ungrateful Serpent Returned to Captivity*. [Usually by clever umpire]" (see *DOTTI*). These are J1172.3.2, "Animals render unjust decisions against man since man has always been unjust to them," and H637.4§, "Who is the most cruel? Man." Meanwhile, the theme of the jaguar being frightened and running away from the "wife-beater" is related to the new Motif T205.1§, "Wife-beating," and its consequences on family relations.

Available indexes indicate that AT 157 seems to be recurrent in the Iberian Peninsula, with a number of occurrences—Spanish: Camarena Laucirica and Chevalier, *Catálogo tipológico del cuento folklórico español*, vol. 1; González Sanz, *Catálogo tipológico de cuentos folklóricos aragonese*; Goldberg, *Motif-Index of Spanish Folk Narrative*, no. J17; Basque: Camarena Laucirica and Chevalier, *Catálogo tipológico del cuento folklórico espa-ñol*, vol. 1; and Catalan: Oriol and Pujol, *Índex tipològic de la rondalla catalana*.

Similarly, the story is very widely spread in North Africa and the Middle East, where it occurs in combination with materials pertaining to other tale types—Algeria: Frobenius, *Kabylen*, vol. 3, 35–37, no. 14; Hilton-Simpson, "Algerian," 85, no. 1; and Reesink, *Maghrébin*, 133–37 [no. 10]; Moroccan: Laoust, *Maroc*, 38–39, no. 34; Légey, *Marrakech*, 228–29, no. 61[.2]; Leguil, *Atlas*, vol. 2, 132–39, no. 21, and 140–49, no. 22. For details, see El-Shamy, *Folktales of Egypt*, 290–91, no. 48, and *DOTTI*.

In North America, AT 157 seems not to be well known; it has been reported only twice: Thompson, *Tales of the North American Indians*, 439; and Dorson, *Negro Tales from Michigan*, no. 7.

However, the tale has wider frequency in Spanish American traditions in the New World: Uther cites a number of occurrences that include Robe, *Index of Mexican Folktales*; Hansen, *The Types of the Folktale in Cuba, Puerto Rico*; Peñalosa, *El cuento popular maya: Hacia un índice*; Karlinger and Frei-tas, *Brasilianische Märchen*, no. 69; Chilean: Hansen, *The Types of the Folktale in Cuba, Puerto Rico*; and Flowers, "A Classification of the Folktales of the West Indies." Besides our Costeños text from Colombia, another text from South American Indians is given in Hissink and Hahn, *Die Tacuna: 1, Er-zählungsguts*, no. 362.

Curiously enough, the tale seems not to be well known in sub-Saharan Africa: Klipple, 92, cites a Ghanaian case (Schott 1993 II/III, 76ff.). Additionally, under no. 567 of his own classificatory system, Arewa gives a text from the Bondi of Eastern Africa but does not identify it as AT 157 (Motifs K1822, "Animal disguised as human being," and K713.1, "Deception into allowing oneself to be tied"). (See *DOTTI*.)

Uther adds South African references including Schmidt, *Catalog der Khoisan-Volkserählungen des südlichen Afrikas*, vol. 2, no. 646.

9. Uncle Rabbit and Aunt Jaguar's Seven Children

This tale belongs to Tale Type AT 37, "*Fox as Nursemaid for Bear*. Search for a nursemaid (or mourning-woman). Fox takes service and eats up the young bears." It is also comparable to AT 56C, "*The Jackal as Schoolmaster*. [Eats pupils, and deceives parents by showing the same child over and over]." AT 56C mirrors the action of Tale Type 37.

Our Costeño text contains themes comparable to the following motifs: K931, "Sham nurse kills enemy's children"; P202.1.5.2§, "Wife blamed for husband's misconduct"; T503.1§, "Complaint about too many children (dependents)"; J2756§, "Foolish placing of trust"; and J2756.3.1§, "Predator (the hungry) set to guard prey (food)."

Available data indicate that the central theme of AT 37 does not recur in the Iberian Peninsula; Uther cites only one Spanish occurrence (Camarena Laucirica and Chevalier, *Catálogo tipológico del cuento folklórico español*, vol. 1, no. 37*). Similarly, this tale type seems to be almost totally lacking in North Africa. *DOTTI* cites only one comparable literary text from the "Arab World" (Chauvin, *Bibliographie*, vol. 2, 88, no. 24).

Conversely, the tale enjoys some recurrence in the Americas. An African American text is given in Harris, *The Complete Tales of Uncle Remus*, 365ff.; and a North American Indian variant is given in Thompson, *Tales of the North American Indians*, no. 31.

Other Spanish American renditions are cited in indexes—Nicaragua, Costa Rica: Robe, *Index of Mexican Folktales*; South American Indian: Wilbert and Simoneau, *Folk Literature of South American Indians*, no. K931; and Pino Saavedra, *Cuentos mapuches de Chile*, nos. 3, 4.

In sub-Saharan Africa, AT 37 is well known throughout the continent. Aarne-Thompson reports the existence of thirty occurrences of the tale type without giving the details ("African 30"; see Klipple, 20–28). Additional references are listed from East African texts in Arewa, 53–54 (Kamba), no. 855; and Haring, nos. 2.1.37, 2.2.37. Also, texts from Central Africa are cited in Lambrecht, no. 855(8,9). Yet, the parallel tale type 56C, which deals with "The Jackal as Schoolmaster," is well known in the Iberian Peninsula, and enjoys considerable popularity in North Africa, Africa, and the Americas.

The pattern of distribution for the tale suggests direct connection with African traditions rather than with Spanish Portuguese lore.

10. Uncle Rabbit and Uncle Alligator

The main narrative component in this tale may be seen as pertaining to Tale Type AT 225A, "*Tortoise Lets Self Be Carried by Eagle. Dropped and eaten.*" However, in our Costeños tale, the rabbit deceives the bird into carrying him, a theme closer to Motif K1861.1, "Hero sewed up in animal hide so as to be carried to height by bird" (typically associated with the story of Sindbad's second voyage in the *Thousand and One Nights*); or comparable to the new Motif K1341.4§, "Reaching maiden's abode on tree-top (mountain-top) in animal hide—carried by bird."

The concluding scene is comparable to Tale Type AT 122D, "*Let Me Catch You Better Game.* [Captured animal thus escapes]." The description of Motif K553.1 replicates that of the Tale Type AT 122D (see later in this section).

Besides Motifs K1861.1 and K1341.4§, the tale includes a number of key motifs: K454§, "*Ufaylî* (uninvited guest, parasite, sponger)"; K553.1, "Let me catch you better game. [Captive escapes]"; R270.1§, "Fleeing animal (game seeking refuge, bird, and so on) leads hunter to fugitive's hiding place"; B299.0.1.1§, "Animal (bird) takes revenge on another animal (bird)"; K811.8§, "Victim trapped and his enemies led to him." Also cf. Motifs B552, "Man carried by bird [here, rabbit/trickster]," and J657, "Care in selecting the creature to carry one."

In the Iberian Peninsula, AT 225 seems not to be well known; the Aarne-Thompson index cites only one Spanish occurrence: Keller, *Motif-Index of Mediaeval Spanish Exempla*. Uther's adds two recent publications—Spanish: Camarena Laucirica and Chevalier, *Catálogo del cuento folklórico español*, vol. 1; and Catalan: Neugaard, *Motif-Index of Medieval Catalan Folktales*, no. J567.2.

In North Africa, Tale Type AT 225 appears frequently in combination with materials pertaining to other tale types mostly among Berber groups. These include Algeria: Frobenius, *Kabylen*, vol. 3, 5–7, no. 1, and 29–30, no. 10; Lacoste, *Kabylie*, 172–77, no. 17; Savignac, *Kabylie*, 131–33, no. 17; and

Scelles-Millie, *Maghreb*, 17–19, no. 1; Morocco: Loubignac, *Zaër*, pt. 2, pp. 334–38, no. 1; Laoust, *Maroc*, 28, no. 26, and 28–29, no. 26[.1]; and Shâkir, *Maghribî*, vol. 1, 113–16 [no. 11]. For details, see *DOTTI*. All of these texts deal with a hedgehog as trickster.

In sub-Saharan Africa, AT 225A seems to be absent. No texts of the narrative have so far been reported. Also, in the Americas, AT 225A seems to be virtually unknown. Apart from our present Costeño text, Uther cites a single occurrence of the tale type from Brazil: Romero and Cascudo, *Contos populares do Brasil*, no. 45.

Meanwhile, Tale Type AT 122D has been also infrequently reported from the Iberian Peninsula. Aarne-Thompson's index cites only one French occurrence from all of Europe. Uther cites three texts from recent publications—Spanish: Camarena Laucirica and Chevalier, *Catálogo tipológico del cuento folklórico español*, vol. 1; Catalan: cf. Oriol and Pujol 2003, *Índex tipològic de la rondalla catalana*; and Portuguese: Pedroso, *Contos Populares Portugueses*, no. 34.

Although AT 122D appears in older Arabic literary works (see Chauvin, *Bibliographie*, vol. 2, 116, no. 94, and 199, no. 39), it does not appear in the oral traditions of North Africa. Likewise, its appearance in sub-Saharan Africa is confined to the southeastern regions (Basuto and South African).

In North America, Aarne-Thompson cites a single occurrence— "American Negro (Georgia)": Joel C. Harris, *Nights with Uncle Remus* (Boston, 1883), 286, no. 48.

In Spanish America, Tale Type AT 122D has been reported from the extreme ends of the continent—Mexican: Robe, *Index of Mexican Folktales*; Mayan: Peñalosa, *El cuento popular maya: Hacia un índice*; and Chilean: Pino Saavedra, *Cuentos mapuches de Chile*, no. 5.

Considering the scarcity of the occurrence of AT 225A in South America, its appearance in Colombia in the present text poses an interesting folkloristic phenomenon as to its possible origins among the Costeños.

11. The Rabbit Who Wanted to Be the Largest Animal in the World

This story is comparable to Tale Type AT 136B*, "*The Hare and the Ram in Contest.* The hare pushes his head down his neck; the ram pulls the hare by the ears. That is why the hare has such long ears." Aarne-Thompson's index reports AT 136B* only from East European Latvian lore. The tale type is discontinued in Uther's index. Some themes in the story are related also to Tale Type AT 38, "*Claw in Split Tree.* The fox (or man) persuades the bear to stick his claw in the cleft of a split tree" (Motif K1111, "Dupe puts hand (paws) into cleft tree (wedge, vise)").

Our present text, however, may be viewed as belonging to a cycle of narratives identified as new Tale Type El-Shamy 774Z§, "*Origin of Physical Qualities in Man or Beast. (Why a Creature Has a Certain Characteristic Look).*" This new tale type is comparable to Tale Type AT 758A, *Origin of Physical Defects.* (See also tale no. 21 later in this chapter.)

The Costeños story also includes the following motifs: Z19.3§, "Etiological tales: 'That-is-why'-tales"; A2325.1, "Why rabbit has long ears"; H927, "Task set by deity"; V211.0.4, "Christ as prophet [founder]"; V210.0.2.2§, "Miracles by Christ"; A512.3.1§, "Christ as son of God"; K714, "Deception into entering box (or prison)"; and A2213.4, "Animal characteristics changed by stretching" (new Motif A2213.4.4§, "Rabbit's (hare's) ears pulled out long" is suggested).

In the Iberian Peninsula, a number of occurrences have been reported— Spanish: Camarena Laucirica and Chevalier, *Catálogo tipológico del cuento folklórico español,* vol. 1; Catalan: Oriol and Pujol, *Índex tipològic de la rondalla catalana;* Portuguese: Soromenho and Soromenho, *Contos Populares Portugueses (Inéditos),* vol. 1, no. 58.

In North Africa, AT 38 appears in combination with materials pertaining to other tale types—Algeria: Frobenius, *Kabylen,* vol. 3, 35–37, no. 14; Reesink, *Maghrébin,* 133–37 [no. 10]; Morocco: Leguil, *Atlas,* vol. 2, 132–39, no. 21.

In Spanish American traditions, AT 38 is found in a number of countries— Mexican: Robe, *Index of Mexican Folktales;* Puerto Rican: Hansen, *The Types of the Folktale in Cuba, Puerto Rico;* Mayan: Peñalosa, *El cuento popular maya: Hacia un índice;* Argentine: Karlinger and Pögl, *Katalanische Märchen,* no. 35.

It is interesting to observe that our text speaks of a cobra or she-snake, addressing her as "Aunt Snake" (p. 59, cf. p. 194). In this respect the femaleness of the cobra, a viper, is significant. It suggests the possibility of an overlap with a cardinal aspect of Arab and Islamic cultures depicted in Motif

B3§, "Viper (*ayyah*, female serpent) as animal central to supernatural beliefs (religious records)." See El-Shamy, *A Motif Index of "The Thousand and One Nights,"* 11n63, and El-Shamy, "A Motif Index of *Alf Laylah wa Laylah*," esp. 259–60.

12. The Cunning of Rabbit

Our tale belongs primarily to Tale Type AT 175, "*The Tarbaby and the Rabbit*. The rabbit, who has been stealing fruit from a garden, is captured by means of a tar baby, an image with tar. The rabbit tries to make the tar baby talk and finally becomes so angry that he strikes it. He sticks to the tar baby and is captured. Usually followed by briar-patch punishment for rabbit." Motif K741, "Capture by tarbaby," encapsulates the main plot of the tale type. The story includes a number of other motifs, including K842, "Dupe persuaded to take prisoner's place in sack: killed [drowned]"; and themes comparable to Motifs K528, "Substitute in ordeal," and K712§, "Prey lured into predator's power by flattery or promise of reward."

The concluding part of the narrative that deals with Rabbit's escape by deceiving Vixen into exchanging places with him is based on Motifs K713.1.3, "Animal persuaded to be tied by promise of food"; K714, "Deception into entering box (or prison)"; and K842, "Dupe persuaded to take prisoner's place in sack: killed." It may also be viewed as a fragment of an episode in Tale Type AT 1525, *The Master Thief*, or AT 1535, *The Rich and the Poor Peasant*, which portrays a series of tricks by a human trickster, and disastrous imitations by a gullible rival or rivals. (See AT 1525A, pt. IV, *Places Exchanged in Sack*, and 1535, pt. V, *Fatal Deception*, discussed later in this section.)

According to the Aarne-Thompson index, AT 175 is known in the Iberian Peninsula—Spanish: Boggs, *Index of Spanish Folktales*, 77, no. 650; Camarena Laucirica and Chevalier, *Catálogo tipológico del cuento folklórico español*, vol. 1; Catalan: Oriol and Pujol, *Índex tipològic de la rondalla catalana*.

Despite its literary nature and availability in school readers, AT 175 has not been reported from North Africa. Also, it has only sporadic presence in the oral traditions in rest of the Middle East (see *DOTTI*).

In sub-Saharan Africa, AT 175 is recurrent in virtually all regions. Aarne-Thompson's index reports the existence of thirty-five African occurrences of the tale (see Klipple, 96–106). Uther adds more recently published references. Examples of West African texts include "Gold Coast": Barker and Sinclair, *West African Folktales*, no. 10; and Cameroon: Kosack, *Die Mafa im Spiegel ihrer oralen Literatur*, 362. Occurrences from other areas of Africa are cited in Arewa, 736; Haring, 2.3.103, 3.2.175; and Lambrecht, 660A, 736(8), 737, 932, 2260.

The tale is known in North America—Spanish American: Robe, *Index of Mexican Folktales*; African American: *Folklore* 30 (1919): 227–34; Harris, *The Complete Tales of Uncle Remus*, 6ff.; Dorson, *Negro Folktales from Pine Bluff, Arkansas and Calvin, Michigan*, no. 3.

According to Uther, AT 175 is highly recurrent in Spanish and Portuguese lore in Central and South America. Examples: Mexican, Guatemalan, Nicaraguan, Costa Rican, Panamanian: Robe, *Index of Mexican Folktales*; Cuban: Hansen, *The Types of the Folktale in Cuba, Puerto Rico*; Puerto Rican, Dominican: Flowers, "A Classification of the Folktales of the West Indies"; Hansen, *The Types of the Folktale in Cuba, Puerto Rico*; South American Indian: Hissink and Hahn, *Die Tacuna: 1, Erzählungsguts*, nos. 149, 340; Wilbert and Simoneau, *Folk Literature of South American Indians*, no. K741; Mayan: Peñalosa, *El cuento popular maya: Hacia un índice*; Venezuelan, Colombian: Hansen, *The Types of the Folktale in Cuba, Puerto Rico*; Ecuadorian: Carvalho-Neto, *Cuentos folklórico de Ecuador*, 123ff.; Brazilian: Cascudo, *Contos tradicionais do Brasil*, 290ff.; Karlinger and Freitas, *Brasilianische Märchen*, no. 56; Alcoforado and Albán, *Contos populares brasileiros: Bahia*, no. 12; Chilean: Hansen, *The Types of the Folktale in Cuba, Puerto Rico*; Argentine: Hansen, *The Types of the Folktale in Cuba, Puerto Rico*; Chertudi, *Cuentos folklórico de Argentina*, vol. 1, no. 27; West Indies: Flowers, "A Classification of the Folktales of the West Indies"; Crowley, *I Could Talk Old-Story Good: Creativity in Bahamian Folklore*, 61f.; Cape Verdian: Parsons, *Folk-Lore from the Cape Verde Islands*, vol. 1, nos. 30, 31, 33.

Likewise, the theme of Rabbit deceiving Vixen into replacing him in the sack by claiming that he is forcibly being taken to eat chickens (Motif K842) is recurrent. It is typically associated with episodes in Tale Types 1525A, pt. IV, and 1535, pt. V. Both tale types enjoy considerable popularity in the Spanish Portuguese traditions in Europe and the Americas. (See, for example, Spanish American: *Texas Folklore Society Publications* 24 (1951):

128–32; 28 (1958): 154–56; Mexican, Panamanian: Robe, *Index of Mexican Folktales*; Dominican, Puerto Rican: Hansen, *The Types of the Folktale in Cuba, Puerto Rico*; Brazilian: Cascudo, *Contos tradicionais do Brasil*, no. 23; Chilean, Argentine: Hansen, *The Types of the Folktale in Cuba, Puerto Rico*; West Indies: Flowers, "A Classification of the Folktales of the West Indies."

13. The Saddling of Jaguar

This narrative belongs to Tale Type AT 4, "*Carrying the Sham-Sick Trickster*. The fox shams sickness and is carried by the wolf." It is also comparable to El-Shamy's new Tale Type 38B§, *Trickster Harnesses (Rides, Traps) Dupe: Unique Saddle or Chest as Trap.* (See *DOTTI*.)

The main motif is K1241, "Trickster rides dupe horseback." Narrative details incorporate themes comparable to the following motifs: K1818, "Disguise as sick man"; K523.2, "Escape by shamming leprosy"; W10.9.4§, "Pity felt for the afflicted: act of kindness follows"; and W154.0.1§, "Perfidy: repayment of good deeds with evil ones."

AT 4 is recurrent in the Iberian Peninsula. Available indexes cite a number of references—Spanish: Camarena Laucirica and Chevalier, *Catálogo tipológico del cuento folklórico español*, vol. 1; Basque: Camarena Laucirica and Chevalier, *Catálogo tipológico del cuento folklórico español*, vol. 1; González Sanz, *Catálogo tipológico de cuentos folklóricos aragoneses*; Catalan: Oriol and Pujol, *Índex tipològic de la rondalla catalana*; Portuguese: Oliveira, *Contos tradicicionais do Algrave*, vol. 2, no. 312.

In North Africa, Tale Type AT 4 is known but seems not to be recurrent. Two texts from the Berber traditions of Algeria and Morocco are to be found [in North Africa]: the Algerian text is given in Bassett, *Conte populaires berbères*; and the Moroccan is given in Leguil, *Atlas*, vol. 2, 202–11, no. 31— where it appears in combination with other animal tale types.

The tale type enjoys a high degree of frequency in the Americas. Aarne-Thompson reports Franco-American and Spanish American (Chile, Dominican Republic, United States, and West Indies) occurrences of AT 4. Uther adds recently published renditions that include South American Indian: Wilbert and Simoneau, *Folk Literature of South American Indians*, no. K1818; and Mayan: Peñalosa, *El cuento popular maya: Hacia un índice.*

In sub-Saharan Africa, the tale type has been reported from various regions: Klipple, 5–6, cites texts from the Congo and the Guinea Coast. Also see Arewa.

14. When Rabbit Lost

This tale is based on an uncommon theme that is likely to be a local or regional development associated with broader narrative traditions. It is comparable to the narrative pattern of Tale Types AT 1387*, "*Woman Must Do Everything like Her Neighbors. Absurd results*"; and 1442*, *Stupid Queen's Unsuccessful Imitation of Magic Performed by Husband's Mistress* (this tale type is discontinued in Uther).

The key shared theme is Motif J2401, "Fatal imitation," which contains episodes characteristic of other tale types, such as 1535, *The Rich and the Poor Peasant* (Unibos), pt. V, "Fatal imitation." For an analysis of these tale types, see El-Shamy, "Belief and Non-Belief in Arab, Middle Eastern and sub-Saharan Tales."

Our text incorporates a major theme related to Motif K827.1, "Fox persuades bird to show him how she acts in a storm [when wind blows]: he devours her" (typically associated with Tale Type AT 56D, "*Fox Asks Bird What She Does When Wind Blows. Bird puts head below breast and fox seizes her*").

Other motifs include J2411.1.1, "Foolish imitation of sham death and return (=resuscitation)"; K913, "The trickster by means of a flute (fiddle, knife, staff) resuscitates an apparently dead woman: his enemy buys the object and tries it disastrously"; and themes comparable to K1633, "Cock's advice proves disastrous to himself. [Evil counselor (trouble-maker) killed]," and J1119§, "Bird as trickster."

Tale Type AT 56D has not been reported from the Iberian Peninsula. It is, however, known in surrounding regions: Chauvin cites a European Arab text in his *Bibliographie*, vol. 2, 151, no. 13. Also, renditions from the Berber traditions of Morocco are given in Laoust, *Maroc*, 28, no. 26, and 28–29, no. 26[.1]; a comparable Berber text from Algeria is given in Rivière, *Djurdjura*, 145–47.

In the Americas, Tale Type AT 56D is rarely encountered. One reference to a "Negro" West Indies occurrence is cited in Flowers, "A Classification of the Folktales of the West Indies."

Regarding sub-Saharan Africa, Klipple, 404, gives a Xosa text from the East African cattle area, but under Motif "K827.1."

15. Uncle Rabbit's Field

This tale belongs to Tale Type AT 9, "*The Unjust Partner. In the field and in the stable. The bear works: the idle fox cheats the bear.*" Parts of the tale are comparable to AT 214A, *Camel and Ass Together Captured Because of Ass's Singing.*

The story incorporates the following motifs: B280.1§, "Courtship, marriage, and married life among animals"; T205§, "The abusive spouse"; W111.4, "Lazy husband"; J2635§, "Fool as cowardly husband (lover)"; K499.10, "Fox pretends to go to work, but goes out to sleep"; K499.11§, ‡, "Unjust partner: dodges work (by feigning illness or pretending to work), and then demands a share"; P411.0.1§, "Peasant's work (farming) is arduous and unprofitable"; U138, "Habit of dishonesty (thievery) cannot be broken"; and a theme comparable to J2137.6, "Camel and ass together captured because of ass's singing."

AT 9 is recurrent in the Iberian Peninsula—Spanish: Camarena Laucirica and Chevalier, *Catálogo tipológico del cuento folklórico español*, vol. 1, no. 9; Basque: Camarena Laucirica and Chevalier, *Catálogo tipológico del cuento folklórico español*, vol. 1; Catalan: Neugaard, *Motif-Index of Medieval Catalan Folktales*, no. K171.1; Oriol and Pujol, *Índex tipològic de la rondalla catalana*; Portuguese: Soromenho and Soromenho, *Contos Populares Portugueses (Inéditos)*, vol. 1, nos. 64, 65, 93, 95.

The tale type is also known in North Africa, where it usually appears in combination with other narratives—Algeria: Frobenius, *Kabylen*, vol. 3, 13–16, no. 4, and 33–35, no. 13; Rivière, *Djurdjura*, 89–90; Morocco: Laoust, *Maroc*, 6, no. 7.

It is also recurrent in the Americas—Spanish American: *Texas Folklore Society Publications* 9 (1931): 153ff.; 12 (1935): 16f.; 14 (1938): 32ff.; 25 (1953): 220ff.; Mexican: Aiken, "A Pack Load of Mexican Tales," 16f.; Puerto Rican: cf. Hansen, *The Types of the Folktale in Cuba, Puerto Rico*, no. **74F; Mayan: Peñalosa, *El cuento popular maya: Hacia un índice*, no. 9B; Argentine: Chertudi, *Cuentos folklóricos de Argentina*, vol. 2, no. 4.

The Aarne-Thompson index reports eight occurrences of AT 9 in sub-Saharan Africa: Klipple, 13, presents texts from various cultural areas including Akan-Ashanti (where the trickster is Ananse the spider), the Bura of Nigeria, and a Congolese text of unspecified ethic identity. See also Lambrecht, no. 553. Uther cites additional texts from Namibia and South Africa.

16. Rabbit and Vixen's Saloon

This narrative may be viewed as belonging to Tale Type AT 1555A, "*Paying for Bread with Beer*. A man orders a bottle of beer, then returns it and takes a loaf of bread instead. He refuses to pay for the bread because he has returned the beer undrunk. He refuses to pay for the beer because he has not drunk it."

Its motifs include K233.4, "Man orders a bottle of beer, then returns it and takes a loaf of bread instead. He refuses to pay for the bread because he has returned the beer undrunk. He refuses to pay for the beer because he has not drunk it"; K233.4.0.1§, "Deceptive barter (exchange): paying for one item with another—both unpaid for"; K233, "Trickster escapes without paying"; and J2080, "Foolish bargains."

This tale has very limited distribution. Aarne-Thompson reports it only from the United States; *The Types of the Folktale* adds two occurrences: French Canadian and Walloon (a French dialect spoken in a region in Belgium).

The tale seems to be virtually unknown on the African continent. Only one Tunisian rendition from Jewish lore is given in Nahum, *Ch'ha*. Action in this text involves paying for a caftan with trousers (and vice versa), and Gohâ (Jihâ/Ch'ha/Hodscha) as the trickster (Motifs K233.4.0.1'§, "Deceptive barter (exchange): paying for one item with another—both unpaid for," and J1125', "Gohâ as trickster"). The French text from Tunis is likely to be directly related to its European counterpart. See *DOTTI*.

The basic plot of Tale Type AT 1555A is comparable to the new Tale Type 1287A§, "*Lesson in Adding: Matching a Number of Men to an Equal Number of Objects (Geese) of Which One Is Missing*. Trickster (Thief), 'Why didn't he take one!'" (Motifs J2032, "Are there nine or ten geese? [Trickster evades answering by absurd counting]"; and K363.1§, "Theft by counting wrong").

Tale Type 1287A§ is more widespread across the Arab world; a North African occurrence serves as a component in a composite text from Algeria: Frobenius, *Kabylen*, vol. 1, 238–40, no. 41. (See *DOTTI*.)

17. The Man Who Gathered Honey

The plot of this tale is comparable to Tale Type AT 152 (formerly 152*), "*The Man Paints the Bear. Burns him with red-hot iron. The hare and gadfly keep up the punishment.*"

It contains the following motifs: N504.1§, "Finding wild honey as treasure"; K1013.3, " 'Planting' with a red-hot iron"; J675.0.1§, "Preemptive actions: anticipatory treachery countervailed by treacherous acts"; J675.0.2§, "The best defense is an offense."

The conversation among animals concerning the punitive experiences "the man" dealt each may be seen as belonging to the general motifs J1800, "One thing mistaken for another—miscellaneous," and J1810, "Physical phenomena misunderstood."

Aarne-Thompson reports it only from Eastern European regions. Uther cites a text from southwestern Europe—Spanish: Camarena Laucirica and Chevalier, *Catálogo tipológico del cuento folklórico español*, vol. 1.

In the Americas, only one additional occurrence of the tale type besides our main text was reported—South American Indian: Karlinger and Freitas, *Brasilianische Märchen*, no. 41.

18. The Quarrel between Cock and Vixen

This Aesopic fable belongs to Tale Type AT 62, "*Peace among the Animals—the Fox and the Cock.* [Dogs have not heard of new law]." Its concluding episode is Tale Type AT 122D, "*Let Me Catch You Better Game.* [Captured animal thus escapes]" (see tale no. 10).

The story includes the following motifs: K553.1, "Let me catch you better game. [Captive escapes]"; K712§, "Prey lured into predator's power by flattery or promise of reward"; J1421, "Peace among the animals. (Peace fable). [...] Dogs have not heard of the new law"; K815.1.1, "Fox tries to persuade cock to come down and talk to him"; K729§, "Capture (attempted capture) by alleging the existence of a new law"; and K2061.4.1§, "Fox tries to entice cock down from high place: plan detected."

Uther reports AT 62 from the Iberian Peninsula—Spanish: Camarena Laucirica and Chevalier, *Catálogo tipológico del cuento folklórico español*, vol. 1; González Sanz, *Catálogo tipológico de cuentos folklóricos aragoneses*; Catalan: Neugaard, *Motif-Index of Medieval Catalan Folktales*, no. J1421; Oriol and

Pujol, *Índex tipològic de la rondalla catalana;* and Portuguese: Oliveira, *Contos tradicicionais do Algrave,* vol. 1, no. 6.

AT 62 is recurrent in the oral traditions of North Africa—Tunisia: Stumme, *Tamazratt,* 69, no. 22; Algeria: Basset, *Contes pop. berb.,* 19, no. 9; Basset, *Nouveaux contes berbères,* 23, no. 71; Morocco: Laoust, *Maroc,* 21–22, no. 20.

The tale is also recurrent in the Americas—Spanish American: Robe, *Index of Mexican Folktales;* African American: Parsons, *Folk-Lore of the Sea Islands, South Carolina,* no. 69; Dorson, *Negro Tales from Pine Bluff, Arkansas and Calvin, Michigan,* 165f.; South American Indian: Hissink and Hahn, *Die Tacuna: 1, Erzählungsguts,* no. 365; Brazilian: Cascudo, *Contos tradicionais do Brasil,* 268ff.; Alcoforado and Albán, *Contos populares brasileiros: Bahia,* no. 5; Chilean: Pino Saavedra, *Cuentos mapuches de Chile,* nos. 1, 9; Argentine: Chertudi, *Cuentos folklóricos de Argentina,* vol. 1, no. 20, vol. 2, no. 9.

In sub-Saharan Africa, AT 62 is found in various regions, especially in the eastern and southern tiers. A West African Soninke variant displays a closer connection with North African Islamic tradition—Motif V8.9.2.0.1§, "Communal (group, *jamâ¿ah*) exercising of religious service favored—(e.g., prayers, pilgrimage)." As presented by Klipple (52): "A fox passing under a tree in which is perched a crowing cock begs the cock to come down so that they can make their prayer together. The cock replies, 'Go call the marabout.'"

19. The Marriage of Monkey and Frog

This narrative, with a touch of humor, is comparable to Tale Types AT 106, *Animals' Conversation* (imitation of animal sounds), and 2075, *Tales in Which Animals Talk.* Their talk is in imitation of their real sound. For example, the bull, cow, and calf talk about going to the next pasture, the bull with a bass voice, the calf with a very small voice, and the cow with a medium voice. The two tale types are viewed as mirroring each other: the first tale type is an animal tale, while the other emphasizes the formulaic aspect of it.

The text contains the following motifs: T158§, "Wedding ceremony spoiled through marplot"; P965§, "Celebration of a wedding"; B281.10, "Wedding of monkey"; B284.1, "Wedding of frog"; B297, "Musical animals"; B297.1, "Animal plays musical instrument"; P196.8.1§, "Drinking party (clique)"; and K454.3§, "Futile attempts to avoid (drive away) uninvited guest."

The available pattern of distribution of this narrative suggests that it is confined to the Iberian Peninsula and its cultural derivatives—Spanish: Camarena Laucirica and Chevalier, *Catálogo del cuento folklórico español*, vol. 1; Catalan: Oriol and Pujol, *Índex tipològic de la rondalla catalana*; Portuguese: Coelho, *Contos populares portugueses*, no. 12; Mexican: Paredes, *Folktales of Mexico*, no. 79.

No further texts of our tale have so far been reported from other regions of the Americas. Similarly, the narrative is rarely reported from sub-Saharan Africa. Uther cites two texts of unspecified ethnic identity. Meanwhile, a Malagasy text is cited in Haring, no. 2.1.106.

20. Uncle Rabbit's Ears

This narrative is a rendition of no. 11, discussed previously. It may also be seen as comparable to Tale Type AT 136B*. Besides the basic characteristic motifs (Z19.3§, "Etiological tales: 'That-is-why'-tales," and H927, "Task set by deity"), the present text also includes the following motifs: W166.1§, "Self-praise"; W166.2.1§, "Braggart"; and themes comparable to Motifs D562, "Transformation by bathing"; J953.13, "Fox thinks his elongated shadow at sunrise makes him as large as an elephant"; and J1790, "Shadow mistaken for substance."

21. When the Sun Baptized the Bat

It is not clear whether the Costeños take this narrative seriously (that is, as a belief narrative or myth) or nonseriously (that is, as an ordinary tale or animal tale). The story belongs to the newly developed Tale Type 774S§, *Why a Certain Creature (Animal, Demon) Is No Longer Seen*, and is comparable to 774Z§, *Why a Creature Has a Certain Characteristic Look. (Origin of Physical Qualities in Man or Beast).* (See *DOTTI*.)

The story incorporates a score of motifs including the following: V81.4, "Baptism of infant"; A221, "Sun-father"; and P296.1, "Godfather." The narrative also contains themes comparable to Motifs H1026, "Task: changing the course of time," and A2491.2.1§, "Why owl lives in the ruins and is not seen during daytime. Because of her shame over rejecting predestination."

The tale types (774S§, 774Z§) typically appear in medieval para-religious literature but have very limited circulation in oral traditions.

Works Cited

Aiken, R. "A Pack Load of Mexican Tales." In *Puro Mexicano*, edited by J. F. Dobie, 1–87. Austin, 1935.

Alcoforado, D. F. X., and M. del Rosário Suárez Albán. *Contos populares brasileiros: Bahia* Recife, Brazil, 2001.

Arewa, E. O. *A Classification of the Folktales of the Northern East African Cattle Area by Types.* New York, 1980.

Baer, F. E. *Sources and Analogues of the Uncle Remus Tales.* Folklore Fellows Communications No. 228. Helsinki, 1980.

Barker, W. N., and C. Sinclair. *West African Folktales.* London, 1917.

Camarena Laucirica, J. *Cuentos tradicionales de León.* 2 vols. Madrid, 1991.

Camarena Laucirica, J., and M. Chevalier. *Catálogo tipológico del cuento folklórico español.* 3 vols. Vol. 1, *Cuentos de animales;* vol. 2, *Cuentos marvaillos;* vol. 3, *Cuentos religiosos.* [. . . .]. Madrid, 1995, 1997, 2003.

Carvalho-Neto, P. de. *Cuentos folklóricos de Ecuador.* Quito, Ecuador, 1966.

Cascudo, L. da C. *Contos tradicionais do Brasil.* Bahia, Brazil, 1955.

Chertudi, S. *Cuentos folklóricos de Argentina.* 2 vols. Buenos Aires, 1960, 1964.

Crowley, D. J. *I Could Talk Old-Story Good: Creativity in Bahamian Folklore.* Los Angeles, 1966.

Destaing, Edmond, *Textes Arabes in parler des Cheluhs du Sous (Maroc).* Paris, 1926/

Dorson, R. M. *Negro Folktales from Pine Bluff, Arkansas and Calvin, Michigan.* Bloomington, 1958.

———. *Negro Tales from Michigan.* Cambridge, MA, 1956.

Espinosa, A. M. *Cuentos populares de Castilla y León.* Madrid, 1988.

Flowers, H. L. "A Classification of the Folktales of the West Indies by Type and Motif." PhD diss., Indiana University, 1953.

Goldberg, H. *Motif-Index of Spanish Folk Narrative.* Tempe, AZ, 1998.

González Sanz, C. *Catálogo tipológico de cuentos folklóricos aragoneses.* Zaragoza, Spain, 1996.

Hansen, T. L. *The Types of the Folktale in Cuba, Puerto Rico, the Dominican Republic and Spanish South America.* Berkeley, 1957.

Harris, J. C. *The Complete Tales of Uncle Remus.* Boston, 1955.

Hissink, K., and A. Hahn. *Die Tacuna: 1, Erzählungsguts.* Stuttgart, Germany, 1961.

Jacobs, J. *The Fables of Aesop.* New York, 1894.

Karlinger, F. K., and G. de Freitas. *Brasilianische Märchen.* Düsseldorf, Germany, 1977.

Karlinger, F. K., and J. Pögl. *Katalanische Märchen.* Munich, 1987.

Keller, J. E. *Motif-Index of Mediaeval Spanish Exempla.* Knoxville, TN, 1949.

Klipple, M. A. *African Folktales with Foreign Analogues.* New York, 1992.

Kosack, G. *Die Mafa im Spiegel ihrer oralen Literatur.* Cologne, 2001.

Neugaard, E. J. *Motif-Index of Medieval Catalan Folktales.* Binghamton, NY, 1993.

Oliveira, F. X. d'Athaide. *Contos tradicicionais do Algrave.* 2 vols. Tavira, Portugal, 1900; Porto, Portugal, 1905.

Oriol, C., and J. M. Pujol. *Índex tipològic de la rondalla catalana*. Barcelona, 2003.

Paredes, A. *Folktales of Mexico*. Chicago, 1970.

Parsons, E. C. *Folk-Lore from the Cape Verde Islands*. 2 vols. Cambridge, MA, 1923.

———. *Folk-Lore of the Sea Islands, South Carolina*. Cambridge, MA, 1923.

Peñalosa, F. Peñalosa. *El cuento popular maya: Hacia un índice*. Palos Verdes, CA, n.d.

Pino Saavedra, Y. *Cuentos folklóricos de Chile*. 3 vols. Santiago de Chile, 1960, 1961, 1963.

———. *Cuentos mapuches de Chile*. Santiago de Chile, 1987.

Rael, J. B. *Cuentos españoles de Colorado y de Nuevo Méjico*. Vols. 1–2. Stanford, CA, 1956.

Robe, S. L. *Index of Mexican Folktales*. Including narrative texts from Mexico, Central America, and the Hispanic United States. Berkeley, 1973.

Romero, S., and L. da Câmara Cascudo. *Contos populares do Brasil*. Rio de Janeiro, 1954.

Schmidt, S. *Catalog der Khoisan-Volkserählungen des südlichen Afrikas/Catalog of the Khoisan Folktales of Southern Africa*. 2 vols. Hamburg, 1989.

Schott, R. *Bulsa Sunsuelima: Folktales of the Bulsain Northern Ghana*. 2 vols. Münster, Germany, 1993, 1996.

Soromenho, A. da S., and P. C. Soromenho. *Contos Populares Portugueses (Inéditos)*. 2 vols. Lisbon, 1984, 1986.

Thompson, S. *Tales of the North American Indians*. Cambridge, MA, 1929.

Vasconcellos, J. L. de, A. da S. Soromenho, and J. P. C. Soromenho. *Contos Populares e Lendas*. 2 vols. Coimbra, Portugal, 1963, 1966.

Wilbert, J., and K. Simoneau. *Folk Literature of South American Indians: General Index*. Los Angeles, 1992.

North Africa/Maghreb

Amrouche, Marguerite Taos. *Le grain magique: Contes, poemes et proverbes berbères de Kabylie* Paris, 1966.

Baqlûî, al-Nâir al-, ed. and trans. *Ikâyât sha;biyyah min Tûnis* [Contes populaires de Tunisie]. Sfax, Tunisia, 1988.

Basset, René. *Contes populaires berbères* (Paris, 1887elles-Millie. Jeanne, *Contes sahariens du Souf (Paris.1963)*.

Basset, René. *Nouveaux contes berbères*. Paris, 1897.

Belamri, Rabah. *Les graines de la douleur*. Paris, 1982.

Chauvin, Victor. *Bibliographie des ouvrages arabes ou relatifs aux Arabes: Publiés dans l'Europe chrétienne de 1810 à 1885*. 12 vols. Liége, Belgium, 1892–1922.

Cohen, David. *Le parler arabe des juifs de Tunis: Textes de dolinguistique et ethnographiques*. The Hague, 1964.

Delheure, Jean. *Contes et légendes berbères de Ouargla*. Paris, 1989.

Destaing, Edmond, *Textes Arabes in parler des Cheluḥs du Sous (Maroc)*. Paris, 1926.

El-Shamy, Hasan M. "Belief and Non-Belief in Arab, Middle Eastern and Sub-Saharan Tales: The Religious-Non-Religious Continuum. A Case Study." *al-Ma'thûrât al-Shaʿbiyyah* 3, no. 9 (January 1988): 7–21.

———. *Beyond Oedipus: The Brother-Sister Syndrome as Depicted by Tale-Type 872*: A Cognitive Behavioristic, Demographically Oriented, Text Analysis of an Arab Oikotype*. Bloomington: Trickster Press, 2013.

————. *Folktales of Egypt: Collected, Translated and Annotated with Middle Eastern and African Parallels.* Chicago, 1980.

————. "A Motif Index of *Alf Laylah wa Laylah*: Its Relevance to the Study of Culture, Society, the Individual, and Character Transmutation." *Journal of Arabic Literature* 36, no. 3 (2005): 235–68.

————. *A Motif Index of "The Thousand and One Nights."* Bloomington: Indiana University Press, 2006.

————. *Tales Arab Women Tell, and the Behavioral Patterns They Portray.* Collected, translated, edited, and interpreted. Bloomington: Indiana University Press, 1999.

Frobenius, Leo. *Volksmärchen der Kabylen, Atlantis.* Vols. 1–3. Jena, Germany, 1921–22.

Galley, Micheline, and Zakia I. Sinaceur, eds. and trans. *Dyab, Jha, La'âba . . . Le triomphe de la ruse: Contes marocains du fonds [George S.] Colin.* Classiques africaines 26. Paris, 1994.

Hilton-Simpson, M. W. "Algerian Folktales [Abstracts]." *Folklore* 35 (1924): 83–86.

Houri-Pasotti, Myriam. *Contes de Ghazala.* Paris, 1980.

Jason, Heda. *Märchen aus Israel.* Düsseldorf, Germany, 1976.

Koudia, Jilali el-. *Moroccan Folktales.* Translated from the Arabic by Jilali El Koudia and Roger Allen, with critical analysis by Hasan M. El-Shamy. Syracuse, NY: Syracuse University Press, 2003.

Lacoste, Camille, ed. *Légendes et contes merveilleux de la grande Kabylie, recueillis par Auguste Mouliéras.* 2 vols. Paris, 1965.

Laoust, Emile. *Contes berbères du Maroc.* 2 vols. Paris, 1949–50.

————. *Étude sur le dialecte berbèr du Chenoua.* Paris, 1912.

Légey, Françoise. *Contes et légendes populaires du Maroc, recueillis à Marrakech.* Paris, 1926.

Leguil, Alphonse I. *Contes berbères du Grand Atlas* (Paris, 1985).

Leguil, Alphonse II. *Contes berbères de Atlas de Marrakech.* Paris, 1988.

Nahum, André. *Les contes de Ch'ha.* Paris: Piranhas, 1978.

Reesink, Pietre. *Contes et récits Maghrébin.* Québec, 1977.

Rivière, Joseph. *Recueil de contes populaires de la Kabylie du Djurdjura.* Paris, 1882.

Scelles-Millie. *Contes sahariens du Souf.* Paris, 1963.

Shâkir, Yusrî. *Ikâyât min al-folklore al-maghribî* [Tales from Maghribian folklore]. 2 vols. Casablanca, [1978] 1985.

Stumme, Hans. *Märchen der Schlu von Tázerwalt.* Leipzig, Germany, 1895

Ensayo Introductorio de los Editores

Juan Sebastián Rojas E. y John Holmes McDowell

GEORGE LIST (1922–2008) fue algo así como un hombre del renacimiento: compositor, músico, académico, escritor, archivista y profesor. A lo largo de una vida larga e intrépida, recibió reconocimiento y respeto por su trabajo en todos estos campos. Su trabajo como estudioso de las músicas tradicionales lo llevó al Suroeste de Estados Unidos, a Ecuador y a Colombia. En este último lugar llevó a cabo trabajo etnográfico con campesinos "costeños," como se auto-identifica la población de la costa Caribe colombiana, la cual tiene una fuerte herencia afro-colombiana[1]. También recolectó canciones tradicionales del estado de Indiana, en Estados Unidos, donde trabajó como director de los Archivos de Música Tradicional de la Universidad de Indiana en Bloomington, donde fue director desde 1954 hasta su retiro en 1976. A List se le atribuye haber contribuido al desarrollo del Programa de Etnomusicología de la Universidad de Indiana, así como el posicionamiento de los Archivos de Música Tradicional como uno de los grandes repositorios de sonido grabado en el país.

List realizó cuatro viajes a la costa Caribe Colombiana[2] para hacer trabajo de campo de lo que sería el proyecto de investigación más importante de su carrera: el estudio de la música tradicional de comunidades campesinas en la costa Atlántica colombiana. Allí, visitó alrededor de quince pueblos y ciudades[3] en busca de músicos y narradores de historias que pudieran contribuir con material para su investigación. George List se centró sobre todo en la zona de Bolívar Grande[4], y dentro de ésta, enfocó su atención en un pueblo llamado Evitar (corregimiento del municipio de Mahates), en donde encontró gran cantidad de expresiones musicales. Su trabajo de campo consistía fuertemente en grabaciones de campo de prácticas musicales, tanto en entornos naturales como controlados, y entrevistas a los músicos y otros miembros de la comunidad. Él era de la escuela que se enfocaba en la transcripción y análisis del sonido musical, de la música como "texto", e hizo buen uso de su material para describir y analizar aspectos de su estructura, de su estética y su sonido musical. Aspectos que en años subsiguientes se volverían centrales en el trabajo de campo etnomusicológico, como las relaciones sociales, los procesos de interacción simbólica y el contexto del performance (ver Nettl 2005:74–91; Cooley y Barz et al. 2008), no eran predominantes en tiempos de List, aunque él, siendo un etnógrafo atento, no los descuidó totalmente.

En parte debido a este enfoque investigativo, List estableció su base de operaciones en hoteles de Cartagena, la ciudad grande más cercana a sus sitios de interés, y realizaba viajes a los pueblos durante los fines de semana. Él nunca pernoctó en sus sitios de investigación, y con frecuencia, hizo arreglos para que los informantes fueran hasta su hotel en Cartagena. El objetivo de esta técnica etnográfica era realizar grabaciones en ambientes acústicos controlados, minimizando el ruido y la interferencia, pues él buscaba las muestras musicales más limpias posibles. Además de estas consideraciones técnicas, List mismo admitió que el calor extremo y la abundancia de mosquitos y otras alimañas le hicieron imposible tolerar periodos más largos sobre el terreno (List 1983:xx). Por eso, la mayoría de los datos que recogió relevantes al contexto sociocultural están más basados en testimonios de los informantes que en observación participante directa. Él viajaba con dos grabadoras de cinta—una Uher 4000 y una Ampex 600—y logró capturar grabaciones de alta calidad.

Los reconocidos hermanos folkloristas colombianos Delia y Manuel Zapata Olivella ayudaron a List durante todo el proceso de investigación de campo. En aquel entonces, los Zapata Olivella eran considerados la autoridad académica en temas de música y danza afro-colombiana, un estatus que ganaron con posiciones en universidades, gran cantidad de trabajo de campo y publicaciones reconocidas. Además, Delia dirigió la que sería una de las más importantes compañías de danza folklórica afro-colombiana hasta el día de hoy: el Conjunto Folklórico de Delia Zapata Olivella. De hecho, algunos de los informantes de List eran miembros del Conjunto Folklórico de Delia que aun residían en sus pueblos de origen. Algunos son, hasta el día de hoy, reconocidos artistas tradicionales con prestigio regional o nacional[5]. Además de contribuir con una perspectiva invaluable sobre la gente en terreno, los hermanos Zapata Olivella también estuvieron involucrados como intérpretes, traduciendo y clarificando las preguntas y respuestas entre List y sus entrevistados. Aunque List había estudiado español, el dialecto rural caribeño de los costeños fue un gran reto para él. Manuel Zapata Olivella, escritor, investigador y narrador de cuentos, también fue informante de List para los cuentos "Tió Conejo y los siete hijos de Tía Tigra" y "El Hombre", incluidos en este volumen.

Aunque la mayoría de los materiales de campo de List[6] y sus publicaciones sobre Colombia tienen que ver con música, una mirada más profunda a su colección de grabaciones revela también otro interés de investigación: los rituales funerarios afro-colombianos y sus prácticas estéticas y expresivas, incluyendo la narración de cuentos, chistes, juegos cantados, juegos de mesa y rezos. Estas prácticas fueron documentadas sistemáticamente por List pero él nunca publicó nada relacionado con este material. Sin embargo, durante sus días como Profesor Emérito en la Universidad de Indiana recibió una Beca de Investigación para Profesores Retirados de la Escuela de Investigación y Postgrados de la misma universidad, con la cual creó la compilación de cuentos de animales que aquí presentamos, y que un vistazo al rico panorama de la cultura regional, tal cual florecía a mediados del siglo pasado.

Este volumen contiene una selección de veintiún cuentos de animales, los cuales eran narrados especialmente durante la primera y última noches de los velorios de adulto en los pueblos de la costa Caribe colombiana, en lo que en ese contexto es el espacio semi-sagrado del patio. La función principal de estos cuentos era mantener a los asistentes entretenidos y despiertos hasta el amanecer, momento en que se realizaba el último ciclo de oración de la noche, de acuerdo con la convención ritual. Tanto los cuentos como el contexto en que son narrados tienen resonancia con prácticas culturales más amplias de comunidades afro-colombianas de otras regiones y otras poblaciones de la diáspora africana en el Caribe. El valor de estas narraciones es primordial, dado que esta costumbre ha prácticamente desaparecido en la región. Estas historias, situadas en su contexto de performance, representan un corpus de conocimiento oral altamente ritualizado que fue preservado y cultivado por siglos por poblaciones afro-descendientes en América.

Cultura e Historia Afro-Caribeña

La trata europea de esclavos hacia el continente americano desde inicios del siglo dieciséis obligó a millones de africanos a viajar al Nuevo Mundo para realizar trabajo agrícola y otras labores, lo que ayudó a consolidar la dominancia de los imperios europeos en estos territorios transatlánticos. Algunos puertos en costas caribeñas y brasileras se convirtieron en puntos principales de entrada de esclavos, por lo que la influencia de poblaciones afro-descendientes en estas regiones es más fuerte que en otras partes de América. Cartagena de Indias, en la costa Caribe colombiana, fue uno de estos puertos, y buena parte de la historia afro-colombiana tiene su origen allí.

Cartagena, una ciudad colonial fortificada, se convirtió en uno de los principales puertos españoles en Suramérica, punto de acceso a los Andes a través del Río Magdalena (Museo Nacional 2008b; Ochoa Gautier 2014), y por esto, entrada al flanco occidental del continente, a los territorios hoy en día de Ecuador y Perú. En Cartagena, como en otros asentamientos españoles, el régimen monárquico católico regulaba la sociedad basado en ideas europeas de jerarquía racial. En el sistema colonial existían posiciones sociales claramente definidas para las diferentes categorías étnico-raciales: en la cumbre, españoles de nacimiento, luego españoles nacidos en América (criollos), luego gente de razas mezcladas en combinaciones específicamente designadas (mestizos, zambos, mulatos); y en la base las poblaciones indígenas y negras (esclavos africanos y sus descendientes).

Los africanos y sus descendientes eran tratados como mercancía, maltratados físicamente, privados de prácticamente cualquier derecho o privilegio, y sujetos a explotación y deshumanización sistemática para garantizar su sumisión al sistema colonial y su modo de producción basado en mano de obra esclava. Sin embargo, a pesar de la marginalización de la gente negra en la sociedad colonial, las autoridades españolas enfrentaron dificultades para controlar la población esclavizada, pues ésta nunca se rindió completamente al control colonial y con frecuencia se encontraba al borde de la rebelión. Estas poblaciones con el tiempo desarrollaron sus propias expresiones culturales; hay abundantes reportes de los siglos diecisiete y dieciocho que dan cuenta de la persistencia de prácticas culturales prohibidas— como los bailes callejeros de tambor: bundes o fandangos—a pesar de los esfuerzos de autoridades católicas y la corona para restringirlos por considerarlos "inmorales" y "emancipatorios" (Escobar 1985). Estas prácticas están fuertemente enraizadas entre la gente afro-colombiana de extracción más rural, y persisten hasta el presente. En vez de insistir en su prohibición, los gobernantes españoles se vieron obligados a permitir estas costumbres, pero en marcos controlados.

La institución colonial más importante para controlar a las poblaciones no-europeas y garantizar su productividad fue el cabildo. Los "cabildos de negros", específicamente, eran una forma de organización social originada en Sevilla, España, donde era usada para "resguardar" a miembros de naciones africanas en la península Ibérica (De Friedemann 1993). Más adelante, este mismo modelo de cabildo fue usado extensamente en Colombia[7] con las poblaciones indígenas y afro-colombianas. Gracias a una estrategia de atomización y debilitamiento de la solidaridad grupal entre los sujetos colonizados, los cabildos de negros en Colombia agruparon a miembros de diversas naciones africanas, mezclando gentes que hablaban diferente idiomas y que tenían variedad de prácticas culturales. Aunque el propósito era disminuir riesgos de comunicación y emancipación entre los esclavos, a pesar de las diferencias culturales estos grupos heterogéneos compartían rasgos, especialmente en relación con la experiencia traumática de la diáspora. Estas afinidades generaron procesos de empatía entre la gente africana y sus descendientes, quienes convirtieron los cabildos en ricos repositorios de tradiciones afro-descendientes, generando formas culturales híbridas y construyendo nuevas expresiones de africanidad (De Friedemann 1990).

En contraste con los cabildos impuestos por el régimen colonial, otras formas más subversivas de resistencia e insubordinación africana también caracterizaron la época colonial en la costa caribeña. A inicios del siglo diecisiete una rebelión de esclavos en Cartagena desembocó en el escape de varios cientos de esclavos bajo el liderazgo de Benkos Biojó, quienes huyeron hacia las inhóspitas selvas de las tierras bajas de los Montes de María y crearon varios asentamientos de negros libres. Estos pueblos tenían gobierno independiente y, eventualmente, después de un siglo de resistencia armada contra el ejército colonial, el Imperio Español los reconoció como territorios autónomos. Estos asentamientos fueron llamados *palenques* y el más fuerte y establecido fue San Basilio de Palenque, también conocido como "el primer pueblo libre de América", pues ganó su independencia oficial con una Cédula Real de 1713 (Arrázola 1979). Hoy en día, San Basilio de Palenque es un pueblo dinámico culturalmente, donde aun se habla la lengua palenquera. En 2008 el "Espacio cultural de San Basilio de Palenque" fue añadido a la lista de patrimonio cultural inmaterial de la UNESCO (UNESCO 2008). Los pueblos palenqueros se convirtieron en un punto focal de preservación y desarrollo de la cultura afro-colombiana, incluyendo formas locales de organización social, música, danza, prácticas espirituales, y otras formas de cultura expresiva, como cuentos, juegos y adivinanzas, precisamente el material que se reune en este volumen (De Friedemann y Patiño 1983).

De esta forma, tanto los palenques como los cabildos contribuyeron fuertemente a la construcción de las culturas afro-colombianas. Mientras que solo quedan dos palenques habitados en la costa Caribe—San Basilio de Palenque y San José de Uré—su influencia en la cultura regional ha sido determinante. Igualmente los cabildos, espacio de hibridación donde prácticas españolas se impusieron a gente de diversas culturas africanas, estimularon un proceso de negociación cultural que resultó en patrones complejos de sincretismo y resistencia. Diversas formas de cultura expresiva—especialmente música, danza y poesía—surgieron en estos contextos, dando forma a las culturas afro-colombianas hasta el día de hoy, como veremos en las tradiciones representadas en esta colección de cuentos de velorio recolectada por George List.

Colombia es una nación católica, y a pesar de su gran diversidad cultural y regional, alrededor del ochenta por ciento de su población se declara católica (Departamento de Estado 2012). Sin embargo, diferencias regionales y culturales en la práctica del catolicismo son evidentes a través de apropiaciones locales, construyendo un escenario rico en religiosidades populares. En comunidades rurales afro-colombianas, por ejemplo, la influencia de religiones y tendencias espirituales africanas ha fundamentado la manera como la gente lleva a cabo sus prácticas religiosas. En "Velorios y Santos Vivos", exposición temporal sobre prácticas funerarias afro-colombianas realizada en el Museo Nacional de Colombia en 2008, el antropólogo Jaime Arocha afirma que ciertas ideologías religiosas africanas llegaron a Colombia con los primeros cargamentos transatlánticos de esclavos durante el periodo entre 1533 y 1580. Esta oleada de tráfico humano trajo a Colombia gente de las naciones Brane, Zape y Biáfara de la cuenca del río Guinea en África Occidental, cuyos sistemas religiosos estaban influenciados por la filosofía africana Muntu. Este sistema de pensamiento plantea una integración entre el universo simbólico de seres humanos y el mundo natural, entre el mundo de los vivos y los muertos, y entre el tiempo y el espacio (Museo Nacional 2008a). En este sistema morir significaba alcanzar un nuevo estatus, de "ancestro", que en ciertas religiones africanas es un ser espiritual que acompaña a los vivos y tiene influencia sobre sus vidas, al igual que sobre fuerzas de la naturaleza. Estos ancestros toman decisiones y cambian de temperamento como si estuvieran vivos. El ancestro se convierte en un ser sagrado intangible, igual que los santos, y a veces baja a la tierra para actuar en beneficio o castigo de sus devotos (o descendientes).

Muchas de estas creencias, las cuales eran consideradas inaceptables durante el periodo colonial, debido a su aparente contradicción irreconciliable frente a creencias católicas, fueron en realidad incorporadas y practicadas desde el marco de celebraciones y rituales católicos, como por ejemplo fiestas de Santo Patrón (patronales), novenas fúnebres y otros eventos ligados a las principales festividades religiosas, como Navidad, Corpus Cristi y Pascua. De esta manera, formas de expresión cultural afro-colombiana fueron, y todavía son, usadas para acompañar y conmemorar rituales católicos. Todavía se usan cantos y percusión tradicionales para acompañar fiestas patronales, por ejemplo, y formas tradicionales de narración oral son utilizadas en ceremonias fúnebres con el fin de facilitar a ancestros recientemente fallecidos su transición al más allá. En este contexto híbrido—sagrado y secular al mismo tiempo—de los velorios también participan rezanderas, quienes realizan varias clases de rezos vernáculos.

Los Velorios Afro-Colombianos

Los grupos humanos que se asentaron en las costas Atlántica y Pacífica de Colombia, así como en la partes bajas de los valles de los ríos Magdalena y Cauca, se caracterizan en parte por la presencia predominante de fenotipos africanos. Los colonizadores españoles movilizaron grandes poblaciones de esclavos negros a estas regiones para trabajar en plantaciones de azúcar o minas de oro. A pesar de que siglos de desarrollo histórico regional produjeron diferencias culturales, las diversas poblaciones afro-colombianas aun comparten rasgos, entre ellos, la funebria ritual. Aunque esta práctica ha disminuido y no es tan fuerte como cuando George List visitó el país en la década de 1960, representa un patrón estable de contribución y herencia negra en Colombia. Aquí la describimos en presente para representar su persistencia en la memoria y, hasta cierto punto, su práctica actual en la región.

Los velorios fúnebres en la región Caribe colombiana combinan prácticas católicas con creencias de tipo popular. Estas prácticas definen un espacio liminal en el cual el alma del difunto trasciende de este mundo hacia el descanso eterno. Estos rituales restauran el orden sociocultural y cierran la brecha entre el mundo de los vivos y el mundo de los muertos. El propósito cosmológico principal es liberar al alma del cuerpo, lo que ocurre con éxito y sin contratiempos cuando familiares y amigos se reúnen toda la noche para participar en el ritual funerario, el cual alterna entre ciclos de oración y entretenimiento, con actividades como juegos, chistes y narración de cuentos. Estas actividades se realizan por nueve noches, constituyendo un periodo de "novena", aunque las noches de velorio más importantes son la Primera Noche y la Última Noche. Las novenas son una práctica religiosa católica tradicional en América Latina y suelen ser populares en Navidad: se realiza una novena de oración todas las noches desde la víspera del diecisiete de diciembre hasta la víspera de Navidad.

En la década de 1960, los velorios eran una práctica popular en la zona del Bolívar Grande. De acuerdo con testimonios de maestros de prácticas fúnebres tradicionales, recolectados por List, hasta cien personas solían asistir a la Primera o Última Noche de una novena. La práctica de los velorios estaba fuertemente arraigada en pequeñas comunidades rurales y en grupos urbanos con bagaje rural en ciudades como Cartagena. Durante la Primera Noche, la casa del difunto se divide en tres espacios principales: la cocina, la sala de estar y el patio, que también puede incluir el frente y los alrededores de la casa. Cada espacio suele tener una función en el ritual funerario y la gente se desplaza entre estos espacios para realizar diferentes actividades. Por ejemplo, las oraciones se realizan en la sala, al frente de un altar especialmente construido para la ocasión, el cual está situado detrás de la mesa donde está el cuerpo. Los chistes, cuentos y juegos se llevan a cabo en el patio, que es el espacio para el entretenimiento y un comportamiento más informal. El espacio de la cocina está marcado por el dominio de las mujeres y es donde se preparan la comida y bebida para los asistentes (Museo Nacional 2008a: 37–38).

En los velorios la familia del difunto practica formas de hospitalidad ritual, con el fin de estimular que los huéspedes se queden toda la noche. Ellos ofrecen una serie de comidas, bebidas y otras atenciones específicas para los asistentes. Es costumbre que se prepare comida para el círculo más cercano de familiares y amigos. La hospitalidad es un valor importante en la cultura caribeña y por esto los velorios también funcionan como una ofrenda a la comunidad, en la cuál las familias ganan o mantienen prestigio y demuestran su capacidad. Una asistencia numerosa también significa que el alma va a trascender más fácilmente al más allá. Los anfitriones brindan a los huéspedes cigarrillos, cigarros, "tinto" (café negro), "calentillo"[8], o licor (ron, aguardiente o *ñeque*[9]). Dependiendo de la tradición local específica, puede que existan espacios y momentos específicos para cada una de estas cortesías, aunque en algunos contextos, dependiendo de la familia, el licor puede ser considerado inapropiado y no ser permitido.

El ritual funerario comienza cuando una persona muere en la comunidad. Es común en territorios afro-colombianos dividir el trabajo: las mujeres se encargan de preparar el cuerpo, de la casa, el altar y el ajuar fúnebre, mientras que los hombres cavan la tumba y hacen el cajón (Museo Nacional 2008a:31–36). Las mujeres embalsaman y visten el cuerpo, preparándolo para el velorio y el entierro. Se prepara una mesa en una esquina de la sala junto a la cual se instala el altar, que es vestido con un telón blanco de transfondo. Un crucifijo (u otro símbolo de Jesucristo) y otros atavíos, como flores de tela o papel, adornan el altar, el cual es coronado con un moño-mariposa color negro en la parte más alta. El cajón se pone sobre la mesa, que debe tener mantel blanco. El cuerpo se viste bien sea con ropa blanca, vestuario religioso, o el mejor atuendo del finado. El cajón se adorna con coronas fúnebres y el altar con arreglos florales más pequeños. Suele ubicarse un vaso de agua bajo el ataúd para que el muerto beba si le da sed (Museo Nacional 2008a: 37).

Cuando la instalación está terminada, amigos, familiares y conocidos comienzan a visitar y se da inicio al velorio como tal. La Primera Noche tiene especial importancia, dado que ésta ocurre con "cuerpo presente", es decir, con el cadáver en la sala, aunque en ciertas regiones la novena comienza justo después del entierro. El desarrollo normal de un velorio incluye el acompañamiento a los familiares del difunto en la sala hasta que se recite el primer rezo. Luego, la mayoría de la gente se traslada al patio, donde se les brinda cigarrillos y café y se realizan actividades recreativas, como juegos tradicionales o narración de cuentos, con el objetivo de mantener a los asistentes activos hasta el siguiente rezo. Esta alternancia entre rezo y lúdica se repite durante toda la noche, hasta el amanecer.

Los rezos se hacen al menos dos veces durante la noche, aunque con mayor frecuencia, tres: a las nueve, a medianoche y cerca al amanecer, hacia las cuatro de la mañana. Cada ciclo de oración es coordinado por las rezanderas, quienes son especialistas en estos asuntos. Ellas son profesionales entrenadas quienes reciben remuneración por su participación en el velorio. Su trabajo ritual es parte fundamental de la ceremonia y constituye el aspecto sacro de la misma. Los rezos canalizan los esfuerzos humanos por solicitarle a Dios misericordia con el alma que se va. Las sesiones de oración están estructuradas a través de rosarios, lo que determina cuando ciertas oraciones y rezos son hablados o cantados en voz alta. Estos rezos pueden cambiar, dependiendo de la hora, el significado religioso específico del día, u otras razones que dependen del trabajo de cada rezandera. La mayoría de las oraciones son en forma de pregunta/respuesta y los asistentes a los velorios, por lo general, suelen saber las respuestas a las partes solistas de la rezandera. Las oraciones más comunes en estas ocasiones son: Padre Nuestro, Ave María, Credo, letanías y una larga oración final que es la contribución específica de cada rezandera.

Cuando los rezos terminan el entretenimiento continua. Sin embargo, el tipo de entretenimiento apropiado depende de si el finado es un niño (angelito) o un adulto. En el sistema local de creencias, los niños hasta alrededor de los diez años son considerados "angelitos", lo que quiere decir que son inocentes, no han pecado, y van directamente al cielo. Por tal razón, rezar es innecesario en un velorio de angelito y estos eventos solo duran una noche, la Primera Noche, que es cuando hay "cuerpo presente". El cuerpo del niño es adornado con encajes, sus ojos se mantienen abiertos con palitos pequeños y se le colocan flores en las manos y en la boca. Estos adornos tienen un fin estético pero también sirven como protección, pues aunque el alma del niño es libre de pecado, las brujas aun pueden venir por ella para fines malignos. Aunque el velorio de un niño es un momento de luto, la atmósfera es más festiva pues esta muerte es vista como el nacimiento de un nuevo ángel en el cielo. La gente cree que estos "angelitos" protegerán a los miembros de su familia y amigos.

Una serie de canciones y juegos para niños son interpretados durante los velorios de angelito, diferente a lo que se interpreta en velorios para adulto. Uno de los juegos cantados que List encontró entre sus colaboradores de investigación es común a contextos fúnebres en todos los territorios afro-colombianos, no solo la costa Caribe: "El Florón". Este juego es popular en otras naciones hispanoparlantes, incluyendo España. Sin embargo, es difícil saber si su origen es en realidad español, o no. Un posible significado de la palabra florón se refiere a un diseño ornamental en arquitectura que solía tener la forma general de una flor. Aquí está la letra de la canción, interpretada por Marcelina Sánchez[10] en Evitar y grabada por George List:

> *El florón está en la mano,*
> *Y en la mano está el florón.*
> *El florón está en la mano,*
> *Y en la mano está el florón.*
> *La patilla de sereno,*
> *Prima hermana del melón.*
> *Por aquí pasó, pasó, pasó.*
> *Por aquí pasó, pasó, pasó.*

En este juego los participantes se sientan en círculo en el suelo y comienzan a pasarse rítmicamente un pañuelo por debajo de las rodillas mientras cantan la canción de "El Florón". Cuando la canción llega a la parte que dice "por aquí pasó", uno de los jugadores, ubicado de pie en medio del círculo, debe tratar de averiguar dónde está el pañuelo e interceptarlo. En algunas partes de la costa Pacífica colombiana el pañuelo es reemplazado por el cuerpo del niño fallecido, adornado con flores y envuelto en una sábana blanca, el cual es pasado de mano a mano con el ritmo de la canción. Otros juegos incluyen "Al gato y al ratón" y "La olla", que es un juego cantado de pelota jugado en rueda. Algunos de los colaboradores de List dicen que estos juegos se llevan a cabo en la sala de la casa, mientras que otros aseveran que se juegan en el patio.

Los velorios de adulto, como se mencionó anteriormente, involucran juegos diferentes a los de los velorios de angelito. En los velorios de adulto hay dos tipos de juego: juegos de mesa y juegos actuados. El primer tipo son juegos clásicos que aun son populares en el Caribe, y otras regiones de Latino América y el mundo, tales como dominó, parqués y diversos juegos de cartas. Los juegos actuados involucran un performance en el cual las acciones de los jugadores son determinadas por unas reglas específicas. Este tipo de juegos incluye, por ejemplo: "Carga la burra", "El besito acomodado", "La barca" y "El cocotiáo". Estos juegos son diferentes a los juegos para niños pues muchas veces contienen un grado leve de agresión física o comportamiento sexualizado. En "El besito acomodado", por ejemplo, el jugador de turno debe adivinar que participante del círculo está escondiendo una pajita; si adivina correctamente, aquel jugador debe pagar una penitencia recibiendo un beso de la persona que los demás quieran. En "La barca", participantes en un círculo hacen turnos para lanzar un zapato al aire. Si aterriza con la suela hacia arriba todo el mundo tiene que reír, pero si aterriza con la suela hacia abajo entonces todo el mundo debe quedarse en silencio. Los jugadores, en un contexto de agresión controlada, por un instante dan fuetazos con sus cinturones a aquellos que no siguen la acción requerida.[11]

El material etnográfico recogido por George List en la década de 1960s en la región Caribe colombiana, revela cierta ambigüedad respecto a si se solían narrar cuentos durante los velorios de angelito. En algunos pueblos que visitó se acostumbraba esta práctica, mientras que en otros, no. Sin embargo, los cuentos sí eran parte fundamental de los velorios de adulto. Los narradores que List entrevistó hacían una distinción entre cuentos y chistes (o cuentos de risa). Mientras que los cuentos son historias largas con elementos cómicos y dramáticos, los chistes son narraciones cortas con un remate cómico. En las grabaciones de List algunos relatos están entre los dos géneros, haciendo difícil definir una línea exacta entre el cuento y el chiste. La gente en la región clasifica los chistes en al menos dos categorías: picantes (con doble sentido sexual) y simples (todos los demás).

Debido a la naturaleza festiva, y a veces ofensiva, de chistes y cuentos, al igual que la bulla y a veces risa incontrolable que hacen parte de estas formas de expresión oral, no todas las familias se sienten cómodas teniendo chistes en sus velorios. La noción de "lo apropiado" en cada familia influencia la decisión de tener, o no, chistes y otras formas de narración oral en el velorio. Al ser Colombia aun un país devotamente católico, en la solemnidad de las prácticas funerarias católicas se considera inapropiado e irrespetuoso mezclar el luto con el jolgorio y las actividades recreativas. Algunas familias devotas, por ejemplo, guardan luto por sus familiares por un año entero, periodo durante el cual se visten de negro, evitan la música, al igual que las fiestas, salir de noche y otras actividades que puedan ser consideradas ociosas o recreativas. Sin embargo, la contribución africana a la cultura colombiana provee otro marco de interpretación, en el cual los muertos interactúan con el mundo de los vivos como ancestros. Por esto, los velorios son espacios liminales en donde el entretenimiento no es inapropiado, sino simplemente una forma de pasar el tiempo y enfrentarse a lo extraordinario a través de la alegría y la solidaridad.

Pedro Collazo y otros, entrevistados por List, comentan sobre la distinción poco clara entre los rituales funerarios vernáculos y la liturgia católica. Muchas de estas prácticas fúnebres pueden ser consideradas animistas, debido a que involucran interacción con las almas difuntas, los santos y otros agentes sobrenaturales. Un ejemplo de esto es la práctica de poner un vaso de agua durante todo el velorio bajo la mesa sobre la cual se ubica el ataúd, con el fin de que el muerto beba si tenía sed en el momento de su muerte. Aunque algunos sacerdotes sabían de estas prácticas, no trataron de rechazarlas o prohibirlas, y como consecuencia, estas tradiciones funerarias presentan interconexiones entre cosmologías afro-descendientes y católicas. Tiempo atrás, muchos pequeños poblados no tenían un cura residente o iglesia, como era el caso de Evitar en el departamento de Bolívar, donde List realizó gran parte de su investigación. Por esto las autoridades religiosas no estaban tan presentes allí, igual que en otras áreas, lo que dio espacio a las costumbres locales para que pudieran florecer.

Regresando a la secuencia de eventos del velorio, tal cual se realizaba con anterioridad, al acercarse el amanecer de la Primera Noche—y después de una larga jornada de sancocho, *ñeque*, tabaco, juegos y plenitud de historias— se rezaba el último rosario. Al finalizar las oraciones, y luego de que la rezandera interpretaba su último rezo en solitario para concluir la Primera Noche, el anfitrión ofrecía café a los asistentes, quienes desayunaban allí mismo y se preparaban para sus labores cotidianas del día que ya había comenzado. Durante el día, el cuerpo era llevado en procesión al cementerio para el entierro. Entre la segunda y octava noche de la novena los eventos del velorio eran, y aun son, menos importantes que la Primera y la Última Noches, pues los amigos y familiares no pueden abandonar sus labores y mantenerse en vela por nueve noches seguidas para acompañar a la familia. Sin embargo, estas otras noches también se rezan rosarios, se juegan juegos y se cuentan cuentos e historias, aunque por menos tiempo y con menos asistentes.

La Última Noche era, y sigue siendo, muy importante pues a esta ceremonia final asisten amigos y familiares no necesariamente tan cercanos al difunto o que viven en otros pueblos o regiones. Rafael Prada, de Cartagena, le confirmó a List que en pueblos y ciudades de la región un promedio de más de cien asistentes participan en la Última Noche de los velorios funerarios. Durante esta noche final se lleva a cabo una ceremonia grande, similar a la de la Primera Noche, con comida abundante, tabaco, café, licor, tres o más rosarios, cuentos, chistes, juegos y adivinanzas, una vez más, hasta que el sol se levanta al día siguiente. En ese instante, y después del último rosario, se levanta el altar y se le da el último adiós al difunto. Este último ritual marca la transición final del ánima desde el mundo de los vivos al mundo de los muertos.

Cuentos de Animales en la Región Caribe Colombiana

La narración de cuentos era un componente fundamental del ritualismo funerario en la costa Caribe colombiana. Estas historias eran el entretenimiento principal en el espacio semi-secular del velorio fúnebre, potenciando la interacción social, generando solidaridad y manteniendo a los asistentes despiertos. Los cuentos que George List presenta en este volumen son cuentos de animales que tienen como protagonistas a Tío Tigre y Tío Conejo, con unas pocas excepciones. Estos cuentos no son únicamente narrados en Colombia, sino que están a lo largo del Caribe y el sur de Estados Unidos (Mason y Espinoza 1927, McBryde 1911); también son narrados en Venezuela y otros países latinoamericanos (Arraíz 1975).[12]

Hay mucha discusión sobre el origen de este material. Investigadores de los estudios afro-colombianos tienden a ubicar su origen en África. Por ejemplo, la antropóloga colombiana Nina S. De Friedemann asegura que los cuentos de Conejo originaron con esclavos africanos provenientes de Congo y Angola (De Friedemann 1993), y Jaime Arocha (1999) se los atribuye a gente con herencia cultural bantú traída al Nuevo Mundo por la fuerza durante el periodo entre 1580 y 1640. Sus temas pueden contener comportamiento inmoral, cruel y violento, donde el burlón Tío Conejo le hace bromas fuertes (y a veces, mortales) a Tío Tigre. Por eso, estas historias suelen estar reservadas para los velorios de adulto. La gente que se especializa en estas historias es invitada por la familia anfitriona para narrar cuentos en el velorio. La invitación puede ser solo para la Primera o Última Noche, pero también se puede extender durante toda la novena. Otras personas también participan en la narración durante estas sesiones, aportando material que ellos conozcan, pero es el narrador principal quien se considera el especialista a cargo de la sesión.

A los narradores de cuentos no se les paga por su trabajo durante los velorios, en contraste con las rezanderas, quienes reciben dinero en efectivo por su labor. Sin embargo, a los narradores se les cubren todos los gastos de participación: transporte, comida, alojamiento, tabaco, licor y otras muestras de hospitalidad. Este contraste en la remuneración por las dos formas de trabajo especializado puede tener que ver con la "respetabilidad" comparativa de las dos actividades. Oficiar rezos es considerado un trabajo altamente respetable, realizado por mujeres rezanderas piadosas, quienes profesan aguda observancia de las prácticas y moralidad católicas. Los narradores de cuentos, por otro lado, son asociados con parrandas,[13] consumo de alcohol y la vida nocturna, y no son considerados ejemplo de comportamiento de acuerdo con preceptos católicos. En la cintas grabadas por List encontramos esta anécdota: en 1965, Rafael Prada, respondiendo al entrevistador Manuel Zapata Olivella sobre si le enseñaría a sus hijos el arte de la narración de cuentos, dice lo siguiente: "Bueno, yo no. A mis hijos no. Porque después se me pierden por ahí. Se trasnochan" (List 1965).

Las entrevistas realizadas por George List y su intérprete y guía, Manuel Zapata, sugieren que estos cuentos también eran utilizados como forma de entretenimiento en otros contextos. Por ejemplo, Rafael Prada, de Cartagena, recuerda que él aprendió estos cuentos de su abuelo, quien solía narrarlos en casa por la noche, justo antes de dormir a los niños (List 1965). Prada también recuerda que los cuentos solían ser narrados como forma de entretenimiento para adultos durante noches cotidianas y también parrandas. Él cuenta que estos relatos se empezaron a asociar estrictamente con el contexto funerario hacia mediados del siglo veinte.

En algunos de estos cuentos se entrelazan el contenido musical con la narrativa, como en el caso de "Mártara", en la versión de Gumercinda Campos. En esta historia, una jovencita encantada, quien es convertida en gallina, organiza un concurso de canto para decidir con que animal se quiere casar, pero el único animal que puede cantar es Sapo. La región Caribe colombiana es un ecosistema muy húmedo, donde hay abundancia de ciénagas, arroyos, caños y ríos, y las ranas y sapos abundan alcanzando sus cantos altos volúmenes durante las noches. Por su canto, son considerados animales musicales, al igual que algunos pájaros. En el cuento, Sapo es caracterizado cantando el vocablo "tungalala" sobre una melodía específica. Este término es reconocido en el folklore regional como la voz de los sapos y hay varias canciones que lo utilizan. Algunos ejemplos son "Tungalala", del grupo tradicional afro-colombiano Son Palenque[14], y "La Rana Balla", de la artista bullerenguera de la década de 1980 "La Niña" Emilia Herrera[15]. Estos ejemplos de cuentos con canción son solo algunos de los muchos que existen en esta tradición narrativa, definiéndola como una especie de lo que en inglés se denomina *cante fable*: un término usado por folkloristas para referirse a narrativas de prosa hablada que contienen episodios de canto incrustados en ellas.

George List dice en su introducción a esta colección que "la narración oral pierde mucho de su color y vida cuando es transcrita". Presentamos esta colección de cuentos en transcripciones impresas, pero el verdadero deleite solo puede ser experimentado al escuchar estas historias. Al comienzo de cada capítulo se pueden encontrar vínculos permanentes a los archivos de audio. La colección completa está disponible en http://purl.dlib.indiana .edu/iudl/media/d56z904012, al igual que en la página Web de los Archivos de Música Tradicional: http://www.atmuse.org. Los narradores en esta colección son artistas verbales consumados en las técnicas de la narración oral, capaces no solo de representar las intricadas tramas de las historias, sino también de dramatizar las escenas a medida que los personajes van interactuando. Estas historias de encuentros cara a cara, son enfocan en voces, típicamente involucradas en actos de persuasión. Los narradores demuestran su virtuosismo al representar, a través de hábiles modulaciones de entonación, ritmo y cualidad vocal, los actos de habla que yacen en el corazón de estas historias, como: ruegos, engaños, halagos, súplicas y otras tácticas relacionadas. Los narradores incluidos aquí son expertos en representar estas voces, tanto, que incluso pueden evocar la hipocresía que, para bien o para mal, está siempre presente en el mundo social que habitamos.

Estas narraciones son actos que representan ritos esenciales de sociabilidad que, a través de voces humanas asignadas a protagonistas en su mayoría animales, dan una fría mirada a la manera como los seres humanos tratan a sus semejantes. La destreza imbuida en estos relatos va más allá de la habilidad para captar la afectación retórica de los personajes e incluye la pericia para imitar diferentes géneros de expresión oral, tales como el lamento ritual, en el Cuento 11, o incluso, de forma extraordinaria, para imitar la sonoridad y ritmo de varios instrumentos y estilos musicales de la cultura regional, como el bullerengue, como vemos en los Cuentos 19 y 20, narrados por Manuel Jerónimo Pérez. Algunas de estas historias fueron grabadas en presencia de una audiencia animada y es posible escuchar risas y comentarios contrapunteando la narración. Pero aun cuando no hay indicios de una audiencia más allá del investigador, los narradores se deleitan reproduciendo rasgos sonoros de los eventos narrados (McDowell 1983). Los cuentos que aquí presentamos están condimentados con efectos onomatopéyicos y los narradores crean modelos acústicos de sonidos para los eventos que están siendo narrados—por ejemplo, de objetos chocando entre sí o de un personaje partiendo con prisa. Añada a esto el lector el continuo despliegue onomatopéyico de las insistentes voces de los personajes, que conversan o cantan, y tendrá una idea de la riqueza de los ambientes sonoros característicos de estas historias, los cuales se erigen como tributo a la destreza de los narradores.

Estas formas de entretenimiento, al igual que muchas otras, eran comunes en los pueblos de la costa Caribe antes de que el servicio doméstico de electricidad fuera generalizado. Es posible que la llegada de la electricidad los hiciera menos llamativos, mientras que la música grabada y la televisión ocupaban su lugar. Estos desarrollos también impactaron los patrones de consumo de músicas tradicionales regionales, los cuáles cambiaron con el tiempo de formas acústicas hacia modos primordialmente electrificados con la llegada de equipos de sonido, discos y la radio (Rojas 2013). De esta forma, tanto los cuentos como la música, practicados con anterioridad tanto en escenarios seculares como sagrados, se volvieron menos prominentes en contextos seculares pues otras formas más modernas de recreación las reemplazaron, aunque conservaron su lugar en el marco de prácticas de carácter sagrado, al menos por algunas décadas adicionales.

Hemos estado describiendo estas prácticas funerarias en tiempo presente, primordialmente, pero la verdad es que han prácticamente desaparecido en la forma en que List las observó hace cincuenta años. Sin embargo, hay localidades que ha continuado esta costumbre, como el pueblo costeño afro-colombiano de Libertad, en el departamento de Sucre. Aquí, aunque la práctica de los velorios funerarios tradicionales fue interrumpida alrededor de unos diez años (1997–2006) debido a presiones por parte de grupos paramilitares ilegales, la práctica es hoy fuerte nuevamente. En esta comunidad los miembros consideran los velorios un vehículo muy importante para la integración social, la sociabilidad intensificada y la validación de lazos comunitarios. Los miembros de la comunidad de Libertad han revitalizado la práctica como parte de un proceso de reparación colectiva para compensar a las víctimas del conflicto armado. En este contexto, la práctica de velorios funerarios tradicionales es un mecanismo fundamental para lidiar con la muerte de manera colectiva y colaborativa, haciendo de esta práctica cultural un esfuerzo concreto para mantener unida a la comunidad y recuperar el tejido social. Juan Sebastián Rojas, co-editor de este volumen y co-autor de esta introducción, se encuentra actualmente realizando trabajo etnográfico en Libertad, analizando el rol de la música y otras expresiones culturales en escenarios de reparación colectiva en el post-conflicto (Rojas 2016).

Tal y como List lo documentó en otras localidades, en Libertad el ciclo del velorio funerario es de nueve noches. En esta novena, la Primera y la Última Noches son las más importantes y muchos asistentes se quedan acompañando a la familia doliente. La Última Noche es especialmente importante pues durante el último rezo al amanecer, la rezandera levanta el altar fúnebre, facilitando la partida del alma del muerto desde la casa hacia la eternidad. La mayoría de los asistentes a un velorio se mantienen fuera de la casa, donde se han dispuesto sillas para ellos. Durante la noche, mujeres de la familia distribuyen rondas continuas de café negro y calentillo para los asistentes. En Libertad, la gente que está fuera de la casa se entretiene hablando en grupo, compartiendo juegos, cuentos y chistes. En este pueblo los juegos de velorio son muy importantes, y consisten en un repertorio sólido de juegos tradicionales, muchos de los cuales tienen canciones u otros elementos musicales, y que son jugados durante los velorios de niño y adulto. Al igual que con los cuentos, estos juegos que se juegan se llevan a cabo para mantener a la gente distraída y entretenida durante toda la noche, al igual que para acompañar a la familia y mantener el orden ritual, alternando entre los rezos y el entretenimiento.

Durante las noches de velorio en Libertad se cuentan cuentos y chistes. Sin embargo, mientras que el material recolectado por List es un corpus de cuentos de animales y otros temas de ficción, los cuenteros en Libertad narran historias de la vida real, enfocándose en eventos recientes, o anécdotas graciosas. Estas historias, al igual que las recogidas por List, son embellecidas y transformadas para efectos dramáticos y, al igual que muchas en la colección List, son narradas de forma chistosa sin importar el tema o la trama. Pareciera que algunas de estas historias ya están creadas y que los nombres de los personajes en ellas son tomados de miembros de la comunidad, creando así un contexto cómico para que la gente identifique los eventos de la historia con individuos que conocen. Esta práctica es común cuando se cuentan chistes en estos velorios, pues el narrador siempre usa los nombres de personas de la audiencia para los personajes de sus chistes. Es difícil inferir del trabajo de List el contexto exacto de las sesiones de narración de cuentos en la década de 1960s. Hoy en día en Libertad, los cuentos y chistes se cuentan en círculos fuera de la casa durante las noches de velorio. Mientras que la mayoría de la gente está sentada, el narrador está de pie, representando un personaje performático listo para entretener a su audiencia, si bien contribuciónes e interjecciones por parte de los miembros del público presente son comunes y bienvenidas.

En los materiales funerarios recogidos por George List predominan los cuentos de Tío Conejo y Tío Tigre, aunque en los velorios también se narran historias en las que los protagonistas tienen forma humana, en vez de animal, como por ejemplo campesinos, brujas o el diablo. La narración de estas historias ha jugado un papel vital, manteniendo a la gente unida a través de la oralidad y la interacción jocosa, creando un marco para la re-creación y el fortalecimiento de las relaciones sociales, así como para enfrentar situaciones de tensión social o eventos extraordinarios, como la muerte de miembros de la comunidad. Sin embargo, como ya se ha mencionado, la narración de estos cuentos es poco común hoy en día y es considerada por muchos como una cosa del pasado. Estos cuentos en el contexto de su performance hacen parte de la memoria y el patrimonio cultural caribeño colombiano, pues han sido transmitidos, reactuados y reconstruidos por generaciones, preservando no solo cultura y valores de herencia africana, sino también formas poéticas del Siglo de Oro español (Museo Nacional 2008a).

Este repertorio oral es una muestra significativa de la historia cultural de la región y la conecta con una diáspora africana más amplia. Nina S. De Friedemann y Jaime Arocha, antropólogos colombianos estudiosos de la cultura afro-colombiana, se refieren a fenómenos de esta clase como "huellas de africanía" (Arocha 1999). Desde esta perspectiva, los rasgos de origen africano en América no pueden ser estudiados como si las prácticas culturales se hubieran mantenido inalteradas por siglos. La historia colonial muestra como la gente de diversos pueblos africanos traída a Colombia fue mezclada para evitar el tipo de cohesión social que hubiera podido desenlazar en una rebelión, así como para diluir sus prácticas culturales y forzarlos a la aculturación. Esta era una estrategia preferida para controlar a la población esclava, aunque el carácter africano no fue borrado de fondo en el proceso de aculturación de la gente afro-colombiana. La diáspora africana está marcada por la capacidad de adaptación de su gente. Aunque las prácticas que venían desde África cambiaron y la gente de origen africano se mezcló con otras poblaciones en un proceso de mestizaje, estos académicos insisten en que comportamientos y sistemas simbólicos africanos persistieron en las culturas afro-colombianas.

De acuerdo con esta visión de la historia, los gobernantes coloniales españoles no pudieron interrumpir la persistencia de elementos culturales africanos y, a pesar de su dispersión y atomización, los negros esclavizados encontraron formas de apoyarse mutuamente. Estos patrones de interacción social, eventualmente, desenvolvieron en diversas culturas regionales afro-colombianas. La narración oral representada en este volumen no está conectada a un punto de origen específico en África, en contraste con, por ejemplo, prácticas religiosas tales como la *santería*, en Cuba, y el *candomblé*, en Brasil, originadas en la tradición Yoruba y que han sido altamente estudiadas (Arocha 1999:34). Los cuentos afro-colombianos de animales y su contexto de narración muestran cierta conexión con prácticas de África Occidental, pero la riqueza de este material reside en gran parte en las complejas estrategias que esclavos africanos de diversos orígenes desarrollaron para sobrevivir y moldear una vida sostenible en territorio colombiano. Por esto, estas narraciones son de importancia fundamental para entender la historia y la cultura afro-colombiana.

La mayoría de los narradores de cuentos que contribuyeron piezas a este volumen también practicaron otras formas de expresión oral o música, y nacieron en pueblos o zonas rurales, aunque algunos de ellos vivieron en la ciudad. Gumercinda Campos de Pérez, quien aportó los Cuentos 1 al 3 en esta colección, era del pueblo de Pasacaballos (Bolívar) y contaba chistes y adivinanzas, cantaba arrullos y dirigía juegos de velorio. Gabriel Álvarez, quien contribuyó los Cuentos 4 al 6, vivía en Cartagena, era narrador profesional de cuentos y chistes, y solía actuar constantemente de velorio en velorio. De Montería (Córdoba), Zoila Eva Villalobos, quien aportó los Cuentos 12 al 16, era una experta narradora con un gran repertorio de cuentos y chistes que aprendió de su madre. Antonio Fernando Altamiranda, quien contribuyó el Cuento 17, y Manuel Jerónimo Pérez, quien aportó los Cuentos 18 al 21, eran narradores de chistes y cuentos de El Carito (Bolívar). Estos señores también eran rezanderos para velorios y otras ocasiones religiosas.

De San Jacinto (Bolívar), Miguel Antonio Hernández, o "Toño Fernández", quien aportó el Cuento 6, era una legendaria figura de la música tradicional del Caribe colombiano. Si bien él era considerado compositor de gran calibre en la tradición de música de gaita, con la agrupación Los Gaiteros de San Jacinto, también era un poeta prodigioso, cantante, narrador de cuentos y repentista. José Pimentel, quien narró el cuento 7, era el *tamborero*[16] principal en el pueblo de Evitar (Bolívar), donde List hizo gran parte de su investigación. Como buen tamborero, además de interpretar su instrumento, José también tenía un repertorio de cuentos y chistes. Silverio Martínez Torres, quien participa con los Cuentos 10 y 11, era también tamborero, del cabildo del pueblo de Bocachica. El reconocido folklorista y escritor colombiano Manuel Zapata Olivella, autor de clásicos literarios colombianos como *Changó, el Gran Putas*, contribuyó dos cuentos a esta compilación: Cuentos 8 y 9, grabados en Cartagena.

La publicación de esta selección de historias tradicionales de la costa Caribe colombiana ofrece un entendimiento sin precedentes sobre el universo de la narración oral afro-colombiana, en particular, sobre el uso de estos cuentos en las prácticas rituales de estas comunidades. Esta colección, además, contribuye una percepción novedosa sobre el trabajo de campo de George List, gran figura importante en la etnomusicología del siglo veinte. En estos elegantes, entretenidos e ilustrativos cuentos de la costa Caribe colombiana, presentamos lo que consideramos una valiosa contribución a los campos de los estudios sobre folklore y etnomusicología, tanto como a los estudios latinoamericanos y de la diáspora africana, a la vez que rendimos homenaje a un ancestro académico y fortalecemos la apreciación por su legado en el estudio de las prácticas culturales de carácter expresivo.

REFERENCIAS BIBLIOGRÁFICAS

Arráiz, Antonio. 1975. *Tío Tigre Y Tío Conejo*. Caracas: Monte Ávila Editores.
Arrázola, Roberto 1979. *Palenque, Primer Pueblo Libre De América*. Cartagena: Ediciones Hernández.
Arocha, Jaime. 1999. *Ombligados De Anansi. Hilos Ancestrales y Modernos En El Pacífico Colombiano*. Bogotá: Universidad Nacional de Colombia.
Cooley, Timothy and Gregory Barz (eds). 2008. *Shadows in the Field. New Perspectives for Fieldwork in Ethnomusicology*. 2nd Edition. Oxford: Oxford University Press.

De Friedemann, Nina S. 1990. "Cabildos Negros. Refugios de africanía en Colombia." *Caribbean Studies* 23 (1/2): 83–97. San Juan: Institute of Caribbean Studies, Universidad de Puerto Rico.

———. 1993. *La Saga Del Negro. Presencia Africana En Colombia.* Bogotá: Universidad Javeriana.

De Friedemann, Nina S. and Carlos Patiño Roselli. 1983. *Lengua y sociedad en el Palenque de San Basilio.* Bogota: Instituto Caro y Cuervo.

Department of State of the United States. 2012. *Colombia 2012 International Religious Freedom Report.* Online resource: http://www.state.gov/documents/organization/208678.pdf. Accessed 31/7/2013.

Escobar, Luis Antonio. 1985. *La Música En Cartagena De Indias.* Online resource: http://www.banrepcultural.org/blaavirtual/musica/muscar/prohibe.htm. Accessed 30/7/2013.

List, George. 1983. *Music and Poetry in A Colombian Village: A Tri-Cultural Heritage.* Bloomington: Indiana University Press.

List, George. 1965. *Colombia, Departamento de Bolívar.* Collection of his field recordings at the Archives of Traditional Music. Indiana University, Bloomington.

Mason, J. Alden and Aurelio M. Espinoza. 1927. "Porto Rican folk-lore; folk-tales." *Journal of American Folklore* 158 (40): 313–414.

McBryde, John McLaren. 1911. "Brer Rabbit in the folk-tales of the Negro and other races" *The Sewanee Review* 19 (2): 185–206.

McDowell, John Holmes. 1982. "Beyond Iconicity: Ostension in Kamsá Mythic Narrative," *Journal of the Folklore Institute,* 19: 119-139.

Museo Nacional de Colombia. 2008. Catalog for the exhibit *Río Magdalena. Navegando por Una Nación.* Bogotá: Ministerio de Cultura.

Nettl, Bruno. 2005. *The Study of Ethnomusicology. 31 Issues and Concepts.* 2nd Edition. Chicago and Urbana: University of Illinois Press.

Ochoa Gautier, Ana María. 2014. *Aurality: Listening & Knowledge in Nineteenth-Century Colombia.* Durham: Duke University Press.

Rojas, Juan Sebastián. 2013. *Street Parrandas or Folkloric Festivals. The Institutionalization of Bullerengue Music in the Colombian Urabá Region.* MA Thesis. Indiana University, Bloomington.

———. 2016. "Local Musics and Peacebuilding in Colombia: Collective Reparation and Post-conflict in an Afro-Caribbean Town." Paper presented at the 61st Society for Ethnomusicology Annual Conference. November 9, 2016, Washington DC.

UNESCO. 2008. *3.COM.* Third Session from the Intergovernmental Committee for the Safeguarding of the Intangible Cultural Heritage. Istambul, November 4–8. Online resource: http://www.unesco.org/culture/ich/index.php?pg=00196.

Notas

1. Este término debe ser utilizado con cautela pues Colombia tiene costas tanto en el Mar Caribe como en el Océano Pacífico. Por eso, usar el término "costeño", sin distinción, puede ser excluyente con poblaciones de la Costa Pacífica colombiana, región olvidada históricamente por el estado hasta el reconocimiento de sus comunidades en la reforma constitucional de 1991. En la época del trabajo de List, la región Pacífica seguía siendo "invisible" y el término "costeño" se utilizaba libremente para referirse a gente de la Costa Caribe.

2. Sus viajes fueron en los años de 1964, 1965, 1968 y 1970.

3. En el departamento de Bolívar, visitó: Cartagena, Evitar, San Basilio de Palenque, Carmen de Bolívar, San Jacinto, Isla Grande, El Carito, Soplaviento y Bocachica; otras locaciones en su investigación incluyeron Cali y Buenaventura (Valle del Cauca), Sabanalarga (Atlántico), Atánquez (Magdalena), Montería (Córdoba) y la capital Bogotá.

4. "Bolívar Grande" se refiere a la antigua unidad territorial administrativa de la Provincia de Cartagena durante el periodo colonial, rebautizada "Bolívar" a mediados del siglo diecinueve, la cual incluía lo que hoy son los departamentos de Bolívar, Atlántico, Sucre y Córdoba.

5. Algunos de estos artistas son: el reconocido percusionista, cantante y compositor de Soplaviento, Catalino Parra; el legendario músico de gaita Miguel Antonio Hernández "Toño Fernández", de San Jacinto; el maestro gaitero Sixto Silgado "Paíto", de Isla Grande; y los reconocidos intérpretes de la caña de millo Erasmo y Roque Arrieta, de Cartagena.

6. La colección de List está conformada por 125 cintas de carrete abierto. Esta colección de grabaciones de campo está disponible para consulta en los Archivos de Música Tradicional de la Universidad de Indiana en Bloomington, y también en el Centro de Documentación Musical y el Catálogo Digital de la Biblioteca Nacional de Colombia, en Bogotá.

7. Durante la Colonia, este territorio se llamaba el Virreinato de la Nueva Granada e incluía también lo que hoy es Venezuela, Ecuador y Panamá.

8. El calentillo es una bebida de hierbas resultado de cocinar una especia llamada hierba-limón, añadir azúcar, y a veces también jengibre. En los velorios, la familia anfitriona sirve tanto café negro como calentillo en pequeñas copas que son llevadas en bandejas a los asistentes, tanto a las diferentes partes de la casa como fuera de ella.

9. El ñeque es una bebida alcohólica casera producida con caña de azúcar.

10. List, 1965. Cinta OT 12150, Ítem 5.

11. Entrevista con Jaime Mercado en 1965 (List 1965).

12. List tenía muy presente el carácter internacional de estas historias. De hecho, en sus notas a los cuentos él hizo un análisis inicial de tipos y motivos y, adicionalmente, pidió a su colega, Profesor Hasan El-Shamy, un análisis más completo de los materiales comparativos. Éste, está incluido en la mitad del libro, después de la galería de fotos.

13. "Parranda" es un término caribeño específico que denota "fiesta" o "celebración," especialmente expresada a través de música animada a alto volumen, baile, consumo de comida y licor, al igual que por la intención implícita de mantener la celebración activa por tanto tiempo como sea posible (en ocasiones, días).

14. Link al video: http://www.youtube.com/watch?v=_nyfe-P2Y5c.

15. Link al audio: http://www.goear.com/listen/9282d76/la-rana-balla-la-nina-emilia.

16. El vocablo *tamborero* se refiere al intérprete del tambor alegre, tambor currulao o tambor mayor, uno de los principales instrumentos de la música tradicional del Caribe colombiano.

Introducción de George List

LOS HABITANTES DE la costera región Caribe de Colombia, los *costeños*, provienen de una herencia racial y cultural mezclada: África sub-sahariana, amerindia e hispánico-caucásica. Ellos hablan un dialecto caribeño de español mezclado con numerosos regionalismos. Los cuentos son narrados en muchas ocasiones, pero más frecuentemente durante los velorios, con el fin de evitar caer dominados por el sueño. Los cuentos más cortos son denominados "chistes", mientras que los más largos son simplemente llamados "cuentos". Muchas veces, los cuentos son narrados en un ambiente competitivo, con un nuevo narrador sucediendo al anterior y tratando de asegurar la mayor respuesta por parte de la audiencia.

Los siguientes 21 cuentos fueron extraídos de una colección de 75 que fueron grabados por mí en Colombia en 1964 y 1965. La colección entera está depositada en los Archivos de Música Tradicional de la Universidad de Indiana.[1]

La narración oral pierde mucho de su color y vida cuando es transcrita. La expresión facial, el gesto y la inflexión, por ejemplo, son muy difíciles de reproducir en el papel. Sin embargo, en la transcripción del español he indicado algunos aspectos de la *performance* oral que son susceptibles de reproducción. Estas son: la elongación o ausencia de pausas, la elongación de "fonemas" y la repetición de palabras y frases importantes.

1. La coma indica una pausa corta. El punto seguido, una pausa ligeramente más larga.
2. Cuando no hay pausa entre la última palabra de una frase y la primera de la siguiente, esto se indica con el símbolo barra [/].

3. Una pausa más larga que la de un punto seguido ocurriendo dentro de una narrativa es indicada por puntos suspensivos [. . .].

4. La elongación de una vocal o consonante más allá de su duración normal es indicada con subrayado [a].

5. Repeticiones o repeticiones modificadas son enfatizadas poniendo la palabra o frase pertinente en cursivas.

Se espera que estos estratagemas den al lector un sentido más claro sobre el evento de *performance* como tal.

Para brindar ayuda al lector de español que no está acostumbrado al dialecto, se han puesto entre paréntesis las partes de las palabras que han sido omitidas durante la narración. Los regionalismos y otros asuntos que pueden requerir aclaración son explicados en notas siguiendo la versión en español de los cuentos.

En la narración de cuentos el costeño hace uso frecuente de sílabas sin sentido. Él o ella usa sílabas individuales para indicar que una acción ha tenido lugar y grupos de sílabas para reproducir gritos de animales o el sonido de instrumentos musicales. En el segundo caso, palabras con sentido son mezcladas junto con las sílabas sin sentido. El uso de sílabas sin sentido es un aspecto común de la narración de cuentos costeños.

La traducción al inglés que sigue a las transcripciones en español es bastante libre.[2] Por ejemplo, verbos en tiempo presente en español han sido traducidos en tiempo pasado con el fin de ajustarse a la tradición de narración oral en inglés. En algunos casos han sido utilizados modismos ingleses que no corresponden a traducciones directas del español. El uso de subrayados y cursivas tiene un significado diferente en la traducción al inglés que en el original en español. En inglés, las sílabas sin sentido son subrayadas. Como se asume que el lector sabe español, las sílabas sin sentido se han dejado en su forma española. No se ha hecho el intento de transliterarlas a un equivalente en inglés. Las palabras en español que no son traducidas, son, como es normal, puestas en cursivas en las traducciones.

Las referencias que siguen a estos comentarios son a tipos de cuentos que se encuentran en *The Types of the Folktale* de Aarne-Thompson (Helsinki 1973) y a motivos encontrados en *Motif Index of Folk Literature* de Stith Thompson (Copenhaguen y Bloomington, Indiana 1955–58). Los títulos de los tipos de cuento están en cursiva, mientras que los de los títulos de los motivos, no.

Estoy en deuda con Manuel Zapata Olivella, Martín Correa y Ana María Ochoa por ayudar con la traducción de regionalismos, y con Hasan El-Shamy por proveer referencias sobre tipos de cuentos y motivos de cuentos. Los estudiantes/asistentes de posgrado Carlos Fernández, Iván Márquez, Pablo Mahave, y Minerva Mercado ayudaron en la producción del manuscrito en diferentes épocas. Estoy agradecido con la Escuela de Investigación y Posgrados de la Universidad de Indiana por la Beca de Investigación para Profesores Retirados, que financió parcialmente este proyecto.

NOTAS

1. *Nota de los editores:* En la actualidad, una copia de dicha colección reposa en el Centro de Documentación Musical de la Biblioteca Nacional de Colombia, en Bogotá.

2. *Nota de los editores:* En esta edición las traducciones al inglés se han presentado en la primera mitad del libro, mientras que los originales en español se ubicaron en la segunda mitad.

Los Cuentos

1

Mártara

Narrado por Gumercinda Campos de Pérez

CARTAGENA, 13 DE NOVIEMBRE DE 1964
http://purl.dlib.indiana.edu/iudl/media/504r56p01v

ESTA ERA UNA joven muy orgullosa, pero joven ... siendo ... convertida en una gallina. Estaba pues era encantada, ese (e)ra un encanto vivo.[1] Entonces ... decía que no se casaba si no había un hombre que le cantara su gracia.[2] Y esta gracia ... era la de to(dos) lo(s) animales pa(ra) ve(r) que como le decían. El que le dijera mejo(r), con ese se casaba.

(E)ntonces Mártara gallina ... reunió a todos los animales, inclusive ... que era el perro, el gato, el chivo, el burro y Jose Sapo. Entonces viene ... y hacen la reunión. Todo(s) le llegaban: el tigre, le llegaban el león, le llegaban to(d)as las fieras y esas ella le ... lo(s) odiaba/

Decía: "¡No no no no Jesú(s), Jesú(s), me espantarás y me comerás!"

De esto venía el uno le decía como era que hacía *no le gustaba*. Le decía el otro, *no le gustaba*. En eso llegó de una vez el toro. El toro cuando llegó le dijo dice: "No no no, con tus cachos me embestirás." Se fue el toro.

Al momento, ahí viene el chivo. Le dice al chivo: "Ajá, Tío Chivo, y tú, ¿qué dices ... Me vas ... a cantar tu/gracia?"/

Dice: "Sí."

Dice: "Dime a ve(r)."

"Ge-e-e-e-e, ge-e-e-e-e."

Y dice: "*¡Jesú(s), Jesú(s), me espantará(s) y me comerá(s)! No, Tío Chivo, yo no me caso contigo.*"

En eso viene el burro . . . y le dice: "Ajá, Tío Burro, ¿qué me va(s) a canta(r)?"

Dice: "Ji ja ji ja ji ja ji ja."

Dice: "¡*Jesús, Jesús, me espantará(s) y me comerá(s)!¡Contigo tampoco me caso . . . !*"

Vie̱ne . . . en eso . . . el sapo. Cuando llega el sapo, le dice: "Ajá Tío Sapo . . . ¿qu(é) es lo que tú me dice(s)? ¿Te casa(s) conmigo o no?" Todos lo(s) animales se reían del Tío Sapo po(r)que era chiquito. Dice: "No. Déjame pensar que es lo que te voy a cantar." Se fué.

Y llegó el perro. Tío Sapo se apartó. Y llega el perro . . . y dice: "Mártara, ¿me caso contigo?" Y dice: "Échame tu gracia."

Cuando le echó la gracia: "Jau jau jau." Dice: "*¡Jesú(s), Jesú(s), me espantará(s) y me comerás!*"

En eso . . . vuelve y se arrima Tío Sapo /Ya había estudiado que era lo que le iba . . . a cantar a . . . a la gallina, qu(e) es Mártara. Le dice: "Soy el má(s) chiquito . . . de todo(s) lo(s) animales. Pero sí creo de gana(r)me la victoria . . . de la gallina. Yo sí . . . voy a . . . canta(r)le mi gracia." "Ajá Tío Sapo, venga Tío Sapo, venga." Dice: "Cántame tu graciecita, Sapo."

Dice: (cantada)

"Mártara Mártara Mártara
recundacúndara,
Mártara Mártara Mártara
recundacúndara,
túngalala túngalala túngalala,
Mártara Mártara Mártara
tara tara ta ta ji jay titititi."

El sapo . . . ilusionó a todo(s) lo(s) animales y enseguida se pusieron a bailar. Cuando ya Mártara . . . dijo: "Álcenle el brazo a . . . Tío Sapo . . . que con ese me caso yo. Fundamentaremo(s) . . . el matrimonio."

Cuando ya viene to(d)a la gente visten a . . . José Sapo. Entonces, ya todos se reían, quisieron pone(r) una olla para pode(r) quema(r) a Tío Sapo. Cuando ya ponen la olla . . . que intentaron de echa(r) a Tío Sapo pa(ra) que se ardiera, entonce(s) Tío Sapo pegó un salto y no se dejó quemar. Cuando él pegó el salto, enseguida le cayó a uno de lo(s) contrarios qu(e) era, qu(e) eran los opuestos y l(e) echó un chirrete de leche[3] . . . Y con el mismo chirrete que l(e) echó al uno de una vez cegó a lo(s) demá(s).

Así es qu(e) enseguida todos quedaron ciegos y José Sapo fué . . . el esposo de la gallina que se llamaba Mártara.

Notas

"Mártara". Este cuento es un excelente ejemplo del uso de la repetición o repetición modificada de una frase por parte del narrador folklórico. Cf. T92.11.1, Pretendientes rivales se incomodan mutuamente; cf. M149.3, Promesa de matar al rival más exitoso.

1. El término "encanto vivo" implica una condición en la que el cuerpo de un ser humano se transforma en el de un animal, pero manteniendo el individuo transformado atributos humanos.

2. "Gracia" se refiere a una acción positiva que complace al individuo que la oye o la presencia. Puede ser, por ejemplo, la recitación de un poema, un performance de danza, o la interpretación de una canción. En este caso, la expectativa es obviamente una narración oral.

3. Aparentemente, "chirrete" es una forma coloquial de del término "chorro". La palabra se pronuncia comúnmente *chisguete*. Algunos sapos son conocidos por secretar un líquido venenoso (leche). Existe la creencia popular de que el sapo puede chorrear o rociar el veneno y que si esta secreción alcanza los ojos del espectador, él o ella son cegados.

2

El chivito

Narrado por Gumercinda Campos de Pérez, de Pasacaballos

CARTAGENA, 13 DE NOVIEMBRE DE 1964
http://purl.dlib.indiana.edu/iudl/media/t945742x4r

UN NIÑO POBRE ... estaba ... el niño en una ranchita[1] huérfano de papá y de mamá y tenía una hermanita. Hicieron su ranchita y ahí estaban.

Pasaban ... por ahí los soldados ... y entonces vieron en el ranchito a la muchacha: "¡Que preciosa!"

Y viene el mayor de los soldados y se enamora de la pelada/Cuando le vió un cabello bonito y tras de estar en ese humilde rancho y dice ... que le dieran un poquito de agua. Ella no quiso abrir la puerta su hermanito se lo tenía prohibido. Entonces dijo que sí ... que cogiera y recibiera el agua por allí, por un portillito.

Vamos que el niñito alimentaba a la hermana era con tortolitas ... y todo lo que podía encontrarse por ahí, frutas y eso que le daba.

Un día salió temprano el hermano y cuando llegó no encontró a la hermana. Se la llevó el mayor del ejército. Cuando llegó el niño se puso a llorar. Busca por ahí, busca por acá, nada, nada y nada y nada. Pues entonces ... se va a la ciudad, ¿no?

Y viene y encuentra al mayor ... y apenas lo vio el mayor le dijo que ahí estaba la hermana en el apartamento donde la tenía. Ya viendo que su hermana estaba cómoda se conformó y se fue al mismo sitio donde se habían traído a la hermanita.

Cuando llegó encontró allá aparatosamente a un rey mago. Entonces el mago le brindó una presa . . . y el niño se comió la presa. Y cuando se comió la presa se desapareció siendo gente y quedó, pues, vuelto un chivo.

Cuando ya éste se vuelve un chivo no perdió su memoria y salió hacia el ejército . . . o sea, al cuartel. Y llegó llora y llora llora llora/Y ese chivo se revolcaba volvía otra vez y se revolcaba y le ponía las patitas encima en el pecho al mayor.

Entonces él lo acariciaba/"¿Y éste chivo y éste animal por qué me viene a acariciar a mí?" De verle la cortesía a ése animal cogió su chivo y con tanta adoración se lo echó encima y se lo llevó para su casa.

Cuando llegan donde la esposa, era la hermana del niño vuelto chivo, le dice.

Dice: "Mira que chivito este que se me presentó. Pero que como me abrazaba y como me adoraba. Tenlo con cuidado. Cuídamelo bien."

Y empezó a aconsejarla. La muchacha también contenta con su chivo/ Y . . . le compraron hierba, le echaban la hierba y el chivo no se comía la hierba. De momento el chivito estaba en la mesa comiéndose la comida. Ella no le pegaba. Entonces le decía al esposo que ese chivo no comía hierba sino comida/Él le ponía su plato de comida también en la mesa y ahí comía el chivito.

Así que todos los amigos de él que iban tenían que ver con ese animal que tenía un entendimiento grande. Ya pasando esto y ella con su chivo, la ama de llaves, la que ella tenía una negra bozal[2] . . . cogió y le puso mala voluntad al chivo porque la mejor presa se la comía el chivito. Entonces ella cogió y le dio un palo al chivo. La muchacha le dijo que no maltratara a ese animal así . . . porque si lo maltrataba la mandaban a meter en un cepo.

Cogió, se refrenó la señora pero le puso mala voluntad a la dueña de la casa, hermana del chivo. Cuando ya esta señora le hacía todo con mala fe, veía como adoraba el mayor tanto a la muchacha como al chivito, y entonces le dice:

"¿Bueno, mi ama, . . . usted no sabe una cosa? Desde que usted está viviendo aquí nunca ha ido allá . . . a ver un aljibe. Si usted quiere yo la llevo. Es un aljibe pero encantado/Mire, ahí hay divinidades, rosas, y tesoros de toda clase de prendas y eso."

Dice: "¿Sí?" Dice: "Sí. Ese es un encanto que tiene ahí este, mi amo."
Dice: "Bueno, entonces vamos."

Cuando la muchacha . . . se jorobó . . . a hueitar[3] . . . enseguida la señora cogió y la empujó y cayó . . . de una vez . . . en el aljibe. El chivito estaba viendo . . . y sale el chivito corriendo. La señora tapó el aljibe . . . y se desapareció la muchacha.

Y va el chivo al ejército a buscar al . . . mayor. Y cuando llegó le dice de una vez.

Dice:

Malena be,
Malena be,
Malena be.
La tiró la negra be.
La tiró la negra be.
¡En el aljibe está!
¡En el aljibe está!
Malena,
Malena be.
La tiró la negra be.
La tiró la negra be/"

Se viene de una vez el marido . . . y va en busca . . . de Malena directamente al aljibe. Puso quien descavara toda la tapa y encontró ahí a . . . la esposa . . . estaba agonizando.

Entonces él dijo que ese chivo no podía ser . . . un animal sino ese tenía que ser gente. De por ahí se presentó era que/ Pongamos al muchacho lo encantó ese mago y cuando ya sacó a la hermana del aljibe enseguida se presentó otra vez el mago cogió un vaso, roció al chivo y se volvió el muchacho . . . ya siendo . . . una persona.

Cuando ya salió el muchacho enseguida cogió . . . a la negra. Buscó dos mulas, amarró a la negra una pierna por un lado, otra por la otra. Le pegó tres fuetazos a la mula, salió la mula corriendo por toda la ciudad y abrieron a la negra. Y de una vez murió la negra echa cuarterones pero por la mula. Y quedó viviendo siempre el mayor con la joven, que le puso médico y de una vez le prestaron los auxilios y no murió.

Ahí terminó mi cuento.

NOTAS

"El chivito". Se habrá notado que el mayor no se casó con Malena. Los matrimonios legalmente formalizados son la excepción más que la norma entre gente costeña de extracción rural. En la mayoría de los casos, las parejas entran en unión libre, de facto, sin la sanción de ninguna autoridad religiosa o civil. La retribución en forma de descuartizamiento es una persistencia interesante. Tanto el cuento 1 como el 2 pueden ser considerados "cante fable" pues hay algo de canción en ellos, en particular el nombre de la protagonista. 450, *Little Brother and Little Sister*. (Hermano transformado en venado o corzo).+K2252, Sirviente traicionero.

    1. "Ranchita", del término rancho, es el nombre dado a un tipo común de vivienda rural. Las paredes son de caña cubierta con una mezcla de barro y boñiga. El techo se cubre con hojas de palma. Un rancho por lo general tiene dos habitaciones. La "ranchita" probablemente solo tenía una.

    2. "Bozal" se refiere a un individuo que no habla buen español. Para no interferir con el ritmo de la narración añadiendo una frase entera, lo he traducido como "coarse".

Nota de los editores: El término "bozal" se refiere específicamente a grupos de negros esclavos recientemente llegados de África, quienes aún no se habrían adaptado socioculturalmente al Nuevo Mundo y sus costumbres.

    3. Esta palabra fue imposible de identificar.

De Tía Zorra con Tío Tigre

Narrado por Gumercinda Campos de Pérez
(de Pasacaballos)

CARTAGENA, 13 DE NOVIEMBRE DE 1964
http://purl.dlib.indiana.edu/iudl/media/217q67kr8w

Y ESTE, ERA ZORRA . . . la esposa del tigre. Pero entonces se cambió con Tío Conejo. Entonces viene . . . Tía Zorra y le hace la jugada al tigre. Se le va de una vez con Tío Conejo.

Decía Tío Tigre: "¿Dónde va la Tía Zorra que no me la paga a mí?"

Entonces Conejo se burlaba del tigre.

Dice: "Bueno, Zorra, Tío Tigre va a hace(r) una roza y esa roza nos la vamo(s) a come(r). Que yo tengo que burlarme de (é)l en to(d)a forma. Pa(ra) que vea que él con su a(l)tura no me puede come(r) a mi que soy chiquito."

Dice Zorra: "¡Conejo! No te metas con Tío Tigre/¿Tú no sabes que de un solo manotón apenas abra la boca te des(a)pareces?"

Vamos que Tío Tigre hace su roza. Cuando ya tenía maíz, tenía patilla, lo que no le gusta al Conejo, . . . tenía melón, dice Tío Conejo:

"Ahora sí voy a comer yo."

Y sale y le esportilla la . . . la roza, la cerca a Tío Tigre y empieza a jarriar patilla.

Y Zorra también con sus líos de patilla . . . y melón. Y tenía y era la comedera, Zorra con Tío Conejo. En esto decía Tigre:

"(Si) yo me lo encuentro en un cruce . . . porque esta es acción de Zorra con Tío Conejo."

Vamos que se encuentra Tío Tigre con Tío Conejo . . . y cuando Conejo lo vio de una vez empezó a revolcarse en el suelo.

Revuelca allí,

revuelca acá,

revuelca allí,

revuelca acá,

revuelca allá,

revuelca acá.

Dice Tío Tigre: "Eh, Conejo, al fin te puse la trampa y te voy a coge(r)/"

Y dice: "¡Ay, Tío Tigre! ¡Ay, Tío Tigre, no me coja! ¡Ay, Tio Tigre!/Espérate que tengo un dolor de barriga muy grande, Tío Tigre. Ay, Tío Tigre, espérate. Ay, Tío Tigre, mira . . ."

Dice: "Déjame que ahora nos las entendemos como hombres Tío Tigre."

Cuando dice, "Ahora nos las entendemos como hombres," de una vez Tío Tigre en eso miró . . . al sol y cuando mira al sol enseguida se viene Tío Conejo y le echa tres pe(d)os y de una vez: prru, prru, prru. Y sale corriendo Tío Conejo y deja a Tío Tigre burla(d)o/

Y dice: "Se burló Conejo de nuevo de mí. Como podré yo coge(r) a Conejo de verda(d) verda(d). Se me fue."

Cuando ya se va Tigre dice: "¿Dónde lo cogeré?"

Vuelve otra vez pasa el día y vienen días, pasan días, vienen días, pasan días, vienen días y viene e invita Tío Tigre de una vez a todos los animales a la fiesta.

Cuando coge de una vez a toda la fiesta todos los animales ahí rodeados y faltaba Conejo.

Conejo, cuando Tigre dice: "Bueno, ya que no ha venido todavía Conejo yo le voy a buscar."

Conejo estaba era escondido en unos matorra(les). Y cuando ahí viene y sale Tío Tigre a busca(r) a Conejo llega Conejo y sale de su matorra(l) de una vez y empieza a baila(r) en . . . en lo mejor de la fiesta, y a come(r).

Cuando dicen: "Ahí viene Tío Tigre/"

Dice: "Por aquí que es má(s) derechito/Yo me voy . . . porque lo que es Tigre a mí no me come."

Cuando de una vez iba llegando dice de una vez: "¿Por aquí no está Conejo?"

Dice(n): "Llegó y se fue."

Y dice: "¡Dónde me lo cogeré? Arrecuéstame que por donde yo lo encuentre le voy a dar un soplamocos que lo voy a matar de una vez de uno que le dé. Pero firmemente que se lo voy a dar antes que le dé el dolor de barriga."

Ahí va Tía Zorra cuando, bueno, viene Tía Zorra/

Dice Tío Tigre: "Si no me cojo a conejo me cojo a Zorra."

Cuando en eso ya se va Tío Tigre viene entonces Conejo con todo el batallón de él a hacer la fiesta de por su cuenta en la roza de Tío Tigre. Cuando llegó de una vez Conejo con Tía Zorra empieza Tía Zorra a decir:

"Elelelelelelelelele
estamos en la roza de mi mari(d)o, Conejo."

Y en eso le dicen: "Ahí viene Tío Tigre/"

Dice: "Tío Tigre, caray."

Y se desbarajusta de una vez Tía Zorra. Cuando se metió por debajo del alambre le quedó el traje guindando y ahí dejó las tiras. Y Tío Conejo se robó toda la roza de Tío Tigre y Tigre no se lo pudo comer.

Hasta ahí.

Notas

"La esposa de Tío Tigre". Conejo es el embaucador en casi todos los cuentos costeños de animales, al igual que en varias partes de África Occidental. Tigre suele ser el chivo expiatorio. La esposa de Conejo suele ser Zorra. El maíz es un cultivo muy popular en el área, por lo que aparece frecuentemente en los cuentos. No se encontraron tipos de cuentos o motivos similares.

La excursión del Conejo

Narrado por Gabriel Álvarez Jiménez

CARTAGENA, 6 DE MARZO DE 1965

http://purl.dlib.indiana.edu/iudl/media/692t151g56

RESULTA QUE EL conejo salió una vez de excursión con el chivo . . . por las montañas a caminar. Camina aquí camina allá y los cogió la noche por allá bastante . . . metido en la montaña. Y le dice el conejo al chivo, dice:

"Mira Chivo yo creo que por acá, por estos montes hay muchos tigres muchos animales bravos. Así que vamos a . . . tener el espíritu de conservación y vamos a montarnos en un árbol a dormir."

Hicieron . . . un salto allá arriba en un palo alto, y se montaron a dormir. Pero resulta de que ahí todas las noches debajo del árbol ese dormía un tigre viejísimo ya que no podía casi ni caminar porque era muy viejo.

Por la mañana cuando se despierta el conejo que <u>va</u> a bajar del árbol dice: "Caramba Chivo estamos metidos en la grande/Allá abajo hay un tigre como que nos está esperando."

"¡Homb(r)e, Conejo!"

Le dice el chivo: "¿Yo qué voy a hacer ahora? ¿Cómo vamos a hacer?"

Dice: "No te preocupes. ¿Tú te acuerdas que por allá a(de)lante encontramos aquel tigre muerto y le mochamo(s) la cabeza? Bueno pues, tú no te preocupe(s) que nosotros salimos d(e)/este lance en cualquier forma . . ."

Y llegó . . . el conejo y se da cuenta de que llegan como ocho tigres más jóvenes a visitar al abuelo:

"¿Qué hay abuelo?/¿Cómo está usted?/"

"Ay m(i) hijito yo aquí ya que no puedo caminar con esta reuma esta vejez."

"¡Caramba!" dice Conejo, "La cosa está maluca ahora se han presenta(d)o ocho tigres nuevos/Esto está maluco aquí nos van a hacer trizas. Sin embargo, vamos a hacer . . . Mira Chivo, sácate ahí la cabeza del tigre más grande que me maté ayer para hacer un sancocho."

"Ahora mismo"/Enseguida los tigres pusieron atención y dicen: "¡Como! ¿Están haciendo por allá arriba sancocho de tigre? La cosa está maluca."

Y llegó el chivo y metió la mano y sacó la cabeza . . . del tigre y dice:

"¿Ésta, conejo?/" Y dice: "Esa no, la otra, la más grande/"

Metió la misma cabeza y sacó otra vez la misma y le pregunta:

"¿Ésta otra?" Y dice: "¡No, homb(r)e! La otra, la más grande."

Cuando iba a meter otra vez la mano en el saco se resbaló el chivo y venía pa(ra) abajo del palo como una bala y hace el chivo: "Be-e-e/"

Y dice el conejo: "No te pongas a ver y agarra al que sea."

Notas

"La excursión del Conejo y el Chivo". Este cuento es en realidad un chiste pues termina con una frase de remate (*punchline*). 126, (anteriormente 126*) *The Sheep Chases the Wolf.* (Depredador atemorizado: se le hace creer que va a ser devorado).

El puerco que se burlaba mucho del burro

Narrado por Gabriel Álvarez Jiménez

CARTAGENA, 6 DE MARZO DE 1965
http://purl.dlib.indiana.edu/iudl/media/386019t23k

HABÍA UNA SEÑORA que hacía bollos[1] . . . y todos los días a las cuatro de la mañana o cinco le decía al hijito:

"Échale ese poco de maíz, de agua de maíz[2] al puerco."

Tenían un puerco y un burro. Y resulta de que el puerco vivía burlándose siempre del burro porque decía:

"Oye compa(dre) Puerco,[3] agüita de maíz pa(ra) mí que estoy echadito aquí engordando."

Por la mañana decía:

"Échale esas cañas al puerco"/

Decía el puerco: "Oiga compa(dre) Burrales, cañas pa(ra) mí compadre."

Al medio día decía: "Échale esas yucas al puerco/"

Decía el puerco: "Compa(dre) mire, comiendo yuca y yo aquí roncando sabrosito engordando. Y en cambio, uste(d) ahí como a las siete de la noche es que le echan un masito de yerba como para que no se muera y uste(d) siempre con media tonelada en el espinazo con unos cajones/Uste(d) está maluco compadre/"

Decía el burro: "Qué voy a hacer yo Puerquecito si este es mi sino/Este es mi destino. Conformarme."

Todos los días . . . a la madrugada, el agua de maíz pa(ra) el puerco/Decía el puerco:

"Oiga compadre, agua de maíz compadre, eso influye mucho compadre. ¿Que se va a hacer?"

Así ya estaba el puerco bien gordo . . . y llegó la Navidad. Y dice . . . el dueño . . . del puerco dice:

"Hasta hoy le estoy dando agüita de maíz al puerco mañana le pego su toletazo."

Enseguida el burro paró las orejas y dice: "¡Jepa! ¡Caramba! Ya viste, ja, ja, ja, eso era lo que estabas buscando tú. Por eso era que te estaban engordando con agua de maíz, pa(ra) matarte."

Por la madruga(da) sintió el burro: Pa. ¡Ui-i!

"Pa(ra) que . . . te den agua de maíz ahora."

Por la madruga(da) dice la señora:

"Llévale un poco de agua de maíz al puerco."

Y llega el pelado⁴ y dice: "Mamá, si el puerco no está aquí/"

"Mira ni me acordé que . . . tu papá lo había matado/Échaselo al burro pues/"

Y dice enseguida el burro: "¿A quién? A mí no, que yo tengo gripa."

Notas

"El puerco que se burlaba mucho del burro". Este chiste también tiene una frase de remate. Es tradicional comer puerco en Navidad, como es tradicional en los Estados Unidos comer pavo el día de Acción de Gracias. Cf. J212.1, Burro envidia a Caballo por sus regalos. Caballo es muerto en combate; burro contento.

1. Los "bollos" son tortas pequeñas envueltas en hojas, hechas con maíz molido. El maíz se muele y se cocina en agua antes de hacer las tortas. Los bollos pueden ser hervidos o al horno. También se pueden hacer de yuca o plátano. A veces se rellenan con carne o verduras.

2. El "agua de maíz" es el agua en que se ha hervido el maíz.

3. Aquí el narrador dice: "Oye compa(dre) puerco". Esto es un error pues la referencia es obviamente hacia el burro y no el puerco. Esto se ha corregido en la edición en inglés.

4. "Pelado" es un término coloquial usado en Colombia para referirse a los niños. Puede ser aplicado a niños de cualquier edad, incluso adolescentes.

Chiste de Conejo

Narrado por Antonio Toño Fernández

CARTAGENA, 8 DE MARZO DE 1965
http://purl.dlib.indiana.edu/iudl/media/692t151g6h

TE VOY A REFERIR un chiste de Conejo. Los conejos siempre tienen fama de malos. Y (a) él lo nombraron alcalde.

Y Caimana . . . estaba el da(r) (a) luz. Y se fue a la playa y . . . puso el poco de huevos . . . Y un día Conejo paseándose por la playa se encontró el poco de huevos de . . . de Caimana. Pau pau. Se los come/Y se lo encontró Caimana en el momento que se lo(s) ha terminado. Y se le tira a cogérselo y se tiró . . . Conejo al agua. Y se tiró Caimana a cogérselo. Ya Conejo iba bien lejos. Y Caimán venía de allá pa(ra) acá y vio Conejo donde iba. Y le dice ella al marido, a Caimán, dice:

"¡Caimán! ¡Cógete a conejo que se comió los huevos!"

Dice: "¿Qué es lo que dice Caimana?/"

Conejo dice: "Que te hundas bien lejos que viene un hombre con los arpones nuevos."

Entonces Caimán se hundía más lejos y era para que lo cogiera a él. Pero no, él le echaba el cuento al revés.

Volvía y lo gritaba: "¡Caimán! ¡Cógete a Conejo que se comió los huevos!"

Y le volvía y le decía Caimán:

"¿Conejo, qué es lo que me dice Caimana?/"

Y dice: "Que te hundas más lejos que viene un hombre con los arpones nuevos/"

Pa(ra) matarlo a él. Y por eso Caimán se iba hundiendo. En fin que perdió a Conejo . . . y se encontró con Caimana y le dice ella:

"¿Y cómo dejaste ir a ese hombre que se fue a la cama donde yo tengo to(do)s mis huevos y se los comió todos?/Ahora no tenemos hijos. Se los comió Conejo."

"¿Homb(r)e, cómo?/Si yo sé eso y lo mato yo/¡Homb(r)e!, si lo tuve ahí cerquitica."

Dice: "Si yo te estaba gritando/"

Dice: "Él me decía que me hundiera que estaba ahí en la boca había un hombre con un arpón nuevo para matarme. Pues ese hombre me metió un pelo.[1] Algún día me lo encuentro."

Así fue que Conejo era alcalde. Y se metió un verano muy grande que no había agua . . . y tuvo que arrimar(se) al río a tomar agua/Él no se arrimaba por ahí huyéndole a Caimán por el daño que había hecho. Entonces hubo un día que se arrimó al río a tomar agua y Caimán se vino dentro de las aguas y no se dejó ver. ¡Pau!/Lo cogió por la mano.

Le dice: "¡Epa, Conejo. Aquí es donde me vas a pagar las verdes y las maduras. ¿Oíste? Te comiste todos los huevos que yo no tengo un hijo responsable a tí. Hoy te mato."

Dice: "Pero . . . ," dice: "Caimán, pero tú sí eres el hombre pendejo."

Dice: "¿Por qué?"

Dice: "Porque en vez de agarrarme el brazo me agarraste fue el bastón."[2]

Entonces soltó Caimán de la mano, le agarró fue entonces el bastón/Le echó un embuste, volvió sacudió y se fué. De modo que se burló, de todas maneras se burló de Caimán. Eso es un chiste de Conejo.

NOTAS

"Chiste de Conejo". Caimán, quien es una fiera bestial al igual que Tigre, también suele ser el chivo expiatorio de las trampas de Conejo. 5, *Biting the Foot*. (Engaño: escape al señalar que el captor está agarrando una raíz).

1. "Pelo" aparentemente, en un término coloquial para "mentira".

Nota de los Editores: Probablemente se esté refiriendo a la expresión colombiana "tomar a alguien del pelo", que quiere decir "burlarse de alguien".

2. En este caso, "bastón" se refiere al bastón oficial del alcalde.

Cuando Tigre quiso pelear con Conejo

Narrado por José Pimentel Martínez

CARTAGENA, 11 DE MARZO DE 1965
Archivo de audio original no disponible.

RESULTA QUE UNA vez Conejo . . . salió de pelea con Tío Tigre porque Tío Tigre se lo quería comer/¿no?

Entonces como es un hombre muy veterano salió con él. Entonces él le dijo que eso lo hacía él como que era un hombre chiquito no, pero si él crecía pues él podía . . . competir con él. Pero sin embargo él iba a tener una(s) . . . unas trompadas con él.

Entonces Conejo invita a la avispa, invitó a Tío Burro, invité a Tío Caballo, el Toro y todo(s) esos animales los invitó Conejo . . . pa(ra) pelear con el Tigre.

Asi que cuando ya . . . ya el tenía eso hecho a entonces cogió todos lo(s) palanco(s) de avispa(s) y lo(s) fue metiendo en un calabazo. Habiéndolo meti(d)o en el calabazo fue y salió Tío Tigre:

"Bueno, Tío Tigre, ahora nos vamos a encontra(r)."

Cuando llegaron, al llegar a romper los avisperos y echó las avispas a salir a picarle los burros y salieron los burros los caballos y to(do) a Tío Tigre también por la vista le picó en los ojos. Qué carajo y eso se volvió una escena Tío Tigre salió . . . salió corriendo se fue ya no pudo competir con Conejo.

NOTAS

"Cuando Tigre quiso pelear con Conejo". En este cuento Conejo engaña a Tigre al hacer que otros animales actúen por él. El narrador se va hacia otro cuento sin parar. No incluí este último por no considerarlo de calidad suficiente. 49, *The Bear and the Honey*. La zorra guía al oso hacia un nido de avispas.

El hombre

Narrado por Manuel Zapata Olivella

CARTAGENA, 11 DE MARZO DE 1965
http://purl.dlib.indiana.edu/iudl/media/q97781xj4s

UN DÍA SE estaba muriendo Tío Tigre ... viejo Tigre se estaba muriendo. Y todo(s) los animales estaban preocupado(s)/

"Hombre, se está muriendo nuestro rey ... y lo grave es que no ha llamado a ninguno de sus hijo(s) para saber a quién vamos a nombrar, con quién nos vamos a quedar de rey, con tantos hijos que tuvo ese viejo tigre. ¿Qué será de nosotros si éste se muere y los hijos comienzan a pelearse unos con otros?"

Así se decían y contaban todos los animales preocupado(s) de la muerte de Tío Tigre. Cuando el viejo Tigre llamó al mayor de sus hijos ... lo llama allá a su cueva.

Dice: "Bueno, tú vas a ser el heredero de mi reino. En este reino tú puedes mandar, puedes hacer todo lo que quieras, todos los animales te obedecerán. Tú serás la máxima autoridad. Pero una cosa si te voy a advertir: cuando tú vea(s), ¿no?, que se ha metido alguien en tu reino y comience a hacer candela, y que tú veas que se levanta un humito ... y que construye una casa. Ese es el hombre. Ese es el hombre que ha venido, y tú a pesar de ser el rey ... de todo este reino. Yo te aconsejo que cuando eso suceda, tú huye, no te le vayas a enfrentar a él."

Dice Tigre, que era hijo pero ya formado: "¿Pero cómo es posible que usted me diga eso papá? ¿¡Me va a nombrar usted rey de todo este reino y me va a poner esclavo de este señor!? ¿Por qué tengo yo que estar sometido a ese señor? Dígame una cosa: ¿Ese hombre es más poderoso que yo?/"

"¡No, que va a ser más poderoso que tú! Ese es un hombre mucho más débil que tú/"

"Entonce(s), pue(s). ¿Por qué yo me voy a someter?/"

"¡Hombre! Porque ese es un hombre mucho más cruel que tú. En cruel-dad no hay ningún animal que se lo gana. Entonces, por eso, es mejor que tú le huyas/"

Se murió Tío Tigre . . . y se quedó preocupado el tigre . . . el hijo mayor. Pasó un día, pasaron dos, pasaron tres, pasaron cuatro, pasaron cinco, pasa-ron seis, pasaron siete, pasaron ocho. Y todo(s) los animales preocupados porque el hijo mayor estaba muy entristecido . . . y no rugía, ni salía a matar nada y estaba muriéndose.

Hasta que por fin un día lo vieron salir . . . y dice:

"Yo voy a ver al hombre . . . ¡Si me mata que me mate! . . . Pero eso de que yo sea aquí un rey de segundona, de que tengo que estar preocupado de que él se presenta allá su humito. Esa vaina sí no la voy a tolerar, yo me largo a enfrentarme con el hombre."

Y salió camina que camina, camina que camina, camina que camina. Y en el camino se encontró a una vaca que estaba llorando:

"¡Be, be!/

Y dice: "¿Por qué lloras?/"

"¡Hombre! Rey, usted no sabe lo que me está pasando a mí/"

"¿Qué es lo que está pasando?/"

"El hombre. Viene todos los días, me ordeña, me saca toda la leche de la ubre, y no deja que mi ternerito me mame. Mírelo como está de flaco."

"No se preocupe . . . Tía Vaca, que yo ahora voy a enfrentarme con el hombre y se van (a) acabar . . . se acabarán todos tus males/"

"¿Pero cómo va a ser posible que usted se va a pres(entar) . . . se va a poner usted con el hombre? ¡No me diga eso mi Rey! Ese señor lo va a matar a usted ¡Uuh, lejísimo que lo mata! Es mejor que se quede aquí tranquilo/"

Dice: "No, yo no puedo vivir tranquilo sabiendo de que ese hombre no solamente no es una amenaza para mí, sino que lo(s) está perjudicando a todos ustede(s). Así pue(s) que yo voy a verme con el hombre/"

Y salió camina que camina, camina que camina, camina, hasta que se encontró un corral y dentro del corral estaba Tío Caballo . . . relinchando:

"¡Uijijijijijí . . . uijijijijijí!"

Se acerca Tío Tigre: "¿Qué le pasa Tío Caballo?"

"Míreme a mí aquí, soy el hombre más desgraciado del mundo. ¿Se está dando cuenta de este corral que está aquí?/"

"Sí."

"Bueno, aquí vivo yo encerrado. Y cuando me saca(n) de aquí, me ponen encima una silla que me ha pelado todo el lomo, que usted puede ver como lo tengo. Y no contento con eso, me pone en la boca un poco de clavo(s) y me lo(s) cruzan ahí pa(ra) que yo no pueda mover la lengua. Y si eso fuera poco . . . y si eso fuera todo, pero despúes (se) me sube, ¿no?, ese señor encima . . . y ese señor cada día pesa má(s), y no satisfecho con el peso, coge con unas espuela(s) de hierro y me hiere toda la barriga/¡Mire como la tengo!"

"¿Uy, y quién es ese señor," dice, "que le quita a usted la libertad, que le pone a usted espina(s) de fuego en la(s) . . . de hierro en la . . . en la lengua? ¿Y que lo hiere en la barriga y que se le monta encima?"

"¡Hombre, el hombre!/"

"¡El hombre! Sí, uuh, entonces no te preocupe(s) más. Yo me voy a encontrar con el hombre ahora y me lo voy a llevar al primer manducazo. De tal manera de que de este momento ya es usted libre."

"¡No diga eso Tío Tigre! ¿Usted se va a enfrentar con el hombre? ¡No! Má(s) vale que se devuelva . . . má(s) vale que se devuelva. ¿Usted no sabe lo cruel que es ese señor?/"

"No, para mí no hay . . . no creo que haya nadie que sea capa(z) de superarme a mí en nada. Yo me voy para allá."

Y lo dejó/Y salió *camina que camina, camina que camina, camina,* y a lo lejo(s) vio la columnita de humo y la casa allá/

"Aquí es donde debe estar el hombre, pa(ra) allá voy yo/"

Camina que camina. Se acercó al corral. No bien se había acerca(do) al corral cuando Tío Perro comienza:

"¡Jau, jau, jau, jau, jau, jau, jau!"

Y se le acerca Tío Tigre: "¿Bueno y qué le pasa Tío Perro, por qué tanta algarabía? Parece que no me conociera/"

Dijo: "Huy, tengo que ladrar. Si yo no ladro, el hombre que me tiene aquí con este dogal al cuello, me mata a palo(s) si no le digo que usted se está acercando."

"¡Ajá! ¿Entonces tú, en vez de estar contento porque yo vengo a matar al hombre, te pones a dar aviso al hombre a que voy pa(ra) allá?/"

"¡Sí, porque Usted no lo va a matar!/"

"¡¿Cómo que no lo voy a matar?!/"

"No, que lo va a matar. ¡¿Al hombre, uste(d)?! ¡No! ¡Jau, jau, jau, jau!"

"Bueno, ladra todo lo que tú quiera(s), pero lo que es ese amo tuyo yo lo voy a matar. Y despúes vengo (a) soltarte a ti, aun cuando no lo creas."

"Hombre, Tío Tigre, mi Rey, es mejor que usted se devuelva. Pero si usted insiste en acercarse a (la) casa del hombre, pa(ra) que el hombre no me mate a mí a palo(s), porque pa(ra) eso me tiene a mí amarra(d)o, yo le continúo avisando. ¡Jau, jau, jau, jau!"

Se acercó Tío Tigre a la casa, comenzó a darle dos vueltas así por todos lado(s) y no vió a nadie. ¡No joda! Se asomó por la ventana y pegó un grito de esos, un rugido de esos:

"¡Aquí estoy yo! . . . ¡Que salga el hombre si es que es valiente a medirse conmigo! ¡Si es cruel que salga pa(ra) fuera . . . aquí lo espero!/"

Que va . . . dos, tres veces, nada, no salió nadie. Y dice Tío Tigre:

"¡Carajo! Yo no me voy a devolver. Después de haberle dicho a todo el mundo que venía a matar a este tipo, ¿irme a devolver dejándolo aquí? ¡No carajo! Yo me meto adentro de (la) casa a ver que (es) lo que pasa/"

Pun, se metió dentro (de) la casa. Cuando estuvo adentro (de) la casa estuvo olfateando por toda(s) parte(s), no había nadie y volvió a gritar:

"¡Que salga el Hombre carajo! ¡Que aquí está el hombre . . . que aquí está el Tigre que lo voy a matar!/"

Nada, no salió nada, pero volvió a gritar otra vez: "¡Que salga el hombre carajo, aquí está el Tigre que lo viene a matar!"

De pronto ve salir, de un rincón, ¿no?, a una mujer toda flaca, toda golpea(da) con el ojo hinchado, con la ropa toda sucia. Y dice Tío Tigre:

"¡¿Tú eres el hombre?!

El papá le había dicho que era debilucho. Y dice la Mujer: "No, yo no soy el hombre, yo soy la mujer del hombre."

"Ah, eres la mujer del hombre. ¿Y quién ha sido el sinvergüenza, el atrevido que se (ha) atrevido a pegarte así? ¡Y cómo te han pegado! Haberte hinchado el ojo así como tú lo tiene(s) y haberte roto la ropa así como tú la tiene(s), ¿sin que el hombre haya salido a defenderte?/"

Y dice: "¡Ah, es que usted no sabe cuál es mi desgracia!/"

"¿Cuál es su desgracia?"

"Mi marido (es) el que me tiene así."

Dice: "¡¿Cómo?! ¿Tu marido? ¿El hombre es capa(z) así de pegarle así a su mujer? ¡Mierda! Ahora sí me voy yo de aquí. Si el hombre es capa(z) de hacer to(do) esto con su mujer, ¡¿qué no sería capa(z) de hacer conmigo?!/"

Y pegó una carrera, carajo, y se volvió a ir al monte.

NOTAS

"El hombre". La implicación en este cuento parece ser que entre los animales, el hombre es el único que golpea a su compañera. Un ser que es tan perverso es, en realidad, peligroso. El tigre aborda varios animales por turnos y discute sus aprietos con ellos pero no hay repetición de frases como en el primer cuento. 157, *Learning to Fear Men.* +J1172.3.2, Los animales toman decisiones injustas contra el hombre, pues el hombre siempre ha sido injusto con ellos.

9

Tío Conejo y los siete hijos de Tía Tigra

Narrado por Manuel Zapata Olivella

CARTAGENA, 11 DE MARZO DE 1965
http://purl.dlib.indiana.edu/iudl/media/960197zq4n

Un día Tía Tigre, ¿no? Se lamentaba de que tenía sus siete hijos y esos siete hijos, por estarlos cuidando, no le permitían a ella hacer más oficios. No le permitía lavar, no le permitía ir de compras, se le quemaba el arroz, se le subía la leche del coco, y siempre estaba con muchos problemas, ¿no? Y se quejaba:

"Ay que madre desgraciada soy yo con estos siete hijos, no puedo . . . atenderlos como yo quisiera. A mí me gustaría estar dedicada exclusivamente a mis hijos, pero no puedo."

Eso era todos los días . . . y Conejo escuchaba a Tía Tigre. Hasta que un día se le acerca a Tía Tigre . . . Tío Conejo a Tía Tigre.

"Tía, ¿por qué se queja usted tanto? La oigo lamentarse."

"¡Uy Conejo! Si tú supieras. Tengo estos siete hijos aquí que no me dejan a mi hacer nada por estar atendiendo, por estarlos bañando, por estarles dando la leche . . . y verdaderamente ya yo no sé qué hacer."

Y dice: "Bueno Tía Tigre, si ese es el problema, yo me encargo de cuidarle los hijos a usted."

"¡Hombre Conejo, así eres tú de bueno! ¿Te vas a encargar tú de cuidarme los hijos míos, a pesar de tanto que te ha perseguido mi marido?"

"No se ponga usted a pensar en eso, Tía Tigre. Su marido me ha estado persiguiendo pero es porque me tiene mala idea, pero yo he tratado siempre de ser su amigo. Así como ahora también quiero ser el amigo suyo."

"Entonces, ¿te vas a llevar a los hijos, Conejo, y a cuidarlos?"

"Sí, en mi casa, yo me los llevo y se los cuido."

Y así fue, vino Tía Tigre y le dio los siete hijos a conejo. Conejo se los llevó a la casa, no bien llegó a la casa y cojió <u>pun</u>, <u>pun</u>, <u>pun</u>, mató uno, ¿no?, y extendió el cuero a secar.

Al día siguiente, ¿no?, llevó los seis hijos a Tía Tigre para que mamaran. Tía Tigre los vio.

"¡Hombre Conejo! Que bien que me tienes a mis hijos, pero aquí me falta un cone . . . aquí me falta un hijo, Conejo. ¿Qué has hecho con mi hijo?"

"No comadre, usted sabe que esos muchachos son muy traviesos. Yo no los podía traer todos de una vez, pero allá en la casa lo tengo. Dele de mamar a estos que yo después le traigo el otro."

Entonces Tía Tigre, ¿no?, les dió de mamar a los séis conejos, ah . . . a los seis hijos que les trajo y dejó que se los llevara. Una vez que se los llevó, Tío Conejo cogió a uno de los . . . de los . . . de los hijos de Tía Tigre y se lo volvió a traer otra vez, ¿no?

Se lo puso para que mamara, y dice Tía Tigre: "Caray, pero este muchacho que ha engordado, si ya está lleno, parece que hubiese acabado de mamar."

Y dice: "Si Tía, parece que hubiese acabado de mamar, pero es que yo lo tengo allá siempre bien alimentadito con agua de panela, con su agüita de yuca, etcétera. Y no dejo de llevarle también, ¿no?, algunos ratones y algunos armadillos que consigo por allí. Por eso lo ve usted gordo."

"Bien Conejo, te agradezco mucho. El cariño que tú le tienes a mis hijos es lo que los está haciendo engordar."

Cogió y se llevó el otro que ya había mamado dos veces. Al día siguiente, ¿no? Cogió <u>pun</u>! Y mató a otro de los . . . de los hijos de Tía Tigre, ¿no? Se lo comió y puso el cuero a secar. Y una vez que se lo comió y lo puso a secar, ¿no? Se llevó a los cinco conejos . . . los cinco . . . cachorritos para que Tía Tigre les diera de mamar. Se los puso a mamar . . . y dice Tía Tigre:

"¡Caray! Que bonitos están mis hijos. Conejo, te estoy muy agradecida. ¿Pero por qué solamente me traes cinco y los otros hijos dónde están, Conejo?"

"¡Oh Tía, no se preocupe! Allá se los tengo. Lo que pasa es que como todos los días se los traigo y están engordando tanto, ya no pude traerle seis, sino solamente le traje cinco. Pero dele de mamar usted a esos cinco que yo después le traigo el otro . . . a los otros dos."

"Bueno Conejo, como no."

Les dio los cinco muchachos . . . se los llevó Conejo, ¿ajá? Y luego le trajo uno de los que había mamado, mire . . . este . . . dos de los que habían mamado.

"¡Caray! ¡Pero estos muchachos sí que están gordos! Parece que acabaran de mamar."

"Si Tía, pero es que yo los tengo allá muy bien cuidaditos."

Mamaron, se los volvió a llevar. Al día siguiente, ¿no?, Conejo no le pudo traer sino cuatro, porque se comió otro . . . otro conejo . . . otro cachorro.

Al llegar donde Tía Tigra, Tía Tigra los ve:

"¡Hombre que bonitos están mis hijos! ¿Solamente me traes tres Conejo, y los otros dónde están?

"Allá en la casa se los tengo. Pero, jum, mire como están creciendo estos muchachos. Yo que los baño, yo que los cuido, yo que los consiento. Ya no pude traerle todos sino solamente estos tres. Que coman estos tres y yo después le traigo los otros."

Así fue, se llevó a los tres, ¿no? Y luego volvió otra vez, ¿no? Y le volvió a traer tres. Y dice Coneja . . . dice Tía Tigre:

"Bueno, me has traído tres no más ¿Y el otro muchacho?"

"¿Ay qué quiere, que se los traiga todos de una vez? Ya le he dicho que están muy gordos. Si es que le traje tres ahora rato, ahora le vuelvo a traer estos . . . le vuelvo a traer estos . . . dos, ¿no? Porque los otros están allá que patalean demasiado, ¿no? Dele de mamar usted a estos dos más y después le traigo el otro."

Así fue, todos los días le iba trayendo un conejo menos . . . un hijo menos. Y se lo iba comiendo. Hasta que por fin, ¿no? el último que le quedó, ¿no? Se lo trajo siete veces. Iba con el . . . con el cachorro, mamaba, no lo dejaba mamar muy bien y se lo llevaba allá y después se lo volvía a traer. Pero cuando se los comió todos ya no tenía nada que llevar.

Ese día, Tía Tigre se puso, ¿no? a rascarse la cabeza y ya . . . allá el sol había levantado bastante, eran como las once del día y no les traía Conejo a sus . . . Conejo a . . . a los hijos a Tía Tigre.

Tía Tigre ya preocupada: "¡Caray! ¿Qué le pasará a Conejo? ¿Será que estará lavando a mis muchachos, los estará atendiendo muy bien que el tiempo se le ha ido y ni siquiera se ha dado cuenta? Voy a esperarlo un poco más."

Pero a las doce del día ya estaba el sol bien paradito, paradito, paradito, paradito, que todo el mundo se pisaba la sombra . . . y no llegaba.

Y Tía Tigre dice: "Yo voy a ver a mis hijos. ¿Qué le pasará a Conejo? ¡A lo mejor se ha enfermado, pobre Conejo! Con tanta preocupación que ha tenido con mis hijos, debe estar tan enfermo que ni siquiera ha podido traérmelos. ¡Yo voy a ver que es lo que pasa!"

Y se fue. No bien había llegado a la casa y comienza a darle grito:

"¡Hola Tío Conejo! Que vengo a ver mis hijos. ¿Qué es lo que está pasando? Te he estado esperando toda la mañana y no has llegado."

Nadie le respondía . . . entró a la casa, ¿no?

"¡Conejo! ¿Por dónde andas tú? ¿Dónde me tienes mis hijos? ¡Carajo!" sorprendida Tía Tigre que no veía . . . "Hombre, este conejo ¡sí que es bueno! Se ha llevado mis hijos al río a bañarlos y seguramente por eso no los ha llevado. Voy a irme por este caminito al río a ver si encuentro a Tío Conejo allá bañando a mis hijos."

No bien ha salido por el patio de la casa y encuentra los siete cueros, ¿no? de sus cachorros tendidos y se pone a . . . a dar alaridos la Tía Tigre:

"¡Ay mis hijos! ¡Conejo se ha comido mis hijos!"

Fue tanto el escándalo, carajo, que llegó Tío Tigre . . . y se acercó:

"¿Qué le pasa?"

"¡Mire, mire lo que ha hecho Conejo! ¡Se ha comido mis siete hijos!"

Y dice Tío Tigre:

"¡Carajo te voy a dar una palera! Porque esto te pasa por estarte lamentando de que no podías alimentar a tus hijos. ¡Teniendo que buscarte a Conejo que tú sabes que nunca ha estado bien conmigo porque es de muy mala naturaleza!"

Y aquí terminó mi cuento.

Notas

"Tío Conejo y los siete hijos de Tía Tigra". En un cuento anterior Conejo había comido huevos. Aquí, el antropomorfismo lo convierte en carnívoro. La reacción de Tigre a la muerte de sus hijos es marcadamente distinta que la de Caimán en el cuento anterior. 37, *Fox as Nursemaid for Bear*. Busca niñera. [Se come a los jóvenes]. + 56C', *The Jackal as Schoolmaster*. [Se come a los estudiantes, engaña a los padres mostrándoles el mismo niño una y otra vez].

10

Tío Conejo y Tío Caimán

Narrado por Silverio Martínez Torres

BOCACHICA, 12 DE MARZO DE 1965

http://purl.dlib.indiana.edu/iudl/media/c08h441s67

HABÍA UNA FIESTA en el cielo . . . Todo(s) lo(s) animal(es) de ala(s) tie-nen que ir. Conejo quería ir pero no tiene ala(s). Entonce(s) le dice Conejo a Golero, dice:

"Mira Golero, como de to(d)as manera(s) tú vas para (e)l cielo . . . allí en la casa en la mesa te voy (a) dejar un liíto."

Vino Conejo y se metió en el lío. "Allí en la mesa te dejo un liíto, así que si yo no estoy ahí . . . tú coge(s) el liíto y lo lleva(s) al cielo, que esa es una carta, una encomienda que mando ahí."

"(Es)tá bien/"

Llegó Golero y dijo: "¡Conejo, Conejo, Conejo!"

No estaba allí. Cogió su lío y . . . se encampanó pa . . . para el cielo.

Cuando llega al cielo . . . puso, le pegó el tufo de un animal muerto, puso el lío en el camino y salió a comerse su . . . lo comió ra ra ra y se soltó.

Cuando ya están en el bullerengue.

ripatinpínc-pinc-pinc, ripatinpínc
tipí-tipití-tipi
panpán-ripapinpínc.

Eso(s) son lo(s) tambores) tocando.

Llegó Conejo. Ah, le preguntaron a Conejo: "¿Y Golero?"

Dice: "¡Ja, este Golero tan puerco, hombre! Allá lo dejé comiendo una res podrida. Y apena(s) venga Golero yo se lo digo, se lo decimos."

Total que duró la fiesta tres día(s)/A los tres día(s) ya to(do) (e)1 mundo buscando para venirse. Y Conejo atrá(s) de Golero. Y si no se venía Conejo lo mataban, así que él, cada ve(z) que Golero iba (a) volar . . . a agarrarse (de) la pata . . . a agarrarse (de) la pata.

Hasta que voló Golero y Conejo se agarró de la pata. Y va Golero y se encampana pa(ra) arriba y Golero, Conejo pega(d)o en la pata, vuélvanse pa(ra) (a)bajo y Conejo pega(d)o en la pata. En eso se soltó Conejo y cayó. ¡Pan! En el lomo de un caimán.

Dice el caimán, dice: "¡Hombre, Conejo, si me has venido a pelo, hombre! Te deseaba."

Conejo dice: "¡Hombre Caimán! ¿Y tú crees que yo soy tan pendejo (como) para que tú me comas? No, no, no, no. Yo vengo (a) avisarte que allá en la orilla hay una engorda de cerdo."

Dice: "¡Vamos, agárrate duro mi hermano!"

Se agarró y tiempla a correr, el caimán nadando floreado. Cuando llegaron a tierra dice Conejo:

"Espérame aquí, espérame aquí, no te vayas." En eso que Conejo va pa(ra) tierra, viene un hombre con una escopeta, un cazador. Apuntándole a Conejo, dice Conejo:

"Aguante un momento, que me va (a) matar, me va a coger así a mansalva así, no señor. Lo que vengo (a) avisarte (es) que ahí (es)tá Caimán en la orilla velándote los puercos pa(ra) comértelos."

Y entonce(s) llega el señor con la e(s)copeta lo disparó (y) lo mató.

Notas

"Tío Conejo y Tío Caimán". Este es un cuento en el que Conejo, típicamente, engaña a otros animales. El *bullerengue* que celebraron en el cielo es una danza folklórica típica de la región. El término también se puede usar para referirse a una fiesta. Cf. 225ª, *Tortoise Lets Self Be Carried by Eagle*. Se cae y es devorado. +122, *The Wolf Loses his Prey*. Escape con una súplica falsa.

El conejo que quería ser el hombre más grande del mundo

Narrado por Silverio Martínez Torres

BOCACHICA, 12 DE MARZO DE 1965
http://purl.dlib.indiana.edu/iudl/media/940791tf4x

CONEJO QUERÍA SER el hombre más grande del mundo, ¿oyó? y entonces fue donde Jesucristo, dice donde Jesucristo:

"Yo quiero, yo veo elefanta con elefante, grande, burra con burro, grande, toro con vaca, grande, y que te pasa conmigo, ¡hombre! ¡Qué le pasa a la humanidad conmigo! ¡Yo no acepto esa vaina!"

Dice: "Mira Conejo, ¿tú quieres ser grande?"

"Sí como no, si a eso es, a eso es que yo vengo, esa es mi cita."

Dice: "Bueno, vamos a hacer una cosa. Tráeme la lágrima de tigre . . . el die(n)t(e), el colmillo del caimán . . . el colmillo del elefante . . . y la avispa más brava del mundo y la culebra más brava. Tráelo pa(ra) que veas que te pongo grande."

Y sale él . . . :

"¡Sí cabe!" De que llevo un canto (d)e . . . ¡sí cabe!"[1]

"¡No cabe!"

"Mira carajo ¡vuelve y dime que no cabe! Compay, fregándome la paciencia, venirme a decir que no cabe. ¡Sí cabe! ¡Vamos a (a)postar veinte pesos!"

Y culebra al oírle la blasfemia que él traía, dice: "Compay, pero, ¿qué es?"

"Sí Tía Culebra . . . venirme a decir que no cabe."

"¿Qué no cabe? ¿Cómo? ¿Qué dice?"

"Que usted no cabe aquí dentro en el chócoro. ¡Eje! ¡Sí vuelve y dime pa(ra) que veas que te doy una pata(da)!"

"Trae pa(ra) (a)cá para que vea."

Se fue metiendo Tía Culebra. Es esa culebra que se llama culebra . . . no boa no es se llama, no no no no se llama la culebra más dañosa del mundo se llama . . . que ella anda la mitad parada, no no que el patojo no sirve . . . ¡La cobra!

Se encontró la cobra. Dice: "¿Cómo? Ahora verás." Ran ran ran se metió la cobra. Y vino ¡pra!, y dijo: "*Vas pa(ra) (d)onde Dios.*"

El día que llegó, a un paraco, paraco de esa(s), de esa(s) avispas vaqueras, aquellas avispas más peligrosas.

"¡Sí cabe!"

"¡No cabe . . . Que no cabe!"

"¡Que sí cabe! Mira, mira . . . yo . . . ¡te pego un balazo en esto! Decirme a mí que no cabe. ¡Desgraciado! ¿Cuánto quiere aposta(r)? ¿Veinte pesos? Vamos a apostar veinte pesos."

El sólo, él era, él sólo. Dice Avispa: "Ah, ¿y qué pasa Conejo?"

Dice: "Tía, decirme a mí que no cabe, (a) este hombre no le pego un balazo por no mancharme, ¡hombre!"

"Va(mos) a ver, Conejo." Ran ran ran se van metiendo todas. Cuando se metió la última, *va pa(ra)(d)onde Dios,* la mochila.

Ya vamo(s) (a) donde se encuentra a Tigre (y) la lágrima de Tigre. Se encuentra (a) Tigre y dice:

"¡Ay Dio(s)! !Dios mío! ¡Ay Dios mío, tanto como yo quiero a mi Tío! ¡Ay!"

"Conejo, ¿y qué llora?"

Dice: "Ay Tío Tigre . . . no me diga . . . si no le encuentro . . . la noticia . . . ay Dios mío se murió seguida. Se murió su mamá, Tío!"

Dice: "¡Ay, Dios mío! (Es)tá bien." Se echa el tigre a llora(r)./Dice:

"Lágrima de un hombre tan bueno no se puede dejar perde(r)."

Trayendo el calabazo. ¡Pa! *Va pa(ra) (d)onde Dios.*

(Al) elefante le gusta mucho la miel. Cuando hubo Elefante dice:

"Mire Tío Elefante, yo nunca lo he ocupado a usted. Pero hoy es el día infinito en que yo quiero encontrarme con usted. Un hombre apotentado y querido como yo. Que no voy a engañarlo. ¡Que se muera mi madre cincuenta mil veces si yo a usted lo voy a engañar, Tío!"

"A ver, ¿qué pasa Conejo?/"

Dice: "Mire Tío, lo que pasa es que cuando uno viene a ocupar la gente bien y apotentada cree que es mentira."

"¡Pero dime, dime! Dime (el) corazón me, me, me late . . . de que alguna cosa buena quieres tú."

Dice: "¡Ay Tío! Y es bien buena. Le aseguro que en el pantano de La Moria[2] hay un caracolí . . . como cincuenta brasas de grueso. Tiene unas moscas, una miel . . . ¡Ay Tío, si usted lo viera, pues! Eso es, mire Tío le voy a decir una cosa, da como trecientas latas de miel. Yo no quiero sino cinco. Lo demás (es) pa(ra) usted."

"¡Sí, hombre, llévame! ¡Monta en mí!"

Se montó Conejo pa pa pa (en el) elefante. Cuando llegó allá, el elefante le tiene miedo al solda(d)o. Cuando llegó ya, que vio la miel, dice:

"Entierra el diente, Tío Elefante. Mire, mire, eh, ahí está."

Viene Elefante, pero elefante es como arisco, ¿no? Metió ¡chá! medio colmillo.

Dice: "Mételo to(do), to(d)ito Tío. Métalo to(do), to(do) el colmillo. ¡Métalo!"

Viene Elefante y metió todo el colmillo y dice: "Anda Tío, le aseguro que usted es mi amigo . . . ¿mire como viene el soldado ahí!/¡Ay Dios mío!"

To(dos) van pa(ra) el tro(k). Y dejó el colmillo ahí. Va pan lo sacó . . . chan. *Va pa(ra)(d)onde Dios.*

Y llegó a (d)onde el caimán, a la orilla del río. Él llevó una cántara de ron. Llegó, verdad, y puso su cántara allí.

Prin, ripatim pan kitim pití,
Rrrum pin pi tan pi di,
Rrrum pripi, ripa timpín,
Ripa, *Caimán era tambolero,* ripatinpín pín, tapá pa pa paá. [3]

Dice el caimán: "Caimana . . . alístame la coleta[4] que voy a (d)onde Conejo./"

Dice: "¡Ay carajo! Tú sabes quien es Conejo./"

Dice: "¡Tú vuelve y dime pa(ra) que veas que te pego una gaznatá! Que carajo con que el conejo es malo. Tú sabes que Conejo es mi sobrino. Y me quiere bastante. Y yo también lo quiero a él. Tú verás a ver . . . va la coleta que yo la estoy echando un solo ahora y estoy viéndola. ¡Alístela ligero! Con vainas carajo que son mujeres que no sirven pa (ra) un carajo esta ¡alístala ya!"

"Ya te la estoy planchando, mi (hi)jo." Se la planchó.

Cuando llegó a la orilla, dice . . . viene el conejo y le metió otro verso:

Trrruu sorro mandí to ro,
Sorro mandí to ro, paticutí
Cuticutí cutí ba bi cun
Trrruu pitapimpín.

Llegó Caimán, dice: "Lo esperaba mi querido. Venga acá. Tome." Y vino pan y le echó un cuarto. "Bah, tómese el trago."

Y lo cogió el caimán: "Bah, je je je je." Peló el diente y (se) le vio el colmillo y dio la vuelta . . . Te acabo de ver." Lo estaba esperando. Viene el caimán y cogió el cuero:

Prípata, prípata prin, prípata prin,
Prin pata, pin pin pin ripatipín,
Pin guin pin guin, pin guin, ripatin pin,
Ripata pin, ripatin pin.

Dice el conejo: "No eso no es así, Tío. Tómese otro cuárto."

Vino Caiman: "Bah otro más, pero je je je." Peló el diente por eso . . . Se levanta el tío . . . voy adelante . . . suave.

Otra vez echaron a tocar. Cuando enseguida vino Caimán, (Conejo) dice:

"Mire Tío, ya a mi lo que me está quedando es una botella. Tómesela toda en lo que yo voy a busca(r)."

Vino Caiman <u>ba ba ba ba</u> y cuando se la tomó toda se echó a reir. Métele el garrotazo ¡b<u>a</u> chocum! y lo cogió y ¡<u>chác</u>!

Cuando llegó donde Caimana dice: "¡Ay Caimana, mi (hi)ja! ¡Ay! ¡No sé que traigo! Parece que es bandana. ¡Ay! ¡Ay Dios mío!"

Dice: "¿Yo no te lo dije? ¿Yo no te lo dije? Tú te has perdido el colmillo. Ahora lo has perdido."

Viene . . . *va con su colmillo a donde Dios.* Viene y dice: "Dios aquí le traigo to(do) lo que usted me pidió." Dice: "Bueno un momentico, pues."

Vino Dios y cogió una madera de esas nuevas, de esas . . . tres cuartos y lo amarró por la pata. Al conejo. Y le amarró las orejas . . . con otra, lo fue templando, templando, templando, templando, templando, templando, templando, hasta que lo puso las orejas bien estacu(d)as.

Notas

"El conejo que quería ser el hombre más grande del mundo". Este es un tipo común de cuento en el que una recompensa es ofrecida por la superación de varias tareas difíciles. En muchos de estos cuentos hay magia, pero en este todo es logrado con trucos y engaños. Pero pareciera que Dios es un embaucador mayor que Conejo. Este cuento es un buen ejemplo del uso de sílabas sin sentido para denotar una acción que se llevó a cabo. A2325.1, Por qué conejo tiene las orejas largas. [Cf. # 20, abajo].

1. El narrador comienza a describir las acciones de Conejo sin ninguna explicación de contexto. Parece que asumiera que su audiencia conoce el cuento.

2. "La Moria" es el nombre de una deidad local del río, de procedencia aborigen.

3. *Nota de los Editores:* El ritmo cantado por don Silverio Martínez Torres en este pasaje parece ser el ritmo de bullerengue. Martínez era, además de narrador de cuentos, tamborero en el pueblo de Bocachica (Bolívar).

4. Pantalones hechos de nanquín, una tela de algodón importada originalmente desde China.

La astucia de Conejo

Narrado por Zoila Eva Villalobos Castro

MONTERÍA, 19 DE MARZO DE 1965
http://purl.dlib.indiana.edu/iudl/media/q67j72qb80

CONEJO . . . HACÍA mucho daño en una roza de maíz. Porque a él le gusta mucho el maíz. Pero también le gusta mucho tomar ron, es muy borrachín. Vamos que todos los días le amanecía al hombre el daño.

Dice el hombre: "¿Como haré?/"

Le ponía trampas, le ponía esto le ponía lo otro, y no podía coger a Conejo. Porque Conejo es muy astuto . . . es muy trabajoso para cogerlo.

Vamos . . . que entonces el señor pensó dice: "Ahora le voy a hacer una mujer . . . de cera . . . de cera negra. Cogió y pasó todo el día construyendo su mujer . . . de cera negra. Compró . . . un botellero . . . donde colocar litros . . . un botellero, una mesa y compró . . . dos litros de ron, un vasito y un embudo. Viene y hizo una cantinita a la misma entrada de la cosecha.

En esto llegó Conejo que iba ya pa(ra) maíz a comer, y vio la mesita y dice: "Je, ¿y esta venta (d)e ron y esta señora aquí negra qué hace? ¡(Des) páchese un trago!"

La mujer ahí no despachaba, si era de cera.

Dice: "Bueno, si usted no me despacha me despacho yo." Cogió su botella, llegó <u>rum</u> y se echó . . . el ron en la botella. Llegó pran se tomó el trago.

Dice: "Bueno, échese otro."

La mujer calla(da). Llegó y otra vez se echó el trago. Se tomó, cuando se había tomado como sus cinco o seis tragos ya Conejo estaba era borracho.

Dice: "Bueno, señora; usted ni habla ni dice nada. Yo me he toma(d)o to(do) este ron usted no me lo ha cobra(d)o: ¿Qué es lo que se figura usted? En esto la cojo y le voy a da(r) . . . una patada."

Llegó, sacó la pata pra y le tiró la pa . . . la pata pero como era de cera quedó . . . engancha(d)o . . . en la mujer. "¿Y ahora usted no me va a soltar? ¡Suélteme!"

Nada, la mujer callada, si era de cera. Llegó y le tiró la otra pata y quedó clava(d)o. Entonces vino y llegó y le metió la mano . . . la muñeca <u>bum</u> y quedó y le metió la otra también así que el hombre quedó aprensa(d)o así en la mujer, preso.

Entonces cogió . . . dice: "Bueno, ¿y qué se figura usted ahora, que me va a tener aquí?" En eso, viene el hombre y dice: "<u>E</u>h Conejito si así era como yo te quería coge(r) aquí bien cogi(d)o compa(y)." Lo cogió y lo metió dentro de la mochila. Y salió para su casa.

Dice: "Bu<u>e</u>no, te voy a hacer un buen guiso. Apenas llegue. Guisa(d)<u>i</u>to te voy a comer con bastante c<u>o</u>co." Salió con su conejo . . . meti(d) o en la mochila.

Vamos que en el camino al señor le dio ganas de hacer una necesidad. Llegó <u>pam</u> y puso la mochila en la orilla del camino entró dentro, se bajó su pantalón y se puso a hacer su . . . su necesidad por allá.

Mientras tanto pasó la zorra y ve a Conejo metido ahí. Pero esa zorra no era mujer de él, era una zorra particular le dice: "Eh Tío Conejo ¿y qué hace allí meti(d)o en esa mochila?"

Dice: "Que ahora a este señor se le ha meti(d)o de que yo me tengo que ir pa(ra) su casa a come(r) gallina. Yo no como gallina, yo no soy zorra. Y él quiere comer galli . . . que yo coma . . . tengo que ir a su casa to(do) tira(d) o a comer allí . . . yo no quiero gallina."

Dice la zorra: "<u>A</u>y, si fuera yo." Ya a la zorra se le llenó la . . . la ambición. Dice: "Ay si fuera yo que me llevara con mucho gusto me fuera."

Dice: "Pero suélteme de la mochila y yo me salgo y usted se mete." Vino la zorra, ra ra ra, y soltó la mochila. Y llegó ran y se . . . se salió Conejo y llegó la zorra pan y se metió. Cuando el hombre vino de (a)dentro del montecito no se fijó y cogió su mochila. Se la metió debajo del brazo, y salió.

Cuando había camina(d)o un pedacito le dice . . . oye la voz que le dice en la mochila: "¿Y las gallinas están bien gordas?"

"¿Cómo?"

"Que si las gallinas están bien gordas."

Ve y vo(l)tea, y dice: "¿Y a dónde está Conejo?"

Dice: "No, él me dijo que él no quería comer gallina y que usted y que tiene un poco de gallinas allá que me va a hartar de gallina guisá." Dice: "Ah, y él no quería comer gallina y entonces yo le dije que yo podía ir."

Dice: "Bueno, allá te voy a dar las gallinas. Y hombre este Conejo como ha engañado a esta zorra pero vas a tener tu buen castigo." Cuando llegó a su casa . . . cogió y prendió una fogará de candela en el patio. Y cogió y tiró a la zorra y la cogieron los . . . los perros y la destrozaron esa fue la gallina que le dio.

Notas

"La astucia de Conejo". Esta es una elaboración de un cuento común y extremadamente difundido, conocido en su forma más desinhibido como "Conejo y la Muñeca de Cera", y en inglés como "Brer Rabbit and the Tar Baby". Como zorra suele ser representada como la esposa de Conejo, el narrador consideró necesario indicar que esta zorra no lo era. 175. *The Tar baby and the Rabbit.* + K482, Incauto es persuadido para que tome el lugar del prisionero en un costal: asesinado. El costal es lanzado al mar. El embaucador sigue gritando que él no quiere ir al cielo (o casarse con la princesa); el incauto lo sustituye graciosamente. (Este motivo está típicamente asociado a los Tipos 1525A, 1535, 1737).

La ensillada de Tigre

Narrado por Zoila Eva Villalobos Castro

MONTERÍA, 19 DE MARZO DE 1965
http://purl.dlib.indiana.edu/iudl/media/k32237jv00

CONEJO . . . FUE A una mata de lata[1] . . . que echa unos corocitos[2] verde-
citos. Esos corocitos se ponen moraditos. Pero él los cogió verdes.

Se buscó una piedra grande y una pequeña. Se montó encima de la grande
y comenzó a quebrar sus corocitos, y a comerlos. Quebraba y comía la fru-
tica que el corozo tiene a(d)entro, la pepita.

En esto se presenta Tigre y dice: "He, Conejo, aquí era que te quería
coge(r)."

Dice: "Ay, Tío. Mire. Aquí estoy quebrando . . . los corocitos. Pruebe
pa(ra) que vea . . . que son muy sabrosos."

Partió uno. Y efectivamente como dice corocito contiene una pepita
adentro blanquita . . . que cuando está viche es muy sabrosa. Cogió pran y
le dió, quebró una y se lo dió. Vino el tigre pam se lo comió.

Dice: "Qué sabrosos que están tus corocitos, Conejo."

Dice: "No, y los suyos deben estar más sabrosos todavía porque son más
grandes. Vamos a quebrarle uno." Vino el tigre se arrimó y puso sus corozos
ahí en la piedra y se cogió en la piedra grande chen . . .

"Ouou." Lanzó ese grito y Conejo se fue corriendo. (E)se bramido . . . iba
llorando ese tigre porque le (d)estriparon los corozos.

Llegó allá a (d)onde la tigra. "Hombre Conejo tan chiquito . . . y me ha
echa(d)o este mal tan grande. Conejo me ha quebrado mis corozos."

"H<u>o</u>mbre, ¿pero cómo va a se(r) eso?" Le dice Tía Tigre.

Dice: "Pero donde vaya yo lo cojo y me lo como. Eso no tiene día."

Pasaron varios días mientras él se curó de su mal. Vino Conejo, se (f)ue al matadero, y llegó a donde mataron las vacas y se empezó a revolver guigú guigú guigú guigú y quedó lleno de sangre. Entonces se puso a la mitad del camino.

A poco ahí viene el tigre y dice: "<u>E</u>h, Conejito, aquí era que te quería coge(r), bandido. Te voy a comer."

Dice: "<u>A</u>y, Tío, ¿qué me va a come(r) usted a mí? ¿A usted no le da asco? Mire como estoy lleno de llagas. Estoy todo mire . . . que es yo no tengo pedacito donde no tengo llagas. ¿(A) usted no le da asco mi, mi persona? Si debe tener compasión po(r) mí."

"Hombre, Conejo, verdad que es que está(s) maluco ¿y qué te ha pa-sa(d)o?"

"Ay, Tío, yo desde el día que le hice la maldad no he gozado de salud. Dios me ha castiga(d)o . . . míreme como estoy . . . que estoy es lleno de llagas."

"¡Hombre, Conejo!"

"Lléveme, lléveme Tío, lléveme pa(ra) su casa y cuando ya yo esté en su casa entonces que ya esté bueno puede come(r)me verdad que yo he sido malo con usted."

Decía Conejo a Tigre . . . dice: "¿Pero cómo te llevo?/"

Dice: "Ahí monta(d)ito."

Ya Conejo tenía ahí un burruquito, una silla, un freno, u . . . una gurupa,[3] to(do) eso lo tenía ahí listo.

Dice: "Bueno, móntate pué(s)." (Se) tira en cuatro patas. Entonces ve que Conejo saca . . . una silla pa(ra) ponérsela con estribos y to(do).

Dice: "Hombre ¿y eso qué vaina que es?"

"Ay Tío, a ponerle este cuerecito aquí Tío pa(ra) no ensuciarlo porque después lo ensucio de mis llagas."

"Bueno, pónmela pue(s)."

Llegó ran y le puso la silla. Cuando le fue a meter la . . . la silla por aquí debajo pa(ra) apreta(r)lo:

"Hombre ¿y eso qué es eso que me vas a meter tu por ahí por la barriga?"

Dice: "No Tío, po(r)que de(s)pués me vo(l)teo . . . y me caigo."

Dijo él: "Bueno, pónmelo pues."

Vino ra le pasó la silla. Bueno fue a levantar el rabo pa(ra) meterle la gurupa del la(d)o de atrás:

"Hombre ¿y qué me metes por ahí hombre?"

"No Tío, esto es aquí que le pongo esto mire . . . po(r)que de no la sillita me queda floja y me caigo."

"Colócamela pues." Pa y le colocó. Cogió y sacó el freno y cuando le va (a) pone(r) el freno que . . . le atraviesa la boca, ese pedazo de cobre: "Hombre ¿y ese pedazo de cobre que me vas a poner qué es?"

Dice: "No Tío, esto es pa(ra) que usted vaya distraidito mientras yo voy caminando usted se va distrayendo ahí chupando ahí su . . . su pe(d)acito de hierro, usted se va ahí distraído." Llegó pan y le colocó e . . . el freno en la boca.

Y llegó pan y se puso un par de espuelas. "Hombre ¿y eso que tú te has puesto ahí?/"

Dice: "No Tío, si esto me lo pongo yo aquí es pa(ra) no recostarle los taloncitos en la barriga suya." Y el par de espuelas bien afila(das).

Y llega chon y se monta. Y cuando se monta le mete las espuelas al tigre y comienza el tigre a corre(r), y a correr y él a darle y con un (f)uete. Pra pra le iba dando cuero . . . a . . . a . . . al tigre. Dándole cuero y el tigre corre y corre y corre y corre y cuando ya lo puso casi muerto que ya el tigre no podía ni corre(r) el tigre bramaba mmm mmm. Y el ti . . . y el conejo dándole fuete y con las espuelas que se las tenía clava(das) en la barriga asi que el pobre tigre no podía hacer nada.

Le dio una monda⁴ al pobre tigre, que de una vez lo dejó fue casi muerto. Cuando ya vio que ya el tigre no podía ni con sus patas llegó chángolo y se (f)ue corriendo y lo dejó ensilla(d)o.

Levanta el pobre tigre pa(ra) su casa, con su silla puesta. Cuando lo ve venir la tigra: "Ay, ¿y qué te pasa?"

Tigre dice: "Que va, me vo(l)vió a embromar Conejo. Mira que me ha ensilla(d)o y me ha queri(d)o mata(r). Me ha querido mata(r), me ha dado una trilla, me ha da(d)o palo(s). Tenía unos . . . unos . . . unas puyas en los pies que cuando me clavaba los talones me hacía volar . . . casi a . . . a dos kilómetros . . . de lejo(s). Lo ha anda(d)o e(s) loco. Por compadecerme del, pero no me compadeceré más de él.

(En)tonces vino la tigra y le quitó la silla, pero que va, Tigre duró más de … más de tres meses entre la vida y la mue(r)te de la ensilla(da).

Notas

"La ensillada de Tigre". Aquí, una vez más, una muestra del toque simple de los cuentos costeños. Conejo suelta una flatulencia en la cara de Tigre; en No. 12 el hombre resuelve sus necesidades fisiológicas a la orilla del camino; y aquí se rompe los testículos de Tigre. 4. *Carrying the Sham-Sick Trickster.* (Zorro simula enfermedad y se monta en la espalda del incauto).

1. *Nota de los editores:* La mata de lata (Bactris guineensis) es una especie de palma que produce una fruta llamada localmente "corozo".

2. Los corozos de la mata de lata son pequeños, tienen una semilla dura en su interior, la cual está rodeada por una pulpa similar a la del coco.

3. En este caso, "gurupa" se refiere a la correa que hace parte de la silla de montar y que pasa por debajo de la cola del caballo.

4. *Nota de los Editores:* En la región Caribe colombiana "monda" es sinónimo de paliza o golpiza.

Cuento en que Conejo pierde

Narrado por Zoila Eva Villalobos Castro

MONTERÍA, 19 DE MARZO DE 1965

http://purl.dlib.indiana.edu/iudl/media/p19326n331

AHORA VOY A referirle el cuento en el cual el conejo pierde. Que es el único en que conejo pierde, porque él en todos los cuentos sale gananciso, con Tigre, con León, con todos él sale gananciso, pero con el gallo fue el único cuento en que él perdió.

Él observó que el gallo al dormir se coloca la cabeza debajo del ala. Él llegó una noche comenzó alrededor del palo (d)onde dormía a mirarlo a mirarlo y no le vio cabeza.

Por la mañana le dice: "Ah Tío . . . ¿usted dónde se mete la cabeza de noche que yo no se la veo?"

Dice: "Je, yo es que me la (es)mocho. Yo le digo a la gallina que coja el cuchillo y ella me la coge me la (es)mocha y la deja ahí. Me quedo yo con mi cabeza esmocha. A las cinco de la mañana coge ella esa cabeza, se va al río y comienza a lavarla y me la deja rosada por eso yo siempre tengo mi cabeza roja."

Dice: "Voy a hacer yo lo mismo. Porque usted siempre está bonito, tiene esa cresta roja/Por eso es que yo me he dado esa cuenta de que usted está siempre bonito y es porque se la lava muy bien."

Cuando llegó a la casa le dice a la zorra: "Bueno Zorra, aquí traigo este cuchillo." Eso fue en la tardecita. "Cógeme la cabeza y móchamela."

"Ay, ¿Cómo maridito mío? ¿Te has vuelto loco? ¿Cómo te voy a mochar la cabeza?"

"No no no no no, (es)móchame la cabeza. Móchamela y móchamela."

Ay y ella llorando porque ella no quería esmocharle la cabeza a su maridito.

"No no y después que me la moches la vas al río a lavar para que me la traigas rosada como la de Tío Gallo."

Quiso que no quiso . . . él puso la cabeza en una piedra y ella cogió su soco y <u>chen</u> y le voló la cabecita. Salió el cuerpo brincando por allá y la cabeza por acá.

Le agarró su cabecita por la(s) oreja(s) y se la llevó al río y comenzó a lavarla y le lavó toda la sangre que tenía la cabeza en el pescuezo de la herida. Cuando vino por acá la trajo con el ojo de una vez claro cuaja̱(d)o, y encuentra el cuerpo del conejito teso ahí arbolea(d)o. Entonces comienza a . . . a pegar la cabeza, ¿y a dónde? Quedó muerto Conejo. Fue el único cuento en que Conejo perdió.

NOTAS

"Cuento en que Conejo pierde". Como el título lo indica, este es el único cuento narrado en el que otro animal se da el lujo de burlar a Conejo. Cf. K856, Juego fatal: muriendo y reviviendo. +J2401, Imitación fatal.

La roza de Tío Conejo

Narrado por Zoila Eva Villalobos Castro

MONTERÍA, 19 DE MARZO DE 1965
http://purl.dlib.indiana.edu/iudl/media/n20395xb30

Tío Conejo contrajo matrimonio con Tía Zorra. Cuando tenían un mes de casados, le dice Tía Zorra: "Ah Conejo . . . pero yo nada más que paso por ahí, robándome las gallinitas que puedo, los pollos, y tú no haces nada."

"No, Zorrita, yo voy a (ha)cer mi roza . . . de maíz. Lo que pasa es que no tengo la semilla."

"Bueno, yo voy a ir donde mi papa. Mi papa, el zorro viejo."

Era un zorro de ya bastante edad, pero que era que siempre tenía bastante maíz que se cogía por ahí por los montes ajenos. Fue y trajo un poco de . . . de maíz . . . de ese en mazorcas. Comenzaron los dos a . . . a desgranar su maíz por la noche para echarlo en agua pa(ra) por la mañana irlo a sembrar.

Desgranaban y comían, desgranaban y comían, pero siempre quedó una cantidadcita regular como unas dos cuartillas. Cogieron, lo echaron en agua. Por la mañana tempranito, como a las cuatro de la mañana se levantó Tía Zorra. Le puso a sancochar el bastimento, con un pollo guisado que se encontró ella . . . se lo cogió por ahí en un patio ajeno. Se lo guisó, y le hizo una buena sarapa.[1]

"Écheme bastante, Zorra, porque este es día que voy a trabajar."

Se iba, se iba él pa(ra) su monte . . . a trabaja(r) . . . a sembrar maíz. Él había visto un hombre que estaba haciendo una cosecha de maíz. Cogió un porruquito, covó, y echó un poco de . . . de maíz. Lo enterró ahí todito junto. Se metió y se acostó a dormir, harto de maíz.

Cuando era por la tardecita, como a las seis de la tarde, despertó. Cogió se metió en el agua, se bañó, bien baña(d)ito. Y salió . . . con su machetón arrastrando, porque él llevó su machete engancha(d)o en su . . . en el hombro. "¡Ay Zorra, vengo muerto! Pero en cambio, he sembrado dos cabuyas[2] de maíz."

"¡Ay maridito mío, tan trabajado(r) . . . que es mi maridito! Sí, porque lo que es este año, hacemos buen bollo . . . pa(ra) comer siempre con los pollitos guisa(d)os . . . la(s) gallinita(s)."

Hizo otro día. Tempranito . . . otra vez le hizo su sarapa. Fue pa(ra) el monte. El hombre trabajando.

Decía ella: "Está mi marido trabajando." Ella se ponía cuando él se iba . . . como ellos tienen sus nombres ¿no? Ella se llamaba . . . Josefa Aspeleto . . . y él se llamaba Jesús Porro . . . comenzaba ella a cantar:

"A̲ lalalalala la la la
yo soy Josefa Aspeleto, la mujer de Jesús Porro . . .
A̲y lalalalá yo soy Josefa Aspeleto, la mujer de Jesús Porro."

Ese era su canto de ella. Nada más se hacía ella y el marido.

Cuando ya él . . . pasaron los días y pasaron los días. Cuando ya . . . el maíz estaba ya con su mazorca ya blandita, que ya estaba de hacer bollo . . . le dice:

"Bueno Zorra, ve alistando el molino y ve alistando la batea. Porque vamos a hacer una buena bollada. Ya ese maíz está mi (hi)ja . . . que cada mazorca que eso es . . . un disparate ver una mazorca de maíz tan grande tan famosa."

Dice: "Bueno, ¿cuándo va?"

"No, mañana podemos ir, mañana domingo."

El calculó que el dueño, como era domingo, no iba pa(ra) la roza. Se quedaba en la casa y no iba a cuidar su maíz. "Hoy . . . es el día de yo comerme la co . . . el maíz."

Bien tempranito desde las cinco de la mañana se levantaron. Y ella se puso su batea en la cabeza. Y se echó su molino, su cucharona de revo(l)ver la masa. Salieron, y él iba desocupado porque él nunca cargaba nada. Ella era la que tenía que llevar to(do) eso en la cabeza. La Tía Zorra con su carga . . . sus pocos de vericuetos en la cabeza.

Llega(n). "Ay! ¿Y esta es la roza? ¡Que roza tan bonita me tiene mi maridito!"

Y comienza de una vez a cantar:

"Lalay lalalá la la la *yo soy* Josefa Aspeleto
la mujer de Jesús Porro . . .
yo estoy en lo mío trabajo de mi mari(d)o . . ."

"¡Miércoles! . . ." le dice Conejo, "Zorra, déjate de esos gritos. Déjate de esos gritos, Zorra. Recoge el maíz callada."

"¿Y esto no es tuyo? Esta cosecha es tuya. Este e(s) sudo(r) de tu frente. Es trabajo de mi mari(d)o . . ."

Y vuelve y seguía:

"La lalalá lala la la yo soy Josefa Aspeleto,
la mujer de Jesús Porro . . .
(es)toy en lo mío, trabajo de mi mari(d)o . . ."

Ese Conejo ya estaba . . . Conejo . . . dice: "Miércoles, esta zorra ahora tiene este escándalo. De pronto llegan los perros a oirla . . . ese hombre que quedaba vecino . . . y está en esto aquí."

De pronto oyó: Jau jau, jau jau, jau jau.

Dice: "Mira, oye."

Pero él dijo pa(ra) (d)entro (d)e sí, no le dijo nada a ella. Si no . . . Vienen los perros y llegó pan se fue corriendo. Lejos de ahí, de la roza, y se metió en un burruco y la dejó sola ahí.

Y ella, moliendo su maíz en su molino. Pero molía y comía, molía y comía y cantaba, molía y cantaba. Bah, que de pronto se mete el dueño del maíz con cuatro perros bien grandes que tenía juy pega el grito:

"¡Ay! Carajo, mira, jue jue."

Y cogen a la Zorra y toda la pollera colora(da) que llevó para hacer los bollos, que ella fue bien entoscada, le ripiaron la pollera, y la malograron toda. Una mano se la ripiaron. Total que se salvó de . . . por milagro.

Ahí la dejaron arbolea(da) en el camino . . . casi muerta/Conejo allá muerto (d)e risa dice:

"Jum, Zorra . . . quizás . . . ¿qué sería de ella? . . . esa la han mata(d)o allá los perros."

Vamos que . . . en la tardecita ella recobró el senti(d)o, se paró y salió caminando pero to(d)a manca . . . y to(d)a ripiá la pollera. En eso, po te así por un purruco y vino y se le fue a(de)lante corriendo, y se le fue a un purruco.

"Ju ju ju"

"Conejo, ah Conejito." "¿Qué . . . qué . . . qué sería de ti? Yo creía que te habían mata(d)o los perros."

Dice: "No, a mí me quisieron matar pero ahí me dejaron por muerta. ¿Y tú que tienes?"

"Ayyy yy uu un frío de calentura . . . un frío de calentura que yo no tengo patas con que llegar a la casa. Cárgame."

"Bueno, móntate pues móntate."

Llegó y cogió y se lo enganchó en el . . . en el cuello . . . en el pescuezo. Y sale caminando la zorra que no podía ni con las patas de ella y tenía que llevarlo a él engancha(d)o.

Entonces iba él diciendo:

Polo llano polo llano
que el enfermo carga el sano.
Polo llano polo llano
que el enfermo carga el sano.

"¿Si, qué dices tú, Conejo?"

Dice: "No, Zorra, disvareo, disvareo, disvareo de la fiebre que llevo."

Y vamos que él no llevaba absolutamente nada, él iba buenecito. Que a él no le hicieron nada los perros no ve que él se fue.

Así llegó a la casa y lo tiró allí en la cama. Entonces ella haciéndole bebi(d)a, vamos a ver que ella era la malogra(da). Desde ese día dice . . . le dice: "Lo que soy yo no hago más cosecha. Ya aquí se acabó el fin. (A)sí que nosotros no hacemos más cosecha, mejor e(s) quedarnos por ahí, robándonos nuestras gallinitas, y san . . . se acabó."

Fin.

Notas

"La roza de Tío Conejo". Este cuento puede ser considerado un "cante fable". Nótese el uso de una mano de moler para pilar el maíz, un artilugio de uso muy común entre los costeños en zonas rurales. 9, *The Unjust Partner*. [No trabaja, hace trampa].

1. Comida envuelta en las hojas de la mata de bijao (*Heliconia bihai*).

2. "Cabuya" es una medida de área usada por los campesinos de la zona, equivalente a una hectárea, aproximadamente.

16

La cantina de Conejo y Zorra

Narrado por Zoila Eva Villalobos Castro

MONTERÍA, 21 DE MARZO DE 1965
http://purl.dlib.indiana.edu/iudl/media/x02138kk8q

UNA VEZ LE dice la Zorra a Conejo:

"Conejo, vamos a poner una ventecita de ron que por aquí siempre pasan gente pa(ra) el monte y siempre se arriman y le compran a uno el traguito, hombre, y siempre uno se gana su(s) centavitos."

Dice: "Eh, Zorra, vamos, vamo(s) a compra(r)."

En ese entonce(s) costaba media botella de ron veinticinco centavos. Cogió . . . Conejo, fue y se compró un litro de ron . . . que le costó setenta y cinco centavos. Puso su botellero, su mesita, y su vaso. Se sentaron ahí los dos a esperar . . . los clientes. La zorra y el conejo al pie de la mesa.

Pasa un hombre: "Eh, ¿tienen venta de ron? Despácheme un trago." Se paró enseguida . . . Conejo, <u>rum</u>, le despachó el trago al hombre. Llegó el hombre <u>cran</u>, y se tomó su barracanazo. <u>Pan</u> le pagó los cinco centavos que era lo que costaba el trago. Se (f)ue.

Le dice entonces Conejo a Zorra: "Ah Zorra . . . despáchame un trago." (En) seguida corrió Zorra <u>pam</u> y le echó el trago. Llegó Conejo <u>pa</u> se lo tomó <u>pan</u> y le pagó los cinco centavos a la zorra.

Lo(s) que le vendió al hombre pa se los pagó. Cogió Zorra su níque(l) y se queda viéndole la cara.

Dice: "Ah, Conejo, despáchame un trago a mí." Llegó <u>pan</u> . . . y le . . . y le dio los cinco centavos y vino Conejo <u>ran</u> y le echó su trago y llegó la Zorra <u>cran</u> y se lo tomó.

Cuando ya se lo tomó Conejo el otro trago ya tenía las orejitas para(d)itas ya . . . ya estaba . . . calientico. Dice la zorra: "Conejo, échame un trago a mí. Ya que hay pa(ra) gastar se gasta . . . Pam y le tiró el níquel a cinco. Y la coge enseguida Conejo ruam y la echó . . .

"¡Despácheme (p)ue(s)!"

Ya la gente estaba era conve(r)sones . . . "Échame el trago," y llegó <u>pam</u> se lo tomó. Y en seguida vino <u>pam</u> y le pagó los cinco chivos.

Y dice Conejo: "Écheme un trago a mí." Y llegó <u>pran</u> y le . . . (e)chó su trago y llegó <u>pam</u> y se lo tomaron. Total, que entre lo(s) do(s) . . . se tomaron el ron . . . con cinco centavos.

NOTAS

"La cantina de Conejo y Zorra". En Colombia el ron es una bebida común en la costa, en vez del aguardiente, que es más común en las zonas montañosas del interior. Debido a la inflación, el precio de una bebida hubiera sido mucho más alto en el momento en que se este cuento fue narrado. Cf. K233.4, Hombre pide un botella de cerveza, la devuelve y en vez toma una lonja de pan. Se rehúsa a pagar el pan porque devolvió la cerveza sin habérsela bebido. Se rehúsa a pagar la cerveza porque no se la bebió.

17

El sacador de miel

**Narrado por Antonio Fernando Altamiranda
Cantero**

EL CARITO, 21 DE MARZO DE 1965
http://purl.dlib.indiana.edu/iudl/media/m117624d6b

EL CUENTO ES del de . . . un señor que era sacador de . . . miel de abejas, campesino. Bueno.

Bueno había un seño(r) que cogió po(r) profesión de saca(r) miel de abejas . . . .en el campo.

Estando él . . . en esa profesión . . . tenía mucho tiempo, hubo una vez en que se encontró una cantidad de miel . . . muy regular que no alcanzó a sacarla en un día.

Entonce(s) se quedó a do(r)mir en el monte, con el fin de no . . . demorar el día siguiente para . . . segui(r) el trabajo. Quedándose a dormir en el monte . . . en la noche fo(r)mó una hoguera . . . u . . . una candela.

Cuando era por ahí casi a la(s) diez de la noche, se le presentó . . . Conejo.

Dice: "Oeh Tío. Homb(r)e Tío, ¿u(s)ted qué hace por aquí?"

Dice: "Homb(r)e yo . . . por aquí que estoy en un trabajito."

Dice: "Homb(r)e Tío mire a esta hora *me está dando un hielito/Me vo(y) a queda(r) aquí con uste(d)."* Dice: "Hombre, tú verá(s), Conejo." Bueno, Conejo se recogió ahí en un ladito y se quedó.

Al cabo de un rato llegó Tía Zorra.

Dice: "Eh Tío Conejo. "Oeh Tía Zorra. "Tío Conejo, ¿y tú qué hace(s) aquí?"

Dice: "Yo acompañando aquí a mi Tío que . . . lo encontré aquí solo."

Dice: "Homb(r)e a mi *(m)e está dando un hielito. Me voy a quedar contigo también aquí/"*

Dice: "De gra(tis), Tía."

Bueno, al cabo de un rato llegó el oso. Dice: "Eh, Tía Zorra." Dice: "Eh, Tío Oso. ¿Uste(d) por aquí?"

Dice: "Por aquí. Hombre, *me está dando un hielito. Me vo(y) a queda(r) aquí contigo.*"

Dice: "Recuéstese por ahí."

Al cabo de un rato llegó Tío Tigre. Dice: "Eh Tío Oso." "Hombre, Tío Tigre. Hombre . . . ¿tú qué haces por aquí?" "Hombre, yo por aquí, andando. (Hom)bre, *me está dando un hielito. Me vo(y) a queda(r) aquí contigo.*"

"Usted verá, Tío." Se recogió Tío Tigre.

Total, ellos (se) aco(s)taron a dormi(r) todos. El hombre cuando ya vio que llegó el tigre no le gustó la cosa. Ya estaba asusta(d)o.

"Caramba, esta gente . . . me van a come(r) a mí." Ellos todos se durmieron.

Cuando era el peso (d)e la noche todos fueron despertando uno a uno. "Ah, (t)engo hambre." Decía la zorra. Y Tío Conejo y . . . Tío Oso y . . . Tío Tigre todo(s) se levantaron con la misma cosa que tenían hambre. Entonces dice Tío . . . Tía Ga Tía Zorra . . . dice:

"Homb(r)e, tanta hambre nosotro(s)/Yo que pasé esta tarde por donde está un montón de gallina(s) . . . eso está que . . . bueno que no puede con la manteca."

Dice Tío Oso dice: "*No, no digas na(da). Yo* pasé po(r) donde está un platana(1) que eso zumba(n) la(s) mos(cas)."

Dice Tío Tigre: "No hombre que va *no diga(s) na(da).* Yo pasé po(r) donde estaba una nov . . . una novillada, que allí hay novillos de ubre,[1] según están de bueno(s)."

Dice Tío Conejo entonces dice: "No hombre que va yo . . . yo no le(s) puedo contar mucho pero yo pasé po(r) donde está un pastisal ¡que pa(s)tito!"

Dice: "Bueno, vamo(s) a hace(r) una cosa." Dijo Tío Tigre. "¿Ajá?"

"Tía Zorra se va a busca(r) do(s) gallina(s). Tío Oso se va a busca(r) . . . dos gajo(s)[2] (d)e plátanos. Y . . . Tío Conejo se va a busca(r) una(s) pa(s)tilla(s), y yo me vo(y) a buscar uno(s) novillo(s)."

Bueno, bueno, bueno, y to(do) el mundo salió. Se fueron. El hombre (s)e quedó solo.

Cuando . . . ya era por ahí como a . . . a la hora y media . . . apareció Tía Zorra con la(s) gallina(s). Las tiró ahí. Despué(s) apareció . . . Tío Oso con los plá(tanos). Despué(s) apareció Tío Tigre . . . con lo(s) novillo(s). To(do) eso lo echaron ahí. Echó Conejo con su(s) pa(s)tilla(s).

Enseguida esa gente comenzó a . . . a sacar presa(s) y a tira(r) al fogón . . . y a coge(r) plátano(s) y a echa(r) al fogón . . . y a come(r).

Ellos invitaban al señor: "Véngase, amigo véngase."

Decía: "No, hombre, yo no quiero."

Total que así ello(s) siguieron su comida. Y el señor allá . . . meti(d)o en su toldito. Cuando ya terminaron la comida le quedó exclusivamente como una arroba (d)e carne del novillo, lo demá(s) lo barrieron.

Dijo entonces el seño(r) . . . dice: "Vea usted toda esa gente se comió ese poco de comida en la madrugada. Cuando de(s)pierten . . . no le a(l)canza ese poquito entonces me comen a mí. Ahora sí voy yo a estar maluco" . . .

Bueno, ello(s) se volvieron a acostar . . . ya e(s)tando hartos . . . y se durmieron.

Cuando estaban bien dormidos . . . entonce(s) llegó . . . el tipo y pensó: "Caramba, esta gente tengo yo que hace(r)le alguna cosa." Entonces se (f)ue al fogón, cogió una puntilla y la metió a la candela. Cuando . . . ya esa puntilla está bien caliente vino acá . . . y cogió a Tía Zorra . . . y se la metió . . . po(r) dentro.

Salió esa zorra que eso daba bandazo(s) cayendo y alevantando y . . . má(s) muerta que ella llegó y se metió en una cueva que había en un árbol grande . . . que estaba tira(d)o en el suelo, y el palo esta(ba) hueco por ahí se entró . . . a quejarse.

Ya él tenía una olla de agua en el fogón. Cuando esa agua estaba bien caliente también, que estaba hi(r)viendo cogió y se la tiró a . . . a Tío Oso . . . encima.

Y sale ese hombre también andando el pellejo lo iba dejando po(r) toda(s) (p)a(r)tes y chuculún a la misma cueva a (d)onde se metió Zorra ahí cayo él.

Entonce(s) cogió a Tío Tigre. Cogió la hacha, que tenía de trabajar . . . y se le (f)ue con el ojo a(de)lante así . . . pegó un macanazo en to(d)a la . . .

Salió ese hombre dando bandazo(s), cayendo y alevantando y ahí llegó y chuculún allá . . . a la cueva . . .

Tío Conejo, que (f)ue el ú(l)timo, lo cogió (f)ue por una pata y lo tiró al fogón. Salió Tío Conejo asándose y allá (f)ue a recosta(r) también, a la misma cueva esa.

Cuando ya él hizo to(do) eso, entonce(s) cogió y recogió todo(s) los cachivache(s) que tenía, lo(s) (f)ué amontonando, y (f)ue recogiendo la poquita carne que dejaron, también lo (f)ue asegurando, fue haciendo un motete.

Cuando el está amotetando allá ya en su queji(d)o cuando ya fueron reposando algo dice Tía Zorra: "¡Hombre! ¡Han vi(s)to ustedes hasta (d)onde llega ese hombre?"

"Vamo(s) ¿y qué le pasó a ese hombre? ¿Qué le hizo?"

Dice: "*No díga nada* ese hombre . . . ese hombre tiene fiebre po(r) mata(r). Ese hombre tiene una fiebre quizás en cuarto grado. Po(rque) ese hombre . . . bueno me metió el de(d)o y eso me a(r)día to(d)a la tripa. (Lo que) yo estoy es muerta."

Y dice Tío Oso, dice: "Que va. Ve(r)dad que ese hombre tiene una fiebre exagerada. Porque a mí me tiró un chorro de mea(d)o(s) que eso me bañó to(do) y eso me ha da(d)o pellejo que yo estoy sin una miga de cuero."

Dice Tío Conejo: "Que va. Ese hombre tenía hambre y ba(s)tante porque ese hombre tanta comida ahí y tuvo el valo(r) de cogerme a mi po(r) una pata y me tiró a la llamara(da) esa pa(ra) . . . pa(ra) asarme (en)seguida, ¡pa(ra) comerme!"

Dice Tío Tigre, dice: "No, no, no, no, *no* diga *nada*. Que eso no se refiere mejo(r). El hombre que tenga más fuerza que ese no lo echa Dios al mundo. Ese hombre me cargó una trompa(da) a mí que yo no sé si se (ha) acabado el mundo, o estoy vivo o estoy mue(r)to, yo no sé cómo estoy. Ese hombre pega duro."

Mientras ello(s) están en su consulta allá, ya ello(s) quedan en su cueva, entonces el señor acabó de recoger to(do) lo poquito que había y cogió su toldo y su hacha y todo y lo amotetó y se fue a . . . a su casa. Pero entonce(s) . . . ya ese señor de esa época abandonó el de(s)tino que tenía . . . por el pe(r)cance que le había pasa(d)o. Y ya dejó de . . . de seguir su trabajo y no hizo más el trabajo y quedó tranquilo en su casa.

Notas

"El sacador de miel". El humor en este cuento está en los conceptos que los animales tienen respecto a lo que el hombre les ha hecho. Hombre hace todo con su propia fuerza física, como si fuera un animal. No se encontraron tipos de cuento o motivos similares.

1. *Nota de los Editores:* Esta expresión se refiere a novillos que no han sido destetados.

2. "Gajo" se refiere a un racimo.

18

La querella de Zorra con Gallo

Narrado por Manuel Jerónimo Pérez Petro

EL CARITO, 21 DE MARZO DE 1965
http://purl.dlib.indiana.edu/iudl/media/c18d473w9r

BUENO, RESULTA DE que Gallo . . . vivía con Gallina. Pero entonces un día entonces tuvieron una discordia y Gallo dijo que se iba de la casa. Y salió Gallo. Y se metió en una montaña.

Paso todo el día en la montaña. En la tarde que ya quiso regresar a la casa . . . no supo para donde era la casa. Entonces ya tuvo que quedarse en la montaña.

El pensó . . . que . . . estaba en la montaña y no ha debi(d)o de quedarse por el suelo porque de pronto Zorra se lo iba a comer.

Así fue. Entonces vino y se montó arriba de un árbol. Como de costumbre que el gallo en la madrugada . . . cantaba . . . en la madrugada empezó el gallo, pensando de que estaba en la casa empezó a canta(r). Y ahí Gallo en la madrugada cantando:

"Cocorocó."

Vamos que Zorra lo oyó. Dice: "Oye a (d)onde está gallo. Este pendejo me lo como yo esta noche."

Vaya, salió Zorra. Llegó a donde estaba Gallo/Gallo cantando allá arriba: "Cocorocó."

Pero como estaba allá (a)rriba . . . Zorra no lo podía . . . merecer. Dice:

"Ahora me voy a esconder aquí entre las raíces[1] de . . . del árbol este que en la mañana en cuando él se baje lo cojo."

Bueno, así fue, Zorra se metió ahí en las raíces de . . . del árbol . . . a esperar que Gallo se bajara . . . a cogerlo.

Gallo, como de costumbre que él se bajaba oscurito en la casa, siguió bajándose de rama en rama, para abajo. Pero de pronto se acordó que no estaba en la casa sino en la montaña. Dice:

"No, yo no me abajo así. Voy a esperar que amanezca. No estoy en la casa."

Se puso a esperar que amaneciera/Así fue que cuando ya vino aclareando que ya vio . . . pa(ra) abajo . . . vo(l)teó pa(ra) (a)bajo y ve a Zorra . . . abajo. Y dice Gallo:

"Eh, Zorra. Y tú ¿qué haces ahí?"

Dice Zorra: "Hombre, Gallo, tú no te imagina(s)."

Dice: "¿Me imagino de qué?"

Dice: "Yo te estoy oyendo desde esta madruga(da) que tú estás cantando y yo que deseaba encontrarme contigo."

"Y si eso ¿para qué es?"

Dice: "No, pa(ra) da(r)te unas nuevas. Tenemos unas nuevas muy buenas."

Dice: "¿Nuevas, cómo? ¿De qué?"

Dice: "No, que tú sabe(s) por lo menos que tú conmigo o yo contigo no nos gustamos. *Perro conmigo no se gusta. Gato no se gusta con Ratón. Gallina no se gusta con Cucaracha.* Y ahora tenemos que . . . hacer la paz, todo(s)."

Dice: "Ah, ¿y eso por qué? "

Dice: "No, porque es que aquí hay . . ."

Y llegó Zorra entonces y se sacó un papel del seno.

Dice: "Mira que aquí está esto firmado/Ve(s) que aquí dice:

Zorra no se meterá más con Gallo. Perro no se meterá con Zorra.
Gato no se meterá con Ratón. Gallina no se meterá con Cucaracha.

Y aquí está, esto está firmado. Esto está firmado por el Presidente. Esto es un decreto."

El Gallo: "Zorra . . ."

Dice: "Pues ¿no está viendo, pues? Firmado por el Presidente, ahí. Es un decreto." A esto que ellos, que Zorra le está diciendo esto a Gallo y . . .

Vamos que hay un señor que tiene una cosecha. Y viene para el monte, y trae un perro. Zorra que está alegando con Gallo, diciéndole eso allá a Gallo, y viene Perro y le coge el rastro a Zorra. Le coge el rastro, le coge el rastro, le coge el rastro y de pronto se repecha con ella allí en las raíces de . . . del árbol ese diciéndole eso a Gallo.

Y le arma firme . . . .Y dice Zorra: "Y es que me va a c . . ."

Y coje esa montaña y le cae Perro . . . le cae Perro atrás a Zorra pan pan pan pan pan pan pan pan pan pan pan pan. Y el dueño atrás:

"¡Uaa perro!"

Y Zorra a(de)lante y Perro atrás, y pan pan pan pan. Gallo queda todavía arriba. No se atreve a bajarse. Y coge esa montaña Zorra a(de)lante y Perro atrás pan pan pan pan y el dueño gritando:

"¡Uii perro!"

A poco dio . . . Zorra vuelta allá en la montaña y regresó pa(ra) (a)trás y pasa por abajo del palo donde está Gallo todavía. Cuando Zorra pasa por debajo del palo donde está Gallo . . . que ve Gallo que Perro va es casi a cogerla. Entonces decía Gallo allá arriba de . . . del palo, le decía Gallo a Zorra:

"Pero léele el decreto . . ."

Y el perro atrás pan pan pan pan pan pan pan pan y el dueño gritando al perro y Gallo:

"Pero léele el decreto . . ."

¿Que le lea el decreto? ¿Y cuándo se paraba Zorra a leerle el decreto a Perro y que seguía para(d)o?

Bueno al fin Zorra se le pe(r)dió . . . a Perro. Gallo luego se bajó fue buscando su casa y se fue pa(ra) la casa. Pero queda Zorra resentida de Gallo. Dice:

"Ese gallo me lo como yo. Es que mmm . . . espéreme que ve que me lo como. Pasado mañana en la noche me voy a ir a la casa. Allá sí me lo como po(r)que allí sí baja obscuro."

Ahora sí fue. A la siguiente noche se metió Zorra a . . . a la casa a donde . . . a donde dormía Gallo, a la barbacoa. Se metió obscuro y se fue ahí. Allá Sí Gallo se tiraba a oscuro todavía.

Llega Gallo pan se tiró y desde que se tiró llega Zorra pau lo cogió, el Gallo:

"¿Qué qué?

Dice Zorra: "¡Epa! No seas pendejo, aquí es que me las vas a pagar."

Entonces dice Gallo: "Oye Zorra. ¿Tú me vas a come(r) a mí? Hombre que gran cosa vas a hacer tú con comerme a mí. Mira, esa barbacoa que está ahí. Todas esas gallinas que están ahí son mujeres mías. Tengo más de cincuenta mujeres ahí. Ay, y a donde hay cincuenta mujeres pa(ra) un solo hombre . . . ¿qué te imaginas tú como puedo estar yo de gordo? Yo estoy tan flaco, ¿y tú que me vas a come(r) a mí? Mira tanta mujer go(r)da que tengo yo ahí. Tengo ahí una que llaman Escarmiento que esa . . . esa se resurge la manteca mira ahí. Si quieres suelta y yo monto ahora y te la tiro."

Zorra (dice) "Gallo . . ."

Dice él: "Como te lo estoy diciendo. Si me sueltas yo te tiro a Escarmiento que te (des)quites con la manteca/Esa sí está gorda."

Dice: "Bueno, te voy a soltar para que me la tires, pues."

Ahí llegó Zorra y soltó a Gallo. Llegó Gallo ra y voló a la barbacoa. Y no le tiró ninguna na(da), vamos. Y queda Zorra acá abajo esperando. Espera, espera y cuando . . . a esto que ya Zorra ve que Gallo no le tira na(da), entonces empieza Zorra a llamar a . . . a E(s)carmiento, a la gallina.

Decía Zorra: "Oh, E(s)carmiento, E(s)carmiento."

Dice Gallo: "E(s)carmiento, jum, e(s)carmiento me queda a mí de no tirarame más a oscuras."

Notas

"La querella de Zorra con Gallo". En este caso Gallo es el embaucador, en vez de Conejo. 62, *Peace among the Animals—the Fox and the Cock.* [Los perros no han oído de la nueva ley]. + 122DS, *"Let Me Catch You Better Game."*

1. Las raíces de muchos árboles tropicales sobresalen por fuera del suelo.

19

El matrimonio de Machín con Rana

Narrado por Manuel Jerónimo Pérez Petro

EL CARITO, 21 DE MARZO DE 1965
http://purl.dlib.indiana.edu/iudl/media/k12831dn70

BUENO, MACHÍN SE enamoró de Rana . . . y llegaron a . . . a casarse. Entonces empezó a regar las invitaciones pero dijo que habían tres tipos de que él no los invitaba . . . porque no les convenía en el matrimonio. Pero a Rana le sobraba el gusto de invitarl(os). Pero Machín no quiso, . . . que eran Conejo, Cacó, y Grillo. Empezó a repartir todas las invitaciones pero menos a esas tres personas.

La noche de la velada . . . Sapo . . . era músico . . . Toche y Loro . . . . Sapo era tambolero . . . Conejo . . . estaba distante . . . pero cuando ya iba para la casa a dormir . . . oyó el tambo(r) . . . y conoció en el golpe del tambo(r) que el tambolero era Sapo . . . Conejo paró las orejas y se puso a oír para donde era . . . pero no sabía dónde era el tambor . . . Después se acordó, de pronto se acordó que era . . . esa noche la velada de Machín.

Y dice: "¡Caramba! si yo encontrara un compañero me iba ahora mismo . . . pero ahora voy a donde mi compa(dr)e Cacó . . . a ver si me acompaña."

Salió y llegó y le tocó la puerta a Cacó. "¡Compa(dr)e Cacó! ¡Compa(dr)e Cacó!"

"¡Seño(r)?"

Dice: "¿Compa(dre), está despierto?"

Y dice: "Sí seño(r) compa(dre) /Si yo *no he podido dormir con ese tambo(r) y si yo hubiera sabido donde era ya me hubiera ido.*"

Y dice: "¡No, homb(r)e! Si es que esta noche es la velada de . . . Machín . . . .¡Vamos!"

Dice: "Bueno, vamos."

Se alevantó Cacó y se alistó. Salieron. Dice: "Vamos a arrimar donde compa(dr)e Grillo . . . a ver si compa(dr)e Grillo . . . quiere ir también." Llegaron donde Grillo y lo llamaron.

"¡Compa(dr)e Grillo! ¡Compa(dr)e Grillo!"

"¿Seño(r)?"

"¿Compa(dre), está despierto?/"

Y dice: "Como no compa(dr)e yo *no he podido dormir con ese tambo(r) . . . que no sé dónde será. Si yo supiera donde es yo me hubiera ido.*"

"No, si es que esta noche es la velada de Machín. Nosotros vamos para allá. ¡Vamos!"

Dice: "Bueno, ya está, pues vamos."

Salieron los tres, los que Machín no quiso invitar. Tenían que pasar por delante donde vivía Morrocoy. Morrocoy tenía un estanquillo. Dice:

"Bueno compa(dre), vamos a comprarnos un trago."

Dice: "Vamos."

Llamaron a Morrocoy.

"¡Homb(r)e!, despáchenos unas botellas de ron ahí." Compraron doce botellas de ron, cuatro botellas cada uno, y se fueron.

Pero ya que ahí nada más que estaba Sapo y Loro y Toche, que eran los músicos/Pero apenas estaba tocando el tambor era Sapo . . . cuando llegó Conejo, Grillo y Cacó. Sapo estaba tocando el tambor y cogía el tambo(r) y golpeaba el tambo(r):

prum,
prum,
prum prum prum prum,
prum prum prum prum prum prum prum prum
prum prum
y ancho de pecho angosto de nalga
y ancho de pecho angosto de nalga
y ancho de pecho angosto de nalga
y ancho de pecho angosto de nalga.

Esa era la bozá (estilo) de Sapo.

Llegó Conejo y dice: "¡Homb(r)e!, compa(dr)e Sapo, y usted es el que está aquí."

"Sí seño(r), yo soy."

"¿Y no tiene un trago por ahí?"

"No compa(dre), que va. Aquí no hay nada."

Toche y Loro, que eran de los músicos, estaban dormidos . . . porque no tenían trago.

Llegó Conejo y dice: "No, aquí está un trago, tómese un trago."

Sapo, que no se había tomado ni uno, abrió la boquita y se tomó un trago. Bueno, y entonces despertó Toche.

Dice Conejo: "Bueno, tómese un trago."

Empezaron a tomar trago, ellos.

Dice: "Bueno compa(dr)e Sapo, vuelva y . . . golpee el tambo(r)." Vuelve y coge Sapo el tambo(r):

prum prum prum prum prum prum
y ancho de pecho angosto de nalga
y ancho de pecho angosto de nalga
y ancho de pecho angosto de nalga
y ancho de pecho angosto de nalga.

Dice Conejo: "Vamos a tomarnos el trago."

¡Pan! Y se tomaron el trago. Cacó bailando con Guartinaja[1] y Grillo con Mariposa. Bueno, se tomaron el trago y dice entonces Conejo:

"¿Bueno, compa(dr)e Toche, y usted no es de los músicos? ¿Usted no es pitero?"

Dice: "Sí señor."

"¿Y si entonces, pues, por qué no toca?"

Dice: "Bueno, vamos a tocar."

Ya Toche estaba caliente del trago y lo mismo . . . Sapo y Loro. Ya a Loro se le veían los ojos claritos . . . ya casi borracho.

Bueno, entonces cogió Toche, dice: "Bueno compa(dre) Sapo, golpee el tambo(r) y yo le sigo."

Vuelve y coge el Sapo el tambo(r):

plum plum plum plum plum, plum,
plum plum plum, plum,

prulum prulum prulum prulum
prulum prlrlrlrlm pum pum pum pum pum,
y ancho de pecho angosto de nalga
y ancho de pecho angosto de nalga
y ancho de pecho angosto de nalga/

Y entonces cogió Toche el pito[2] y coge Toche el pito:

tuiii
tui tui tui tui tui
to tui to tui to tui to, tui tui to,
tui tui to, tuiii tui tui tui to tui to, tui tui to,
e tue to ti tui to e tue to tui/

Y Sapo:

y angosto de pecho angosto de pech(o),
ancho de pecho angosto de nalga
y ancho de pech(o), angosto de nalga
y ancho de pech(o)/

Y, y, y Toche:

tui to,
e tui to,
e tui to tue tui to,
e tui to tue tui to.

"Vamos a tomarnos el trago/?"
¡Pan! pararon la pieza.

Vamos que el padre estaba dormido, el que iba a casar a Machín con Rana en la mañana, que era la zorra Coco . . . y monacillo era Ardito. Estaban dormidos.

Bueno, se tomaron el trago, . . . Grillo bailando con Mariposa y Cacó con Guartinaja . . . .

Entonces ya Loro con los ojos claritos ya escupía unos salivones ya casi borracho. Entonces dice Conejo, dice: "Bueno compa(dre) Loro, ahora falta usted, tiene que tocar usted también."

Dice: "Como no."

Dice: "Pero bueno ahora que usted va a toca(r), ahora que va toca(r) usted yo cojo el tambo(r) porque yo también sé toca(r) el tambo(r)."

Cogió entonces Conejo el tambo(r) y Loro cogió el pito/Pero vamos que el pito de Loro era cumbia, que es atraveza(da)[3] . . .

Cogió Conejo el tambo(r) y dice: "¡Bueno!" Coge Conejo el tambo(r):

pn, pn, pn pn pn pn pn pn pn pn,
pl-l-lm pl-l-lm pl-l-lm ptm pl-m, plm plm, plm, plm,
pl-l-lm plm pam pm tan tin tan tin tan tin tan tin tan tin tan tin tan tin tan tin tan
si te vas te veo
si te vas te veo
si te vas te veo
si te vas te veo
si te vas te veo
con la punta te punteo
si te vas te veo
con la punta te punteo
si te vas te veo
con la punta te punteo
con la punta te punteo.

Cogió Loro entonces la cumbia atravesa(da). Y cogió Loro:

tree tre te te te te te te te
te te te te te te te te te te
te te te te te te te te
te te te te te te te te te
te te te te te

Y conejo:

si te vas te veo
si te vas te veo
si te vas te veo
si te vas te veo
si te vas te veo
con la punta te punteo
si te vas te veo

con la punta te punteo
si te vas te veo
con la punta te punteo
si te vas te veo/

¡<u>Pan</u>! pararon la pieza.

"Bueno, vamos a tomarnos el trago."

"Vamos."

"Vamos."

Se tomaron el trago. Dice Conejo: "Bueno . . . compa(dr)e Toche, vuelve y vengamos a que coja usted el pito. El compadre Loro lo veo ya como que está borrachón."

Cogió Conejo el tambo(r) otra vez . . . y cogió Toche el pito. Grillo bailando. Pero Grillo iba bailando y él mismo era el de los guaches.[4]

Y cogió Conejo el tambo(r) otra vez:

prum plum plum plum plum
plum prum prum prum prum prum prum,
y tan tin tan tin tan tin tan, plum plum prum plum plum
si te vas te veo
si te vas te veo
si te vas te veo
si te vas te veo
con la punta te punteo
si te vas te veo
con la punta te punteo
si te vas te veo
con la punta te punteo/

Y coge el Toche otra vez:

tuiii ti tui, tui tui tui, tue tui tue tui tue to
tue tui to tue tui to, tue tui to tue tui to
e tui to cu tui to,
e tui to tu tui to,
e tue tue tui tui to,
e tue tu tue e tui to,
e tui to.

Y Grillo iba bailando y él mismo sonaba los guaches:

chsh, chsh,
chsh chsh chsh chsh chsh
cht-cht cht-cht cht-cht cht-cht cht chsh chsh,
chu-chi chu-chi chu-chi chu-chi cht-chi cht-chi chu-chi chu-chi.

A esto despertó el cura y se oye. Machín, cuando oyó esa gente en la velada, que fue la que él no quiso invitar dijo: "Ya este matrimonio mío se perdió."

Despierta el padre y oye, que era la zorra Coco, era el padre. Y llama la zorra Coco el padre a monacillo, que era Ardito, y dice: "¡Mi monacillo!"

"¿Qué fue Padre?"

Dice: "Bueno, alevántese que nosotros nos vamos inmediatamente."

Y dice: "¿Ajá, y por qué Padre?"

Dice: "No, no, no, que se alevante le dije, que nos vamos."

Así pues que se alevantó la gente, se fue el padre con el monacillo y el matrimonio de Machín se fracasó.

NOTAS

"El matrimonio de Machín con Rana". EL narrador de este cuento es un virtuoso en la imitación de los sonidos de instrumentos musicales. La versión impresa del cuento se queda corto ante la habilidad en el uso de ritmo y tono. No se encontraron tipos de cuento o motivos similares.

1. La guartinaja es un miembro de la familia de los castores.

2. El término "pito" se refiere a cualquier instrumento de viento y a su intérprete se le conoce como "pitero". Alguna música tradicional bailable de la región se interpreta o bien con una pareja de instrumentos de viento, las gaitas, que son flautas verticales de ducto, o la caña de millo, que es una especie de clarinete horizontal. Ambos instrumentos se usan para acompañar ritmos relacionados con la cumbia y otras danzas folklóricas de la región.

3. Al usar el término "atravesada", el narrador se refiere a la caña de millo, o "pito atravesao". Para mayor información ver "Instrumentos y conjuntos musicales", en George List, *Música y Poesía en un Pueblo Colombiano: Una Herencia Tri-Cultural*", 1994, Patronato de Artes y Ciencias (Bogotá, Colombia).

4. "Guaches" se refiere a una sonaja tubular de caña o latón, rellena con semillas o guijarros. También se le conoce en la región como "guacho".

20

Las orejas de Tío Conejo

Narrado por Manuel Jerónimo Pérez Petro

EL CARITO, 21 DE MARZO DE 1965
http://purl.dlib.indiana.edu/iudl/media/k02c28bm85

BUENO PUES, ÉSTE (f)ue que Conejo (f)ue donde Dios y le dijo, dice: "Bueno; mi Seño(r).

"¿Qué dices, Conejo?"

Dice: "Me parece . . . que un hombre como yo, de tanto genio, de tanta sangre, me parece que soy muy chico de cue(r)po para el genio que tengo. Así pues que yo quisiera de que usted me diera otro poquito má(s) . . . cuerpo."

Dice: "Bueno, Conejo, sí se te puede pero . . . tendrás que trabajar mucho."

Dice: "No no, eso no es nada. Si usted sabe que yo soy capa(z) para lo que se ofrezca. ¿Qué se necesita?"

Dice: "Bueno, principalmente necesita(s) . . . de traerme tu . . . a Tía Culebra . . . a Tía Avispa . . . la pluma de Tío Golero . . . la uña de Tío Elefante . . . la(s) lágrima(s) de Tía Tigra y el colmillo de Tío Caimán."

Dice: "Ah no si eso, eso es lo de menos. Uuu . . . usted sabe que para mi no hay nada imposible."

"Ah bueno entonces . . . trayéndome eso como no."

Bueno pue(s) entonce(s) alevanta Conejo a la medio y cómo podía él hacerse a todo eso. Pensó y cogió un día un frasquito. Se encuentra con Tía Avispa. Dice:

"Ah, Tía Avispa."

Dice: "¿Qué, Conejo?"

Dice: "Mire, a que usted no se mete aquí entre este frasquito así como yo meto el de(d)o, mire mire mire, mire mire . . ."

Y metió el dedo en el frasco. Dice Avispa:

"<u>U</u>so, Conejo. Si estuviera sucio (d)e miel más ligero. Tú eres loco, ¿que no me meto yo en ese frasco, hombre?"

Llegó la avispa y se metió (d)entro el frasco y llegó Conejo chas y le tapó la boca. Ya está Tía Avispa cogi(d)a. Dice: "Bueno, ya va una."

Sale se encuentra con Culebra. Él tenía un calabacito . . . de totum(o). Dice:

"Ah, Tía Culebra."

Dice: "¿Qué, Conejo?"

Dice: "Deseando estaba encontrarme con usted."

Dice: "Ah, ¿y eso para qué?"

Dice: "No, mire. Que si apuesto a que usted entre este calabacito no se mete así como meto yo el de(d)o, mire mire . . ."

Metió el dedo entre el calabacito. Claro que calabazo, la serpiente/

"<u>U</u>so Conejo."

Dice: "Ojalá si hubiera una rana a(d)entro."

Dice: "Bueno de pronto e(s)tá porque el calabazo andaba por el suelo."

Y llegó Culebra <u>uuu</u> se metió dentro del calabazo y dio vuelta a(d)entro cuando quiso voltear la cabeza pa(ra) (a)fuera ya estaba tapa(da).

Ya lleva dos: Tía Avispa y Tía Culebra. Dice:

"Cómo será pa(ra) coger a . . . la pluma de Tío Golero?"

Entonces llegó y se fue a un . . . a un repelón donde se bañaban . . . los duros[1] ahí. Y se acostó y se estiró estira(d)ito y parecía (que) estaba muerto.

Al poco viene Tío Golero volando uuu <u>chas</u> le cayó. Salió Golero cazándole no po(r)que (es)tá ahí. En eso un chiné que había visto que Conejo se había acosta(d)o ahí era por la ma(l)da(d), decía el chiné: "Vivo está."

Volaba Golero pa(ra) (a)trás dice: "Embuste, embustero, que muerto está."

Volvió Golero y siguió encimándolo. Vie(ne) el chiné: "Vivo está."

"Embuste, embustero, que muerto está." Volaba pa(ra) (a)trás.

Hasta que en una de esas se le acercó y ahí llegó Conejo pao lo cogió por la pata. Y lo levanta Golero a patalear y a darle pico a Conejo. Dice . . . dice Conejo:

"¡Como me piques te mato!"

Viene ra y le arrancó una pluma, dice: "Ya vete yo lo que quería era . . . era una pluma."

Se fue Golero. Y ya lleva tres. Le falta todavía la uña de Tío Elefante, las lágrima(s) de Tía Tigre, el colmillo de Tío Caimán.

Empieza entonces a pensar como sería pa(ra) coge(r)le las lágrimas a Tía Tigra. Vamos a que él sabe que . . . que el Tigre . . . estaba en un baile, una fiesta. Sale pa(ra) allá pa(ra) donde Tía Tigre.

"Buenos días, Tía Tigra."

"Buenos días, Conejo."

Dice: "Tía y . . . ¿y todavía no ha venido la hamaca?"[2]

Dice: "¿Cuáles hamacas, Conejo?"

Dice: "Ah, (e)s que usted no sabe na(da)."

Dice: "No, Conejo, ¿de qué?"

Dice: "Ah que . . . yo creía que usted lo sabía. ¿Usted no sabe que a Tío Tigre lo mataron anoche en la fiesta?"

"¡Conejo!"

"Sí, sí Tía, lo mataron. Yo creía que usted lo sabía."

Y ya levanta Tigra a llorar: "Ay Conejo, que no me digas eso. Que mira Conejo a que . . ."

"No, Tía, verda(d), positivo, que lo mataron. Yo creía que usted lo sabía."

"No, hombre, Conejo, yo no sabía na(da)."

Y ya levanta Tía a llorar, "Conejo." Entonces corre Conejo y coge un frasquito y se le fue pa pa pa pa y le aparó la(s) lágrima(s).

Cuando ya le aparó las lágrimas, dice Conejo, dice: "Bueno, Tía, Tío Tigre yo no sé si le habrá pasa(d)o nada. Yo era pa(ra) cogerle la(s) lágrimas."

Dice: "¿Cómo? ¿Qué tú me dices?"

Y así mismo le cae Tigra a Conejo . . . atrá(s) . . . a coge(r)lo. Corre aquí, corre ahí, corre aquí, pero cuando lo cogió, al fin, Conejo se le fue.

Todavía le faltan dos: la uña de Tío Elefante, y el colmillo de Tío Caimán.

Tío Elefante tenía su camino po(r) donde pasaba. Vino Conejo y se buscó un hacha y se fue a un palo de esos que hay en la montaña, de esos durísimos, po(l)villo (l)e dicen. Cuando pensó que ya Elefante venía cerca cogió por el hacha y comenzó a darle a ese . . . a ese palo ahí chec chec chec con el gavilán del hacha/ Cuando pensó que ya . . . Elefante venía cerquita cogió pan y botó el hacha.

Llegó Elefante, dice: "Buenos días, Conejo."

"Buenos días, Tío Elefante."

"¿Y tú qué haces ahí?"

Dice: "Na(da), yo no hago na(da) aquí, mira."

"Que va, no hace na(da), mire v(e)a y (us)te(d) como . . . como agarro el palo ese con la uña."

"Que apuesto que usted no le agarra así como le agarro yo."

"Ah, hombre, Conejo."

Dice: "Bue(no) y no (es)tá(s) viendo tú . . . que como está desgarra(d)o lo he (d)esgarra(d)o yo con las uñas. A que usted no lo (d)esgarra así."

"Hombre Conejo vamos a ver, (es)tá para ve(r)/"

Y alevanta Elefante ra ra ra ra ra ra ra ta se le partió la uña. Dice: "Hombre, Conejo, que se me ha partido la uña. Se me ha partido la uña."

Dice: "Hombre, Tío Elefante. Hombre pero regáleme esa uña, Tío, pa(ra) yo llevármela."

"Hombre, cógela."

Ya na(da) más que le va faltando el colmillo de Tío Caimán que es lo mas trabajoso. Entonces empieza a pensa(r):

"¿Cómo será . . . pa(ra) yo coge(r) a Caimán? Pensaba y pensaba y pensaba y no le salían los pensamientos (de) como lo podía coge(r). Hasta que dice:

"Aquí no hay sino que yo tengo que hacer una fiesta. Una fiesta de tambo(r) . . . y de baile canta(d)o . . . cantadoras y to(do) eso."

Entonces se buscó a Tía Garza, cantadora. Buscó a Morrocoyo que es tambolero. Buscó a Machín. Bueno . . . ahí la fiesta y la fiesta y alevantó así a la gente. Y alevanta de to(do) animalito ahí. To(do) animalito iba saliendo menos Caimán. Caimán sin (a)parecer que era el que Conejo quería.

Nada, no aparecía. Entonces adelanta y coge el bombo:[3] "Ven ven, Tío Caimán. Ven ven, Tío Caimán. A ven ven, Tío Caimán."[4]

A poco ahí viene Tío Caimán, pero bien vesti(d)o. Que llega dice Conejo:

"¡Hombre, Tío Caimán, hombre! ¿Y usted que hacía, hombre? Un hombre como usted que hace tanta fa(l)ta en una fiesta de e(s)ta/Hombre, yo desde ha(ce) rato lo estoy esperando pa(ra) que usted me reguarde esta fiesta/Porque usted es un hombre que lo respetan."

"No, hombre, yo estaba atrasado, Conejo."

Dice: "Bueno, búsquenmele chicha[5] a Tío Caimán."

Y le traen una bangaña de chicha a Caimán. Va Caimán y se mete la cabeza (d)entro (d)e la bangaña a bebe(r) la chicha. Cuando está bebiendo la chicha se le (vie)ne ahí Conejo con una mano (d)e pilón pan en la cabeza y así mi(s)mo levanta Caimán prin pan prin pan prin pan dice:

"¡Hombre como me dieron en la cabeza me habían da(d)o en el macho (d)e la cola[6] me habían mata(do)!" Ya pachán se tiró al caño. Y alevanta Conejo entonces a guapea(r) po(r) to(da) la orilla:

"¿Hombre que quién fue el que le pegó a Tío Caimán? Ay, ojalá y yo supiera quién fue el que le pegó a Tío Caimán pa(ra) que se entendiera con un hombre. ¿Creen que yo no hago fiestas pa(ra) que vengan a pelea(r)? A mi se me respeta/Yo chiquito pero yo soy mucho hombre, (es)ta."

Se sorregó Conejo.

Caimán se (f)ue, repo . . . reposó el go(l)pe por allá. "Voy por donde cogió Conejo."

"Ven ven, Tío Caimán. Ven ven, Tío Caimán. Ven ven, Tío Caimán."

A poco ahí viene Caimán otra ve(z). Él que llega y dice Conejo:

"Hombre, Tío Caimán, ¿y quién fue el que le pegó a usted?"

Y dice: "No hombre, que va, yo no sé. Cuando sentí fue el golpe yo no he visto quien me pegó."

Dice: "Bueno, ah, ojalá y yo hubiera sabido . . . o supiera quien fue que le pegó a usted. Salte pa(ra) que le vuelvan a pegar. Tráiganmele chicha a Tío Caimán otra vez."

Vuelve y le traen la totuma de chicha. Y vuelve y se la deja así Conejo con la mano (d)e pilón en todo el macho de la cola. (Es)tá pru quietecito. Así mismo es. Ta le dio en el colmillo, se lo partió.

Dice: "Bueno, ya yo estoy listo, ya tengo todo lo que e(s), lo que mi Señor me encargó."

Pero a esto entonces, Conejo es tambolero. A tocar tambó. Morrocoy y Machín, y Garza es cantadora. Pero vamos que Machín con Morrocoy no se gustaban.

Cogió Machín primero el tambor. Y Machín:

prulum prum prum prum prum,
prulum prulum prulum prum prum
prulum prum chicun chicun cun cun cun cun cun
pecho junto y mano pintá
y pecho junto y mano pintá
y pecho junto y mano pintá
mano pintá, y mano pintá
mano pintá, y mano pintá
mano pintá
pecho junto y mano pintá
prum prum prulum
pecho junto y mano pintá
pecho junto y mano pintá
pecho junto y mano pintá.

Corre Morrocoy y le quita e tambor a Machín. "Venga acá el tambor, hombre, que yo también se tocar tambor". Y le arrebató el tambor a Machín de las manos.

Y coge entonces Morrocoy el tambor:

eprum prum prum prum prum prum prum,
prum prum prum prum,
prum prum prum prum,
prum pram prum
eh barriga verde, estinzá estinzá
eh barriga verde, estinzá estinzá
eh barriga verde, estinzá estinzá
eh Martín gozando y frente pelá
eh Martín gozando y frente pelá
eh Martín gozando y frente pelá
eh Martín gozando y frente pelá
eh Martín gozando y frente pelá.

Garza, que era cantaora, comienza Garza a cantar:

"Amalaya un charco jondo
Para irme hasta donde tú y yo
Para que me pases una hachera
Por la cuerda de mi gavillo."

Y Machín:

y pecho junto y mano pintá
y pecho junto y mano pintá
y pecho junto y mano pintá
y mano pintá, y mano pintá.

A esto se forma la pelea. Pelea pelea pelea. Y se caminan Machín con Morrocoy . . . Ahí llegó Machín, y Morrocoy le tiró una trompada a Machín y lo cogió así desde la misma nariz, así para arriba y le peló todo lo que se dice la mitad de la cabeza.

Y entonces cogió Machín y le alevantó la pata al Morrocoy, lo cogió del pecho y puum, le hundió el pecho para adentro.

Así es que por eso Machín tiene la frente pelada y Morrocoy tiene el pecho hondo. Fue por la pelea.

Ya Conejo tiene todos sus ingredientes que el Señor le encargó. Dice: "Ah no, mejor me voy a ver cómo se compone." Coge Conejo y va a donde el Señor.

Dice: "Bueno, mi Señor, aquí está lo que usted me encargó."

Dice: "¿Ah sí? ¿Todo está aquí?"

"Todo."

Cogió el Señor entonces eso lo cogió todo eso y lo echó en una sola pa(r)te. Entonces cogió . . . y bañó a Conejo con agua de todo eso lo que llevó. Y entonces cogió . . . y le pisó los pies a Conejo y le cogió las orejas y se las (a)garró, se las haló pa (ra)(a) rriba así. Dice:

"Bueno, aguántate en la sombra."

Viene Conejo y se paraba en la sombra y lo que le crecieron fueron . . . más fueron las orejas. Dice: "Hombre, me parece que todavía estoy muy chico."

Dice: "Vente y ve, pues."

Vino cogió y lo atesó pa(ra) (a)rriba. Le crecieron las orejas más todavía. Dice:

"Vuelve y aguántate, en la sombra." Hacía morisquetas en la sombra y v(e)ía la sombra grandísima. Pero era de las orejas. Dice:

"Bueno, ahora sí soy un hombre."

NOTAS

"Las orejas de Tío Conejo". Este cuento es un variante de No. 11, pero es narrado con mayor destreza. A2325.1, Por qué conejo tiene orejas largas. [Cf. # 11, más arriba.]

1. Esta referencia no es clara.

2. *Nota de los editores:* Es aun costumbre en zonas rurales de la Costa Caribe colombiana el cargar a los enfermos y a los muertos en hamaca, en zonas donde no hay vehículos o carreteras.

3. El bombo es un tambor de dos parches tocado con baquetas.

4. El vocablo "ven" usado para imitar el sonido del bombo también quiere decir "come", en inglés, y así ha sido traducido en la versión inglesa.

5. Chicha es una bebida fermentada hecha de yuca, por lo general.

Nota de los editores: Mientras que la forma de chicha más común en América Latina es hecha de maíz, en la región Caribe la chicha puede ser hecha con otros ingredientes.

6. Existe la creencia local de que la fuerza vital en los animales grandes reside en un lugar específico de la columna vertebral. Esto se basa en el hecho de que el animal puede ser paralizado al atacar la primera vértebra de su rabo.

21

$\mathscr{S}$

Cuando el sol le bautizó
el hijo al murciélago

Narrado por Manuel Jerónimo Pérez Petro

EL CARITO, 21 DE MARZO DE 1965
http://purl.dlib.indiana.edu/iudl/media/h63s85bh67

BUENO, RESULTA DE que . . . Murciélago buscó a Sol . . . para que le bautizara un hijo. El sol se lo bautizó. Pero entonce(s) que ya . . . Sol le bautizó a Mu(r)ciélago . . . ya, quedan siendo compadre(s).[1]

Vamos a que se le enfe(r)ma el (a)hijado de Sol. Y le cae grave. Grave y grave y grave y (va) a (d)onde el médico, nada. Y (va) a (d)onde el otro médico, nada. Pue(s) por el gu(s)to, se quitó Murciélago de buscar a un médico y no pudo. Total, se le murió el hijo.

Ya viendo al . . . hijo mue(r)to, son por ahí . . . las tres y media o cuatro de la ta(r)de. Alevanta Murciélago entonce(s) *corre pa(ra) (a)llá, corre pa(ra) (a)cá, corre pa(ra) (a)llá, corre pa(ra) (a)cá* entonce(s) mandando a hace(r) la caja pa(ra) . . . pa(ra) el hijo.

Y viendo que el sol e(s) . . . padrino del hijo que se le había muerto va rápido pa(ra) (a)llá. Llega a (d)onde el sol, dice:

"Compadre."

Dice el sol: "Compadre."

Dice: "Compadre, necesito un favor de uste(d)."

Dice el sol: "¿De qué cosa, compadre?"

Y el sol pa(ra) (ade)lante. Hablando con él pero pa(ra) (ade)lante. Dice:

"Bueno, compadre, el favor que necesito yo de uste(d) es que uste(d) sabe que el que se murió fue el (a)hijado suyo."

Dice: "Sí señor, el (a)hijado mío e(s)."

Y el sol pa(ra) (ade)lante.

"Pero ¿cuál es el favo(r)?"

"Bueno el favor que necesito de uste(d) es que uste(d) . . . se aguante, compadre, un momento pa(ra) ve(r) si yo mando ha hace(r) . . . el cajoncito de día, que no sea de noche."

Dice: "Bueno, compadre, mucho lo siento. Él es mi (a)hijado y uste(d) es mi compadre pero eso no lo va a conseguir conmigo. Yo no puedo. Po(r) mucho que quisiera no puedo."

"Mire, compa(dre), que tarde . . . ve . . . porque no se aguanta . . . mire que es su ahijado yo soy su compadre yo no quiero que ese trabajo me lo hagan de noche sino de día para que me lo . . . me lo hagan bien hecho."

Dice: "Compadre, no puedo."

Y pa(ra) (ade)lante el sol. Pa(ra) a(de)lante el sol. Y va y eso era por el gusto él lucha pa(ra) (a)llá, lucha pa(ra) (a)cá con el sol.

"¡Compadre, no puedo! Mire, yo quisiera pero no puedo. Uste(d) sabe que yo no me gobie(r)no. A mí me gobie(r)nan, yo no me gobie(r)no. Así pue(s) que yo no puedo."

Bueno y el murciélago se chocó entonces. Dice:

"Bueno, compadre, ya que uste(d) no me hace . . . el favor que le pido lo que le voy a decir e(s) esto: que mientra(s) uste(d) sea Sol Solano y yo Murciélago José, ni uste(d) me verá mi cara ni yo se la veré a uste(d)/"

Por eso el murciélago vuela con la cabeza pa(ra) abajo y no se gusta con el sol.

Notas

Cuando el sol le bautizó el hijo al murciélago". Este es el tipo de cuento que explica un fenómeno natural. Podría ser un chiste, pero no es chistoso. A2491.1 Por qué murciélago vuela de noche. (Ver A2275.5.3).

1. Un "compadre" es un padrino. Esa persona y el hombre de cuyo hijo es padrino están en relación de "compadrazgo". Es tradicional que el padrino ayude a su compadre o su familia cuando se encuentran en dificultades.

GEORGE LIST (1911–2008) served as Director of the Archives of Traditional Music at Indiana University in Bloomington from 1954 until his retirement in 1976. A composer, musician, scholar, writer, archivist, and teacher, List is credited with helping to develop the Ethnomusicology Program at Indiana University and establishing the Archives of Traditional Music as a major holding of recorded sound. Among his many important research projects was the work he did in Colombia, studying traditional music in peasant communities in Atlantic coastal Colombia. Among his many published works is *Music and Poetry in a Colombian Village: A Tri-cultural Heritage* (Indiana University Press, 1983).

JOHN HOLMES MCDOWELL is Professor of Folklore and Ethnomusicology at Indiana University. He is author of *¡Corrido! The Living Ballad of Mexico's Western Coast* and *Poetry and Violence: The Ballad Tradition of Mexico's Costa Chica*, and coauthor of *Inga Rimangapa Samuichi: Speaking the Quechua of Colombia*. He is editor of *Special Publications of the Folklore Institute*, and also of the *Journal of Folklore Research Reviews*.

JUAN SEBASTIÁN ROJAS E. is a PhD candidate in the Department of Folklore and Ethnomusicology at Indiana University. He has conducted research on Afro-Colombian musical traditions, music and conflict transformation, the institutionalization of traditions, the culture industries, and musical archivistics. Currently he is conducting research on local musics and peace-building in northern Colombia.

HASAN M. EL-SHAMY is Professor Emeritus of the Department of Folklore and Ethnomusicology at Indiana University. His is author of *Types of the Folktale in the Arab World: A Demographically Oriented Tale-Type Index* (Indiana University Press), *Motif Index of "The Thousand and One Nights"* (Indiana University Press), *Religion among the Folk in Egypt*, and *Motific Constituents of Arab-Islamic Folk Traditions: A Cognitive Systemic Approach*.

GEORGE LIST (1911–2008) fue Director de los Archivos de Música Tradicional de la Universidad de Indiana en Bloomington desde 1954 hasta su retiro en 1976. Compositor, músico, académico, escritor, archivista y profesor, a List se le acredita con contribuir al desarrollo del Programa de Etnomusicología de la Universidad de Indiana, así como el haber consolidado los Archivos de Música Tradicional como un fondo de sonido grabado de importancia mayúscula. Entre sus muchos proyectos de investigación, estaba el trabajo que hizo en Colombia, estudiando músicas tradicionales en comunidades rurales de la costa Atlántica colombiana. Entre sus numerosas obras publicadas está *Music and Poetry in a Colombian Village: A Tri-cultural Heritage* (Indiana University Press, 1983).

JOHN HOLMES McDOWELL es Profesor de Folklore y Etnomusicología en la Universidad de Indiana. Es el autor de *¡Corrido! The Living Ballad of Mexico's Western Coast* y *Poetry and Violence: The Ballad Tradition of Mexico's Costa Chica*, y es co-autor de *Inga Rimangapa Samuichi: Speaking the Quechua of Colombia*. Es Editor de *Special Publications of the Folklore Institute*, y también de la revista *Journal of Folklore Research Reviews*.

JUAN SEBASTIÁN ROJAS E. es Candidato Doctoral en el Departamento de Folklore y Etnomusicología de la Universidad de Indiana. Ha realizado investigaciones sobre tradiciones musicales afro-colombianas, música y transformación de conflictos, institucionalización de tradiciones populares, las industrias culturales y archivística musical. Actualmente trabaja en un proyecto de investigación sobre músicas locales y construcción de paz en la región Caribe colombiana.

HASAN M. EL-SHAMY es Profesor Emérito en el Departamento de Folklore y Etnomusicología de la Universidad de Indiana. Es el autor de *Types of the Folktale in the Arab World: A Demographically Oriented Tale-Type Index* (IUP), *Motif Index of "The Thousand and One Nights"* (IUP), *Religion among the Folk in Egypt,* y *Motific Constituents of Arab-Islamic Folk Traditions: A Cognitive Systemic Approach.*

www.ingramcontent.com/pod-product-compliance
Lightning Source LLC
Chambersburg PA
CBHW071553110726
47908CB00007B/2090